Romane und Erzählungen

KÖNIG

Er ist zweifellos so etwas wie ein Bruder des Franzosen Maigret, der Kommissar Arnaudi, nur noch viel unauffälliger, kleinbürgerlicher als dieser. Und er hat es auch nicht mit den großen Verbrechen und Verbrechern zu tun. Seine »Kunden« sind die kleinen Ganoven, die vom rechten Weg Abgekommenen, die Verführten, vom Leben zum besten Gehaltenen. Nur selten ist einmal ein rechter Bösewicht, ein Satansbraten von Weib darunter. Arnaudi löst seine Fälle, weil er sich so vollkommen in die Seele derer zu versetzen versteht, die er zur Strecke bringen soll. Im tiefsten Innern weiß er, daß er selbst recht wohl zu jenen Schurkereien fähig wäre, die er von Berufs wegen verdammen und verfolgen muß. Und darum ist er immer ein wenig traurig, wenn er wieder einmal einen Sünder – oder eine Sünderin – der irdischen Gerechtigkeit ausgeliefert hat. Dies aber wiederum macht den pastaessenden, rotweintrinkenden Kriminalisten so ungemein menschlich und sympathisch und hebt ihn aufs angenehmste heraus aus der Schar seiner knallharten, düsterblickenden Kollegen.

Mario Soldati, 1906 in Turin geboren, ist Mitarbeiter verschiedener italienischer Zeitungen und lebt in Rom. Mehrere seiner Bücher sind auch auf deutsch erschienen, außer den »Geschichten des Kriminalkommissars« unter anderem die Romane »Briefe aus Capri« und »Der Schauspieler«.

Mario Soldati

Die Geschichten des Kriminalkommissars

König Verlag
Buch und Taschenbuch GmbH
München

Für Carlo Musso Susa

Ungekürzte Ausgabe
Juli 1973

Umschlaggestaltung: Rudolf Huber-Wilkoff,
München
Titel der italienischen Originalausgabe:
I racconti del maresciallo
Deutsch von Catherine Rückert

König Verlag, Buch und Taschenbuch GmbH,
München
Lizenzausgabe mit freundlicher Genehmigung des
Walter-Verlags, Olten und Freiburg im Breisgau
Gesamtherstellung: Hieronymus Mühlberger,
Augsburg
ISBN 3-8082-0061-8

Inhalt

Das Andenken

Am späten Montagabend habe ich in der Stadt, deren Justizabteilung er jetzt leitet, mit meinem alten Freund, Landsmann und Dienstkameraden, dem Kriminalkommissar Gigi Arnaudi, in den »Drei Eberzähnen« gegessen.

Wie immer, wenn wir uns wiedersehen (was leider so selten vorkommt!), berührt unser lebhaftes Gespräch der Reihe nach alle gemeinsamen Interessen: unsere Familien, die Freunde, die Arbeit, die Politik, den Wein, den Sport ... Diesmal beklage ich mich – vielleicht wegen einer Abendzeitung, die ein Gast auf dem Nebentisch liegengelassen hat, mit Riesentiteln und Bild auf der ersten Seite – über die ständige, scheinbar unaufhaltsame Zunahme der Autounfälle. Banale, altväterliche, gutbürgerliche Klagen, und alles in einem Gasthaus der Provinz. Aber es ist mir so angenehm, mich bürgerlich zu fühlen, wenn ich in Gigis Gesellschaft bin! Und was heißt überhaupt bürgerlich? Ich habe eine plötzliche, vielleicht doch banale Eingebung; aber davon sage ich Gigi nichts, ich behalte sie für mich.

Welcher Unterschied – so überlege ich – besteht denn in den fortgeschrittensten Ländern angesichts des Neokapitalismus, oder besser gesagt des industriellen Neofeudalismus, noch zwischen bürgerlich und proletarisch? Hat sich bei uns nicht vielleicht die Stellung des Kriminalkommissars – auch wenn er vor allem ein Hüter der Ordnung bleibt – verändert, ohne daß wir es gemerkt haben? Es sei denn, der Staat verliert unglücklicherweise seine Schlacht gegen die großen Feudalherren. Aber ich bin Optimist. Ich glaube, es wird sich eine Lösung finden. So, wie man irgendeinen elektronischen Mechanismus erfinden wird, ein Hexenwerk, das die Autos daran hindern wird, zusammenzustoßen oder gegen ein Hindernis zu fahren.

Diesen Gedanken teile ich Gigi mit. Und merke, daß er an etwas ganz anderes denkt. Vielleicht hat er nicht einmal gehört, was ich gesagt habe. Seine strengen blauen Augen hinter der Brille mit Goldrand starren ins Leere, über die beiden dunklen Flaschen Val Tidone hinaus. Er kratzt sich an seinem teils schon kahlen Schädel und sagt: »Was die Autounfälle betrifft: Habe ich dir nie davon erzählt, was mir vor Jahren zugestoßen ist, als ich noch in C. war?«

C., das Dorf nicht weit von der Po-Mündung, in dem Gigi Kommissar gewesen war und wo ich ihn auch besucht hatte: Oh, die Aalgerichte, die es dort gab! Nein, er hatte mir nichts von dem Erlebnis erzählt. Jedenfalls erinnerte ich mich nicht daran.

Gigi blickte um sich. Die alten Räume, einer neben dem andern, mit Säulen und Bogen abgetrennt, waren leer. Das bläuliche, düstere Neonlicht gab auf den weißen Tischtüchern einen Widerschein. Im dunkeln Hintergrund zitterte, wie in einer Höhle, der graue Bildschirm eines plappernden Fernsehapparates, der demnächst auszugehen schien, einem spärlichen Kaminfeuer nicht unähnlich. Der Wirt und zwei Gäste, die davor saßen, schlummerten. Sie konnten bestimmt nichts hören. Vorsichtshalber sprach aber Gigi doch etwas leiser:

»Es war im Winter. Eine Kälte wie am Nordpol. Tage wie jetzt. Der Boden war hartgefroren, mit Reif bedeckt. Die Kanäle vereist. Ein Wetter, bei dem man mehr ißt, mehr trinkt, mehr schläft; du weißt ja, wie es ist. Natürlich immer nur, wenn es DIENSTLICH zu verantworten ist...«

(Anmerkung für den Leser: Ich habe das Wort »dienstlich« nicht aus einer Laune heraus groß geschrieben, sondern weil Gigi es so ausspricht, denn für ihn ist es immer das heiligste aller Wörter gewesen, einige andere, die heutzutage keinen Sinn mehr haben, inbegriffen.)

»... so daß ich also an jenem Tag, als der Dienst es mir erlaubte, gegessen, getrunken, geraucht hatte. Und um fünf Uhr nachmittags schlief ich noch immer wie ein Dachs...«

(Noch eine Anmerkung. *Wie ein Dachs:* Gigi spricht eben so. Seine genauen, passenden, altertümlichen Ausdrücke gehören zu einer Welt, die für uns tot und begraben ist, aber für ihn nicht. Die Folge – zweifellos – eines fast vollständig auf dem Land, in den Weilern oder Dörfern des Po-Tales verbrachten Lebens – erst vor kurzer Zeit war Gigi in eine große Provinzstadt versetzt worden. Die Folge aber auch seines Berufes. Wenn einer ihn gewissenhaft ausübt, läuft es immer darauf hinaus, daß er die ideale Zeit der Gerechtigkeit von den anderen Zeiten abtrennt und als unvergänglich fixiert, sie gleichsam unter die Glasglocke der gebotenen und beruflichen Unparteilichkeit und in den Stil der Protokolle und Zeugenaussagen zwingt.)

»Ich schlief. Da weckt mich der Posten: Ein dringender Telefonanruf aus einer Tankstelle an der Straße nach Adria. Man hat einige Kilometer weit entfernt einen über den Damm geratenen, umgestürzten Wagen gefunden. Es sind Blutspuren vorhanden, aber das Auto ist leer. Aus den Papieren geht hervor, wem es gehört; es gehört... den

Namen kann ich nicht sagen, nicht einmal dir. Kurz und gut, es handelt sich um eine in der ganzen Gegend bekannte Persönlichkeit, die ich auch selbst sehr gut kenne, einen Kleinindustriellen, der unter anderem eine hübsche Schnapsbrennerei besitzt. Um die fünfundvierzig, fünfzig. Intelligent, gebildet, fleißig und dazu sympathisch, ein netter Kerl. Der Familie zugetan, seinen zwei kleinen Buben und seiner Gattin, die er verehrt. Er hat, so munkelt man, nur einen Fehler. Wohlgemerkt: Man munkelt! Mir ist jedenfalls nicht bekannt, daß er je Anlaß zu einem Skandal gegeben hätte. Und wenn es nicht zu einem Skandal kommt, dann ist jener Fehler für mich kein Fehler mehr, sondern – offen gesagt – eher ein Beweis seiner Vitalität, seiner Großzügigkeit und vieler anderer Vorzüge. Er liebt die Frauen sehr.

Gut, sage ich am Telefon zu dem an der Tankstelle, wenn im Wagen oder in dessen Nähe keine Toten oder Verletzten liegen, ist das ein gutes Zeichen; dann ist eben Herr ... Herr Soundso – ich sage den Namen des Industriellen – oder wer sonst am Steuer seines Wagens gesessen hat, nur leicht verletzt gewesen und hat sich von jemandem mitnehmen lassen. Er wird wohl im Spital von Adria sein. Aber kaum habe ich eingehängt, ruft mich der andere wieder an. Es ist eine Leiche gefunden worden. Ein paar hundert Schritte vom umgestürzten Wagen entfernt. Mitten auf einem Feld, hinter einer Reihe von Bäumen, die den Körper verdeckten. Es ist jemand dort, der ihn kennt: Es sei tatsächlich der tote Industrielle. Ich sage, man solle ihn nicht anrühren, nehme den Gehilfen mit und springe in den Jeep. Zehn Minuten später bin ich an Ort und Stelle. Als ich die Wache verließ, kam mir spontan der Gedanke, die Frau des Industriellen anzurufen. Auch sie kannte ich persönlich und sehr gut. Aber ein anderer, stärkerer Instinkt sagte mir, es sei besser, zuerst eine Besichtigung vorzunehmen – mit eigenen Augen und allein. Wehe, wenn ich anders gehandelt hätte. Es war ein Glück. Was willst du, unser Beruf ist nun einmal so. Manchmal hängt alles von einer scheinbar unbedeutenden Entscheidung ab.

Um sich über die Ursache des Unfalls klar zu werden, brauchte man kein Sachverständiger zu sein. Die Straße bestand an jener Stelle aus einer Eisscholle. Sie wies bis zu dem Punkt, wo das Auto vom Damm gerutscht war, Brems- und Schleuderspuren auf. Er wollte vielleicht einen Lastwagen überholen, einem Motorrad ausweichen ... er fuhr gut, aber gern etwas schnell – und einen Sportwagen mit hochgezüchtetem Motor. Genug, der Unfall war tragisch, doch er hatte nichts

Seltsames an sich. Seltsam hingegen, sehr seltsam war die Stelle, an welcher der Tote gefunden worden war.

Wie ich angeordnet hatte, war er weder umgedreht noch weggetragen worden. Er befand sich tatsächlich etwa hundert Schritte vom Wagen entfernt. Mit dem Gesicht auf dem vereisten Boden liegend, quer über den Wurzeln eines Baumes: einer Weide in der langen, im rechten Winkel von der Straße weg zum Abflußkanal führenden Reihe. Es war klar, daß der arme Kerl versucht hatte, sich mit einer Hand oder auch mit beiden am Baum zu stützen, daß er so nach vorn geglitten war und, mit dem Mund auf dem Boden, sein Leben ausgehaucht hatte. Der Tod mußte, wie nachträglich die Untersuchungen der Ärzte in Rovigo ergaben, eine Stunde, höchstens anderthalb Stunden vorher eingetreten sein. Es war durchaus möglich, daß der Mann noch lebte, als der Wagen bemerkt wurde und sich Leute darum sammelten, er lag dort drüben, nicht weit weg, er hätte Hilfe erhalten, womöglich gerettet werden können. Wer weiß. Manchmal muß ich daran denken, es läßt mir keine Ruhe. Nicht wegen der rätselhaften Umstände – die habe ich glücklicherweise aufdecken können –, nein, wegen des erbärmlichen Endes, wegen der Qual, die er in jenen letzten Minuten ausgestanden hat. Er war ein so anständiger Mensch!

Rätselhaft war folgendes: Weshalb, aus welchem Grund nur hatte er sich, so schwer verletzt, vom Auto entfernt? Doch gewiß nicht in der Absicht, Hilfe zu suchen; da wäre er ja auf die Straße gegangen. Oder angenommen, er hätte keine Kraft mehr gehabt, auf den Damm hinaufzuklettern, dann hätte er ihn wenigstens entlanggehen können, um zu sehen und gesehen zu werden, falls auf der Straße jemand vorbeifuhr. Doch nein, er war schräg übers Feld gezogen. Blutstropfen auf dem vereisten Boden zeigten genau den zurückgelegten Weg an. Als hätte die einzige Absicht des Unglücklichen darin bestanden, jenen Baum zu erreichen.

Ich betrachtete schweigend die Leiche und konnte mich nicht dazu entschließen, wegzugehen oder den Gehilfen einen Krankenwagen kommen zu lassen. Ich wollte begreifen. Plötzlich fiel mir eine Einzelheit auf, der ich vorher keine Bedeutung beigemessen hatte. Die Leiche lag nicht mit den Füßen zur Straße, der Industrielle war nicht vom Auto herkommend zu Boden gestürzt, sondern lag mit dem Kopf zum Wagen. Genau dies war übrigens der Grund gewesen, weshalb man ihn so spät entdeckt hatte. Diejenigen, welche beim Unfallwagen gestanden hatten, schauten, da sie niemanden sahen, rundherum. Wenn die Leiche nicht hinter, sondern vor der Baumreihe gewesen wäre, hätten sie sie sofort gesehen. Das Land ist dort topfeben. Gewiß, es konnte auch sein, daß er den Baum erreicht hatte, daß es ihn sozusagen umgedreht hatte und er – vielleicht nach vergeblichem Versuch, sich festzuhalten – hingefallen war, mit dem Kopf gegen die Straße. Aber weshalb ging er überhaupt zu den Bäumen, und gerade zu jenem Baum?

Ich selbst kehrte zum Wagen zurück und versuchte, die gleiche Strekke wie er zurückzulegen und dabei vor mich hin zu schauen, so wie er geschaut haben mußte. Ich ging langsam, warf immer wieder einen Blick auf die Blutspuren – und dachte, dachte nach, so scharf ich konnte. Außergewöhnlich war immerhin die Tatsache, daß die Spuren einer derart geraden Linie folgten. Es deutete alles darauf hin, daß jener Baum sein Ziel gewesen war.

Ich schritt langsam. Es ging schon gegen Abend. Der Tag war heiter, wolkenlos gewesen, wie immer, wenn es so kalt ist. Der Himmel hatte jene Farbe, die keine mehr ist – zwischen grau, violett und blau –, einen Augenblick lang vergaß ich, daß ich nur ein armer Kriminalkommissar und zudem im Dienst war.

In diesem Moment, glaube ich, fielen mir zwischen den Weiden hindurch, um weniges heller als der Himmel, die beiden quadratischen Türme beim Abflußkanal auf. Sieh da, sagte ich mir fast automatisch, man könnte wirklich meinen, er habe dorthin gehen wollen. Aber weshalb?

Da kam mir ein Gedanke, noch undeutlich, unbestimmt – ich würde vielleicht besser sagen: eine persönliche Empfindung. Ich befürchte, sie dir nicht gestehen zu können.«

»Weshalb?« fragte ich.

»Ach, lassen wir das jetzt. Jedenfalls war jene Empfindung entscheidend. Als ich beim Baum und bei der Leiche war, blickte ich auf den Boden rundum, wie um etwas zu suchen: Ich sah, daß die Spuren weiterverliefen. Ich folgte ihnen. Sie führten geradewegs auf den Kanal zu. Die Ahnung, die ich gehabt hatte, stellte sich als richtig heraus. Er war tatsächlich in die Richtung des Autos *zurückgekehrt*, und er war beim Baum hingestürzt.

Die Spuren endeten beim Mäuerchen unmittelbar neben dem Kanal. Ich schaute hinein. Er war vereist, und mitten drin – doch kaum sichtbar – ein kleines schwarzes Viereck.«

»Was war das?«

»Auf jene Entfernung und bei dem spärlichen Licht, das noch geblieben war, ließ sich das nicht feststellen.

Man konnte nur ahnen. Man mußte es erfühlen. Nein . . . lach nicht, das ist so. Ich bin davon überzeugt: Hätte ich nicht zuvor jene seltsame Empfindung gehabt, von der ich sprach, so hätte ich das kleine schwarze Viereck überhaupt nicht gesehen.«

»Aber was war es denn, Gigi?«

»Heute wäre ich vielleicht nicht mehr dazu fähig. Aber ich war damals jünger. Es sind eben seither beinahe zehn Jahre vergangen. Und in unserem Alter sind zehn Jahre viel. Ich war jedenfalls allein. Der Gehilfe stand drüben als Wache bei der Leiche – und die andern bei ihm. Ich bin übers Mäuerchen gestiegen und habe mich auf die Böschung hinabgelassen. Es brauchte schon etwas Mut. Eine falsche Bewegung, und ich konnte ausgleiten, aufs Eis fallen, es eindrücken und im Kanal enden. Ich sage nicht: krepieren. Aber ein Bad in jenem Eiswasser wäre bestimmt nicht ratsam gewesen. Und außerdem: Wenn ich ins Eis einbrach, Brieftasche ade . . .«

»Ach, eine Brieftasche war es?«

»Natürlich. Und er hatte sie in den Kanal geworfen, ohne hinzuschauen. Ohne daran zu denken, daß der Kanal vereist sein konnte. Du kannst dir nicht vorstellen, mit welcher Mühe ich sie heranholte. Zum erstenmal habe ich den Säbel vermißt, den man früher auch im Dienst trug. Die Zweige, die ich vom Ufer losriß, waren alle zu weich, oder sie waren zu kurz, oder dann zu trocken, so daß sie in unzählige Stücke brachen. Endlich, nachdem ich mit dem Taschenmesser einen ganzen Strauch an der Wurzel abgeschnitten und als eine Art Zange verwendet hatte, gelang es mir.

In der Brieftasche befand sich außer einigen Zehntausendern, einem Scheckbuch und dem Fahrausweis zuinnerst eine Fotografie. Ich habe sie herausgenommen. Und ich habe nie jemandem etwas davon gesagt. Seit zehn Jahren bist du der erste, dem ich davon erzähle. Ich habe der Justizbehörde mit dem Protokoll die Brieftasche ohne die Fotografie übergeben. So hat die Behörde sie dann an die Frau des Verunglückten weitergegeben.«

»War es das Bild einer Frau?«

»Ich habe es nicht zerrissen. Zum Glück hatte es eine Widmung: mit dem Namen, seinem Vornamen, und dem Anfangsbuchstaben des ihren. Er hieß Carlo. Falls meine Frau das Bild bei mir gefunden hätte, hätte ich ihr die Geschichte erzählt. Ich habe es noch immer.«

Er griff an seine Jacke und schaute um sich. Der Fernsehapparat flimmerte nicht mehr. Die kleinen Räume des Gasthauses waren alle dunkel, außer dem unsrigen. Die Neonröhre in der Mitte der Decke verbreitete über uns ein Licht wie in einer Krypta oder einem Leichenhaus. Langsam zog er die eigene Brieftasche hervor und entnahm ihr die Fotografie. Seine blassen, mageren Hände zitterten leicht. Am Ringfinger erglänzte das Gold des Eherings.

Es war eine junge, dunkle Frau, schön und gut geformt, im Badeanzug, lachend, auf einem Steinmäuerchen ausgestreckt, im Hintergrund das Meer, der Himmel und eine wilde, felsige Gegend. Capri? Ischia? Die Widmung lautete: »Für Carlo. Damit ich immer bei Dir bin, so wie Du in meinem Herzen bist. G. August 1949.«

»Jetzt zerreißen wir sie«, sagte ich.

»Das hatte ich auch im Sinn«, sagte Gigi.

Wir verbrannten sie im Aschenbecher, mit zwei Streichhölzern.

Nach langem Schweigen sagte ich: »Aber das plötzliche und entscheidende Gefühl, das dich dazu trieb, auf dem Boden zu suchen?«

»Nun ... ich schritt seinen eigenen Weg vom Auto zu den Bäumen nach. Ich hatte mich in ihn hinein versetzt: schwer verwundet, Angst, von einem Augenblick auf den andern zu sterben oder zumindest das Bewußtsein zu verlieren. Nun ... da habe ich eben an meine Verhältnisse gedacht. Wohlverstanden, ich habe nie Dokumente auf mir getragen, die mir in einem solchen Fall hätten schaden oder meine Frau und meine Kinder betrüben können. Aber Erinnerungen im Herzen schon.«

Er nahm seine Brille ab und begann sie mit dem Taschentuch langsam zu putzen. Seine strengen blauen Augen schienen verwirrt – wie diejenigen aller Kurzsichtigen, wenn sie ohne Brille sind. In jener Verwirrung leuchtete jedoch eine geheime Sanftmut auf. Er murmelte: »Ich bin zwar Kriminalkommissar. Aber auch ich bin ein Mensch.«

Die Räuber

»›Dank dem Spürsinn und der Aufmerksamkeit Kommissar Arnaudis konnte der Schuldige im Handumdrehen gefunden werden; man hat ihn bereits ins Ortsgefängnis überführt ...‹ Glaubst du vielleicht, Mario, wenn ich in der Zeitung einen solchen der Provinzchronik gewidmeten Abschnitt lese – glaubst du, ich würde das genießen? Nicht im Traum! Es gereicht mir zu Lob und Ehre, ich weiß. Es ist eine Bestätigung dafür, daß ich meine Pflicht erfüllt habe, oder ... sagen wir lieber: meinen Beruf recht ausübe. Und – dies sei bei aller Bescheidenheit gesagt – solche Zeilen bedeuten auch, daß es mir gelingt vorwärtszukommen, daß ich nicht Gefahr laufe, abgesetzt zu werden, daß es meinen Kindern weiterhin nicht an Brot fehlen wird noch an der Möglichkeit, die Schule bis zum Abitur zu besuchen. Aber daß ich mich dabei zufrieden oder stolz fühlte, das könnte ich nicht sagen ...«

Gigi hob sein Glas voll echten Süßweins und betrachtete ihn gegen das Licht. Der Süßwein war echt, weil er das Geschenk eines echten Freundes war und geradewegs aus Cossano Belbo kam. Bei mir zu Hause gibt es natürlich keine Neonbeleuchtung. Hier konnte man den Wein zuerst anschauen, und erst dann trank man ihn.

Die Nähe seines neuen Arbeitsplatzes und ein für seine Tätigkeit außergewöhnlich ruhiger Abend erlaubten es Gigi, mich in Mailand zu besuchen – in Zivil, mit dem Wagen eines Bekannten, welcher ihn gegen Mitternacht hier abholen würde.

»Polizist bin ich seit sechsunddreißig Jahren, und Kommissar seit siebzehn«, sagte er; »aber die schönsten Freuden meiner Laufbahn sind geheim: Sie bestehen in den Situationen, wo ich gezwungen bin, nicht als Kommissar, sondern als Mensch, als Freund zu handeln – selbstverständlich ohne gegen das Gesetz zu verstoßen, einzig, indem ich meine Erfahrung als Polizeimann ausnütze und, wie manchmal die Kriminalchronik behauptet, meinen Spürsinn spielen lasse. Kennst du die Geschichte von den Räubern?

Ich hatte frei und war an meinem Heimatort, bei meiner Mutter, die damals noch lebte. Von meinem Dorf bis Turin sind es im Auto dreiviertel Stunden. Sogar noch weniger, wenn man sehr schnell fährt. An einem Abend, einem Februarabend wie diesem ... und deshalb vielleicht ist mir hier die ganze Geschichte in den Sinn gekommen: Kälte, Schnee, Nacht, vereiste Straßen, dienstfrei, zivil – alles wie jetzt. Nun, um ein Uhr war ich noch im Wirtshaus, ich saß mit alten Freunden aus dem Dorf, dem Arzt und zwei andern, beim Spiel. Da geht die Tür auf, und herein kommt der Älteste meines Neffen, ein fünfzehnjähriger Junge: Er ist aus dem Bett aufgestanden, seine Füße stecken nackt in den Schuhen. Ganz keuchend sagt er, er müsse mich sprechen.

Ich gehe mit ihm hinaus. Er sagt, zu Hause sei Gialinotti, eben mit dem Auto aus Turin hergekommen. Er sei außer sich, habe geklopft und das ganze Haus geweckt; er brauche mich.

Gialinotti war der Sohn eines entfernt verwandten Vetters von mir aus Valenza Po. Mit diesem Vetter war ich darüber hinaus sehr eng befreundet. Er starb im Krieg, in Rußland, bei den Gebirgstruppen. Wie so viele in Valenza war er Goldschmied gewesen. Und auch sein Sohn arbeitete im Goldschmiedegeschäft, als Vertreter. Er hatte einen Wagen und fuhr mit der Kollektion umher: nach Alessandria, Casale, Turin, Vercelli ... Als er erfuhr, daß ich im Dorf war, kam er tags zuvor rasch vorbei, um mich zu besuchen. Ein schöner Junge, besser gesagt, ein schöner Mann um die fünfunddreißig: groß, elegant. Mit einer ebenfalls aus Valenza stammenden Frau verheiratet und Vater zweier Kinder.

Er ist dort, wartet in der Küche auf mich. Er ist tatsächlich außer sich. Ungekämmt, verschwitzt, blaß, am ganzen Körper zitternd. Die Mutter ist aufgestanden und hat schon das Feuer angezündet. ›Was ist los?‹ frage ich ihn. Aber er schaut zur Mutter hin, und ich verstehe, daß er nicht sprechen kann. Ich schicke die Mutter zu Bett. Schenke Gialinotti ein Gläschen Schnaps ein. Wir sind allein: ›Was ist denn los?‹

Es stellt sich heraus, daß er in eine schreckliche Geschichte verwikkelt ist. Man hat ihm das Kollektionenköfferchen geraubt: rund fünfundzwanzig Millionen Lire wert. Seit einem Jahr arbeitet er nicht mehr fürs eigene Geschäft wie vorher. Er hat eine gute Stelle bekommen bei einer bedeutenden Firma in Turin. Er ist ruiniert. ›Ich lande im Gefängnis, es ist nur noch eine Frage von Stunden‹, sagt er. ›Was denn, Gefängnis: Du brauchst nur zu beweisen, daß du nicht schuldig bist.‹ – ›Könnt' ich das nur!‹ Und er bricht in Tränen aus wie ein Kind. ›Du kannst nachher weinen‹, sage ich zu ihm. ›Jetzt aber erzähl, los.‹

Die Geschichte war traurig, aber er ist gescheit genug gewesen, sie mir ohne Zögern zu erzählen, und ohne etwas zu verschweigen. Es war so: Er hatte eine Geliebte, ein Mädchen in Casale – volljährig, aber noch sehr jung – namens Malvina; an ihren Familiennamen erinnere ich mich nicht. Sie war Besitzerin – ja, Besitzerin – eines Parfümeriegeschäftes in Casale. Ich überlasse es dir auszudenken, was für eine Art Mädchen das sein mußte, wenn sie in ihrem Alter bereits Besitzerin eines Geschäftes war ...

Die Beziehung dauerte schon seit einigen Monaten. Ein paarmal in der Woche fuhr er am Morgen nach Turin zu seiner Firma und kehrte abends wieder zurück, und so kam er sowohl auf dem Hin- wie auf dem Rückweg in Casale vorbei. Er hielt bei der Parfümerie an und nahm das Mädchen fast immer mit. Manchmal waren die Reisen auch etwas länger, er blieb über Nacht. Und sie ging mit ihm, besonders, wenn das Ziel die Riviera, Savona oder San Remo war. In Turin aber ...

In Turin pflegten sie von einer günstigen Gelegenheit Gebrauch zu machen. Das Mädchen hatte eine Freundin, die im Erdgeschoß einer kleinen Villa mit Vorgarten wohnte, am Ende von Casale. Diese Freundin war eine ihrer Lieferantinnen; sie handelte en gros mit Parfümerieartikeln. Betty hieß sie, Frau Betty: sechsunddreißig Jahre alt, geschieden oder getrennt. Es ergab sich, daß sich Gialinotti auch mit dieser Frau Betty befreundete und mit Malvina bei ihr zum Mittag- oder Abendessen blieb; und wenn es darum ging, sich ein wenig auszuruhen, gewährte sie den beiden eine nette Gastfreundschaft. In der kleinen Wohnung gab es ein Zimmer, das speziell dafür hergerichtet schien. Kurzum – es war zu bequem, als daß man es abgelehnt hätte.

Frau Betty war im allgemeinen sehr fröhlich, laut, schwatzhaft: Sie war ganz Lachen und Freundlichkeit. Plötzlich jedoch – gerade in jenen Tagen – hatte ihre Laune gewechselt: Sie war nervös, jähzornig und wortkarg geworden. Und Gialinotti hegte vom ersten Augenblick an keine Zweifel. Er wußte, daß sie an der Börse spekulierte. Sie mußte verloren haben, brauchte womöglich neue Mittel! Gialinotti hatte natürlich sofort mit Malvina darüber gesprochen, doch diese konnte ihn davon überzeugen, daß er nicht recht haben könne; denn sonst hätte Betty sich ihr doch sofort anvertraut. Schließlich waren sie eng miteinander befreundet.

Kurz, an jenem Tag: Gewohnte Fahrt nach Turin. Sie kommen gegen elf Uhr an. Er begleitet Malvina ins Haus, tritt eine Weile ein, findet eine andere Atmosphäre vor. Überall Blumen. Das Hündchen

Whisky, ein schwarzer Pudel, trägt eine große rosarote Masche am Hals. Und Frau Betty kommt ihm in einem neuen Hauskleid festlich entgegen, küßt und umarmt ihn. Sie lädt ihn ein ... nicht zum Mittagessen, nein, sie und Malvina haben zu viel zu tun. Sie lädt ihn zum Abendessen ein, und zwar soll er zwei Flaschen Champagner mitbringen. Sie wollen feiern. Was denn? Ach was, er weiß das nicht? Sie hat doch Geburtstag!

Frau Bettys Geburtstag. Gialinotti atmet jedenfalls auf und schaut Malvina an. Und Malvina versteht; sie antwortet ihm mit einem Blick, der sagen will: ›Siehst du, was ich dir gesagt habe? Du hattest nicht recht!‹

Am Abend kommt Gialinotti mit dem Kuchen, den Rosen und den beiden Flaschen Champagner, alles in allem zwölftausend Lire. Er unterbricht die Erzählung und sagt: ›Was willst du, Gigi, ich bin eben ein Idiot gewesen! Ein vollkommener Idiot!‹ Ich merke, daß er wieder weint, und ermahne ihn: ›Erzähl jetzt weiter; es geht nicht um die zwölftausend Lire.‹

Wie sie es immer zu tun pflegen, essen und trinken die drei zusammen in der Küche. Dann schauen sie das Fernsehprogramm an – das Festival von San Remo; der Apparat steht auch in der Küche. Und während der Sendung tischen sie den Kuchen auf und trinken die zwei Flaschen Champagner, und danach nehmen sie eine Flasche Cognac ›Napoleon‹ in Angriff, welche Frau Betty zur Feier des Tages hervorgeholt hat. Frau Betty ist sehr aufgeräumt. Sie bewegt sich ständig, kommt und geht; sie antwortet auf Telefonanrufe – Glückwünsche, sagt sie, wenn sie in die Küche zurückkommt. Das Telefon ist auf der andern Seite, im Wohnzimmer. Schließlich schaut Gialinotti auf die Uhr: Es ist Mitternacht. Er denkt an seine Frau, an die Kinder; Zeit zum Gehen – er steht auf. Betrunken ist er nicht, nur ein wenig angeheitert, ein wenig verwirrt. Er muß gehen, denn in diesem Zustand ist es besser, wenn er nicht zu schnell fährt. Sie beginnen sich zu verabschieden – wiederum mit Küssen, Umarmungen, Glückwünschen für Frau Betty. Sie gehen ins Wohnzimmer hinüber, wo er, vom Vorgarten herkommend, den Mantel und den Koffer mit den Kollektionen gelassen hat ... Teufel! Der Koffer samt Inhalt, fünfundzwanzig Millionen Lire, ist verschwunden. Und überall sehr eindeutige Spuren: Unordnung, verstellte Möbel, umgestürzte Stühle, ein kleiner Flaschenschrank mit weit offenen Türchen, ein Sekretär mit herausgezogenen Schubladen, und eine Menge Papier – Quittungen, Rechnungen, Scheine – auf dem Teppich zerstreut ...

Malvina entfährt ein Schrei, Frau Betty ebenfalls; sie eilt zu den Schubladen und ruft entsetzt, es seien fünfzigtausend Lire verschwunden, und dazu ein Brillantring im Wert von einer Million und vierhunderttausend Lire!

Die Glastür zum Gärtchen ist nicht verschlossen, sie ist nur angelehnt. Gialinotti versucht sich zu erinnern. Doch, doch, bestimmt: Er schließt sie immer, ist doch ganz klar. Und als er geläutet hat, wer ist da gekommen, ihm zu öffnen? Malvina ist gekommen: Sie hat mit dem elektrischen Öffner das Schloß des Gitters aufschnappen lassen, und dann hat sie die Fenstertür geöffnet. ›Das Gitter habe ich geschlossen‹, sagt Gialinotti. Da rennen sie zum Gitter: Auch es ist nicht verschlossen, sondern nur angelehnt. Die Gittertür führt einzig zur Wohnung von Frau Betty. ›Da ist sicher jemand eingestiegen und hat dann beim Weggehen die Tür offengelassen . . .‹ Aber Malvina meinte: ›Wie hat er denn eindringen können, wenn du dich doch erinnerst, daß du die Glastür geschlossen hast? Ich jedenfalls habe sie nicht geschlossen.‹ Gialinotti behauptet, er habe ganz bestimmt geschlossen: bei der Kälte! Und bei der Glastür genügt ein Stoß, damit sie zuschnappt.

Malvina sagt unter Tränen: ›Und was tun wir jetzt?‹ Und Frau Betty: ›Aber was willst du denn tun, meine Liebe? Nichts, sofort die Polizei anrufen . . . Gialinotti, bitte, telefonieren Sie . . . mir ist nicht danach zumute.‹

Aber Gialinotti hatte sich geweigert anzurufen. Er hatte sofort alles begriffen. Dazu brauchte es ja übrigens nicht viel. Die Inszenierung war allzu deutlich, allzu übertrieben. Ein von außen herkommender Dieb hätte alles Interesse daran gehabt, so zu wirken, daß der Einbruch so spät wie möglich entdeckt worden wäre. Er hätte also versucht, alles in bester Ordnung zurückzulassen. Das offene Gitter, die offene Tür waren das klassische falsche Indiz, das vortäuschen sollte, daß der Dieb von außen gekommen sei, während er doch . . . nun, das Ganze war einfach dilettantisch gemacht.

›Aber weshalb weigern Sie sich denn, die Polizei anzurufen?‹ jammerte Frau Betty; ›Sie haben Glück, Ihr Schaden wird von der Versicherung gedeckt. Der meine nicht!‹

Gialinotti wußte: Wenn er die Polizei benachrichtigte und den Diebstahl anzeigte, verriet er sein Verhältnis mit Malvina. Aus diesem Grunde zögerte er; und er hatte sofort an mich gedacht, da ich mich durch einen günstigen Zufall nur eine halbe Stunde weit entfernt befand. Anderseits war er überzeugt – so überzeugt, als hätte er es mit eigenen Augen gesehen –, daß die Dame selbst den Streich verübt hatte. Aber im Moment sagte er noch nichts zu ihr und beschuldigte sie nicht. Aus zwei Gründen. Erstens, weil er keinen Beweis gegen sie hatte, sondern nur eine innere Gewißheit; und zweitens, weil er befürchtete, sie mit einer offenen Anschuldigung zu warnen. Dagegen hoffte er, ihr mit meiner Hilfe ganz unvermittelt, sicheren Griffes, die Maske vom Gesicht zu reißen und womöglich die Kollektion wieder an sich zu bringen, falls sie noch im Hause war ...

Ich sagte ihm, das müsse er sich aus dem Kopf schlagen: Es gebe sicher einen Komplizen außerhalb des Hauses, und die Kollektion sei wohl sofort an einen sicheren Ort verbracht worden.

Der zweite Grund, weshalb der arme Kerl jene Hexe nicht offen beschuldigen wollte, war noch schwerwiegender: Er wußte nicht, ob Malvina über das Vorgehen von Frau Betty im Bilde war oder nicht ..

›Ach, weshalb hast du überhaupt noch Zweifel?‹ frage ich ihn und schaue ihm gut in die Augen. Er antwortet nicht. Ich sage eindringlich: ›Also, liebst du eigentlich deine Frau oder jene andere?‹

Er denkt einen Augenblick nach: ›Malvina liebe ich auch!‹ – ›Selbst wenn sie dich ruiniert hat?‹ frage ich. Er schweigt von neuem. Ich frage ihn: ›Und wie bist du von dort weggegangen? Wie hast du die beiden verlassen?‹

›Einfach so. Ich habe über alles nachgedacht, und ich spürte, daß ich es allein nicht schaffen würde. Da ist mir in den Sinn gekommen, daß du da bist. Im ersten Augenblick habe ich daran gedacht, dich anzurufen. Aber ich wollte nicht, daß sie es hörten. Da habe ich den Mantel genommen und bin hinausgerannt, um dich von einem Café aus anzurufen.‹

›Aber was hast du zu ihnen gesagt?‹

›Nichts. Malvina hat mir nachgerufen: Wohin gehst du?‹

›Und du? Was hast du ihr geantwortet?‹

›Nichts, ich sag' dir ja, nichts. In jenem Augenblick schien mir, daß sie mit der andern unter einer Decke steckte ... ich konnte nichts zu ihr sagen, ich hätte sie erwürgt. Ich bin gerannt, wollte dich anrufen. Kein Café war offen. Unterdessen dachte ich: Wo soll ich dich anrufen? Die öffentliche Sprechstelle ist geschlossen. Ich muß im Verzeichnis nachschauen, einen Fremden wecken und ihm sagen, er solle dich anrufen ... und dann hättest du zu jener späten Stunde erst noch einen Wagen im Dorf finden müssen ... nein, es ging rascher, wenn ich direkt hierher kam.‹

›Und die beiden wissen also nicht, wohin du gegangen bist. Sie haben dich nur wie einen Verrückten aus dem Haus rennen sehen?‹

›Ja, genau, wie einen Verrückten ... ich war verrückt ... ich bin verrückt ...‹

›Sehr gut. Das hast du sehr gut gemacht‹, sagte ich. Mir war etwas eingefallen.«

Gigi nahm die goldumrandete Brille ab, wie immer, wenn er müde war. Er zog das Taschentuch hervor und begann sie sorgfältig zu putzen. Seine blauen Augen blickten traurig ins Leere.

»Ich war nicht im Dienst. Ich handelte nach meinem Gutdünken und auf eigene Gefahr, aus Liebe zu Gialinotti und in Erinnerung an seinen guten Vater. Aber vielleicht gerade weil ich nicht Dienst hatte, schien mir alles schwieriger. Als ob mir die Unterstützung fehlte. Und die Schwierigkeit hatte ihren Ursprung in mir selbst: Ich spürte sie hier drinnen. Theater zu spielen kostete mich eine ungeheure Anstrengung. Normalerweise bereitet mir das Vergnügen. Und nachdem das Spiel vorbei war, fühlte ich mich ebenfalls ganz anders: Ich empfand eine große Befriedigung, während mir doch normalerweise so etwas wie ein bitterer Nachgeschmack bleibt.

Nun, wir fahren also mit hundertzwanzig in der Stunde los. Wie wir in Gàssino ankommen, das heißt auf halbem Weg, sehe ich ein Hotel, das noch offen ist; ich gehe hinein, telefoniere: ›Sind Sie Frau Betty Soundso? Ich rufe Sie aus dem Krankenhaus an.‹ Ohne zu sagen, aus welchem Spital, aus welcher Stadt oder Ortschaft. Ich war froh, es nicht sagen zu müssen. Aber es war ja auch nur natürlich. In solchen Situationen denkt man nicht an genaue Auskünfte. Wenn sie mich dann gefragt hätte, welches Spital und wo, hätte ich schon eine Antwort gefunden. Sie hatte ein allzu schmutziges Gewissen, als daß sie Fragen gestellt hätte. Sie stammelte bloß: ›Ja, sagen Sie ... sagen Sie ...‹ Und ich fuhr fort: ›Ich bin ein Freund von Herrn Gialinotti. Es ist ein Unglück geschehen ... ja, mit dem Auto ... gegen einen Lastwagen. Es ist sehr schlimm. Es sieht so aus, als müsse er sofort operiert werden ... wenig, leider, wenig Aussicht ... Nein, bis jetzt hat er das Bewußtsein nicht verloren. Ich rufe Sie eben an, weil er wissen will, ob Fräulein Malvina noch dort ist. Ist sie dort? Er hat gesagt, ich solle ihr ausrichten ... Geben Sie sie mir ans Telefon?‹ Ich erzählte der andern nochmals dieselbe Geschichte. Und ich endete mit der Botschaft des Sterbenden: ›Fräulein Malvina, Gialinotti läßt Ihnen sagen, Sie sollten bitte für ihn beten.‹

Eine Viertelstunde später waren wir in Turin, bei Casale. Ich lasse Gialinotti an der Straßenecke anhalten; der Wagen ist schön hinter einem stehenden Lastzug versteckt. Ich sage ihm, er solle sich nicht bewegen, was auch immer geschehen möge, sondern das Fenster offen lassen und horchen. Und wenn er mich pfeifen höre: *Ich will Giuvanin erwischen,* solle er das Auto verlassen und herbeilaufen.

Die kleine Villa der ... Dame – nennen wir sie so – lag etwa zweihundert Schritte weit entfernt. Nach Gialinottis Beschreibung erkenne ich das Gitter, den kleinen Garten. Das Wohnzimmer ist an der Ecke, und zwei Fenster gehen direkt auf die Straße hinaus. Licht dringt durch die Vorhänge. Und mir scheint, ich höre von drinnen so etwas wie ein Klagegeschrei und verzweifeltes Weinen. Ich nähere mich, vielleicht kann ich, denke ich, einige Sätze aufschnappen. Und tatsächlich höre ich eine weinende Frauenstimme, die sagt: ›Du bist schuld, du allein ... Ich hatte dir doch gesagt, du sollest es nicht tun ... sollest offen mit ihm sprechen, ihm sagen, in welcher Lage du dich befindest ... Weiß Gott, ich hätte dir doch geholfen ...‹ – ›Ja, seine Hilfe hätte mir gerade zu einem Bier gereicht ...‹, antwortete eine andere Frauenstimme; sie war jedoch heiser und tief. Bier, oder etwas Ähnliches. Ich erinnere mich nur, daß es ein schrecklicher Satz war; zynisch und vulgär. Nun sagte die heisere Stimme wieder etwas: ›Mit der Anzeige hingegen hätte die Versicherung ... Ich meine, er mußte nichts aufs Spiel setzen ... Höchstens die Vertretung ...‹

Die andere Stimme, die von Malvina, erwiderte: ›Aber sei doch still, sei still! Sie hätten Verdacht geschöpft. Sie hätten's gemerkt! So, wie er es gemerkt hat ... Und nun ...‹ Darauf ein Weinkrampf, der nicht mehr aufhören will und der mich daran hindert, die Worte der andern zu verstehen.

Da entschließe ich mich eben zu läuten. Schlagartig verstummen das Geschluchze und die Stimme. Die Glastür geht auf, und eine weibliche Gestalt erscheint: ›Wer läutet?‹

Ich erkläre, ich sei Gialinottis Freund, derselbe, der angerufen habe. Ich müsse Fräulein Malvina etwas übergeben. Die Gestalt geht wieder hinein. Ich höre, wie sie sich atemlos beraten. Gewiß, sie sind erschrokken. Und auch ich zittere. Wenn sie mich aus irgendeinem Grund oder Gefühl nicht eintreten lassen, ist alles verloren. Deshalb habe ich etwas von einem Gegenstand gesagt, den ich übergeben müsse. Ich zähle klopfenden Herzens die Sekunden. Das ist der schlimmste Moment gewesen. Endlich jedoch springt das Schloß auf; gleichzeitig erscheint wieder die Gestalt an der Glastür, und eine andere steht hinter ihr. Ich trete ein. Ich stelle mich als Buchhalter soundso vor. Ich erzähle nochmals die Geschichte von dem Unfall, mit neuen Einzelheiten, aus denen jedoch deutlich hervorgeht, daß Gialinotti hat sterben wollen ... Jetzt könnte ich dir nicht einmal mehr sagen, was ich alles erfunden habe. Aber der Selbstmordversuch war ganz klar, nicht daß Gialinotti selbst ihn zugegeben hätte, sondern eher aufgrund der Art und Weise, wie sich der Zusammenstoß mit dem Lastwagen ereignet hatte. Während ich sprach, beobachtete ich die beiden. Die Schönheit der zwei Frauen verblüffte mich. Malvina war klein, braunhaarig, hatte etwas üppige, aber vollkommene Formen. Die Tränen hatten ihren Ausdruck verstört und das Make-up verwischt, aber man sah trotzdem, daß sie sehr jung und anziehend war ... sie war – wie soll ich sagen – sexy. Und beinahe konnte ich es verstehen, daß Gialinotti dermaßen den Kopf verloren hatte.

Noch überraschender war die Schönheit der andern. Gialinotti hatte keine Zeit gehabt, sie mir zu beschreiben. Aber ich hatte sie mir als eine Art Hexe vorgestellt, und die Stimme, die ich von der Straße aus, unter dem Fenster, gehört hatte – eine rauchige, alkoholisierte Stimme –, hatte mich nichts Besseres erwarten lassen. Statt dessen stehe ich nun vor einer schlanken, großen, äußerst eleganten Blondine: Sie sah aus wie eine Schwedin. Geweint hatte sie nicht. Ihre Lippen waren dünn – ein Zeichen von Grausamkeit. Und die Augen groß, grün, lasterhaft; darunter zwei ziemlich deutliche Schatten. Vielleicht die Nacht, die Angst, die Müdigkeit ...

›Aber es besteht Hoffnung, nicht wahr, es besteht ein wenig Hoffnung?‹ sagt die Hexe, und ich merke sehr wohl, daß sie sich genau das Gegenteil wünscht. Sie mustert mich mißtrauisch und voll Haß; dann fragt sie rasch: ›Und weiß man etwas? Hat er Ihnen erzählt? Hat er Ihnen gestanden, weshalb er denn eine solche Dummheit begehen wollte? Im Grunde war er doch so glücklich ...‹

Ich zögere absichtlich mit der Antwort – und sehe, daß sie mir gebannt auf die Lippen schaut. ›Nein‹, sage ich schließlich ganz langsam, ›nein, leider nicht, er hat mir nichts gesagt ... Das wird ein Rätsel bleiben ...‹

Da bemerkte ich, wie sie sofort wieder Mut schöpfte: Sie atmete tief, zündete eine Zigarette an und betrachtete mich, als wollte sie mich umarmen. Es war klar, daß Gialinottis Selbstmord für sie ein unerwartetes Glück war – doch nur unter der Voraussetzung, daß Gialinotti nichts ausgeplaudert hatte, bevor er gestorben war.

›Möglich, daß keine Hoffnung mehr besteht ...‹, wiederholt sie und schüttelt scheinbar traurig den Kopf.

›Jetzt wollen wir versuchen, im Krankenhaus anzurufen‹, sage ich.

›Ja, bitte, tun Sie das ... ich bitte Sie ...‹ – die Hexe zeigt mir mit einer matten Handbewegung den Apparat. Das Zimmer befand sich noch in derselben Unordnung, in welcher Gialinotti es vorgefunden hatte, als er die böse Entdeckung machte. Malvina saß weinend in einer Ecke. Da kommt auch sie, voll Angst, zum Telefon. Und bevor ich die Nummer wähle, fragt sie mich: ›Was ist es, was er Ihnen für mich mitgegeben hat?‹ und streckt mir instinktiv die Hand entgegen.

›Ach ja, das habe ich vergessen ...‹, sage ich und krame in der Tasche, als ob ich nachprüfen wollte, ob der Gegenstand vorhanden sei. ›Aber zuerst wollen wir den Bericht des Spitals hören ...‹

In vorgetäuschten Telefongesprächen habe ich Übung. Gewöhnlich rufe ich in der Kaserne an, und der Mann auf der Wache, der den Trick kennt, sagt einfach irgend etwas. In diesem Fall konnte ich das nicht tun. Meine Kaserne war dreihundert Kilometer weit entfernt. Ich wählte deshalb eine Nummer, die es nicht gab, und versuchte laut und fast ohne Unterbrechung zu sprechen, um das Schweigen am andern Ende des Drahtes zu verdecken. Doch Malvina, die in der Nähe saß, schluchzte und konnte ohnehin nichts hören. Und die Hexe, die es sicher gemerkt hätte, saß in der entgegengesetzten Ecke des Wohnzimmers.

Ich täuschte vor, daß mir am Telefon die Nachricht von Gialinottis Ableben mitgeteilt worden sei – Herzkollaps unter der Anästhesiewirkung vor der Operation; Gialinotti sei erst etwa vor fünf Minuten gestorben. Langsam legte ich den Hörer auf. Malvina hatte sich, schluchzend, bäuchlings auf einen Divan geworfen. Die Dame rauchte schweigend, ohne die Zigarette von den Lippen zu nehmen. Ich schaute auf die Uhr und sagte, ich müsse zum Krankenhaus eilen, um die Formalitäten zu erledigen. Malvina fragte ich, ob sie mitkommen wolle.

›Nein, nein, das könnte ich nicht, das könnte ich nicht‹, winselte sie, ›geben Sie mir nur jenes Ding, das er Ihnen für mich mitgegeben hat ... legen Sie es hier hin, hier ...‹, und mit einer Bewegung des Kopfes, den sie noch immer mit den Händen umklammerte, deutete sie auf den Divan, wo sie schluchzend lag.

›Fräulein Malvina‹, sagte ich darauf langsam und deutlich, ›Gialinotti hat mir aufgetragen, ich solle es Ihnen direkt in die Hand übergeben.‹

Da setzte sich Malvina auf, schaute mich durch ihre Tränen hindurch an und streckte mir nochmals die Hand entgegen: ›Was ist es?‹

Ich sagte: ›Da, dieses Schlüsselchen‹ und zog es aus der Tasche, indem ich mich vergewisserte, daß auch die Dame zuschaute. Und ich hob es feierlich in die Höhe. Aber in dem Augenblick, als ich es ihr in die Hand legte, die Malvina immer noch hinstreckte, sagte ich, indem ich mich der Dame zuwandte: ›Das Schlüsselchen zum Koffer, den Sie ihm unter Mithilfe des hier anwesenden Fräuleins Malvina gestohlen haben – der Grund, weshalb mein Freund sterben wollte. Mir macht es nichts aus, euch alle beide ins Gefängnis zu stecken. Mir ist es gleich, wenn rauskommt, daß Gialinotti eine Freundin hatte. Die Kinder sind noch klein. Und auch seine Frau – was glauben Sie, was ihr dies angesichts der Trauer um den Toten noch ausmacht? Es besteht eine einzige Möglichkeit . . .‹

Da schrie Frau Betty auf und stürzte sich auf mich, mit den Fingernägeln. ›Sie sind verrückt! Raus, raus, verlassen Sie mein Haus!‹

Ich gab ihr eine solche Ohrfeige, daß sie zu Boden fiel. Dann sagte ich: ›Lassen Sie mich zuerst fertig reden. Dann, wenn Sie wollen, gehe ich, und zwar direkt auf das Polizeirevier . . . Es besteht‹, sagte ich, ›eine einzige Möglichkeit. Jetzt bestelle ich ein Taxi; dann rufen Sie an, Sie wissen schon, wohin; dann fahren Sie mit dem Taxi dorthin und kehren mit dem Kollektionenkoffer hierher zurück. Ich warte mit Fräulein Malvina hier. Ich bin sicher, daß es nicht lange dauert.‹

Alles verlief gut. Und als Frau Betty mit dem Kollektionenkoffer zurück war, trat ich zur Glastür und pfiff:

›Ich will Giuvanin erwischen,
Der die Diebe hat verraten,
Damals, als der Mond aufging . . .‹

Und der auferstandene Gialinotti erschien. Er kontrollierte den Koffer; es fehlte nichts, er war noch nicht einmal geöffnet worden! Malvina umarmte ihn, drückte ihn an sich, wollte ihn nicht mehr loslassen. Sie war schuldig, gewiß, sehr schuldig sogar, dumm, unselbständig, von jener andern beherrscht, aber auch – auf ihre Weise – Gialinotti zugetan. So sehr, daß er ihr verzieh; und wie ich gehört habe, geht er noch heute mit ihr. Alle beide haben von jenem Abend an jede Beziehung zu der Hexe abgebrochen.

Diese sperrte, als Gialinotti durch die Gartentür hineinrannte, Augen und Mund auf, so, als sähe sie ihn durch die Luft fliegen. Doch sie nahm sich sofort zusammen. Sie blinzelte mich einen Augenblick lang wütend an, dann brach sie in ein wildes Gelächter aus. Sie schloß die

Augen, warf den Kopf mit dem blonden Haarschopf zurück und rief: ›Was für ein schöner Streich! Zum Lachen, zum Lachen, nicht wahr, Gialinotti? Geben Sie zu, daß wir Ihnen einen schönen Streich gespielt haben!‹

Gialinotti war glücklich. Aber lachen konnte er nicht. Die Lust dazu war ihm für eine Weile vergangen ...«

Die schönen Zähne des Herrn Dino

»Welches ist die schlimmste Geschichte, die du erlebt hast?« fragte ich kürzlich Gigi. Ich stellte ihm die Frage überraschend; wir saßen am Abend vor dem Kamin und warteten darauf, daß Maria die Polenta brachte. Auch sein Besuch war für mich überraschend gekommen. Da ich ihn würdig empfangen wollte, hatte ich ein großes Feuer angezündet und Polenta bestellt. Und nun mußten wir eben warten. Er betäubte den Hunger mit köstlich frischen, teigigen Würstchen aus Pferdefleisch – einem Meisterwerk von Mainelli aus Oleggio. Ich, der ich nicht Polizist gewesen bin und deshalb im selben Alter wie Gigi nicht dieselbe gute Gesundheit habe, tröstete mich mit einer anderen, ebenfalls von Mainelli stammenden Wurst aus ganz feinem gekochtem Gänsefleisch.

»Die schlimmste Geschichte? Was meinst du denn mit schlimm? Da könnte man sie ja nicht einmal erzählen ...«

»Schlimm im moralischen Sinne: die unschönste, niederträchtigste Straftat, die du hast aufdecken können.«

Gigi hatte die Wurst aufgegessen. Er putzte mit der Serviette sorgfältig das Taschenmesser aus Nickel, das ich ihm vor vielen Jahren einmal geschenkt hatte, klappte es zusammen und legte es auf den Tisch. Dann begann er folgendes zu erklären:

»Eine Straftat ist jede Verletzung des Gesetzes. Man unterscheidet zwischen Verbrechen und Zuwiderhandlung, je nach der vom Gesetzbuch vorgesehenen Strafe. Schlimme Verbrechen, elende, erbärmliche, die einem um der ganzen Menschheit willen das Herz beklemmen ... ach, leider gehört der allergrößte Teil derjenigen, die in unserer Gegend verübt werden, zu dieser Sorte. Die edleren – oder sagen wir: die weniger gemeinen – Beweggründe wie Ehre, Leidenschaft, Eifersucht, abgewiesene Liebe trifft man sehr selten. Man könnte sie an den Fingern abzählen. Und wenn du die Verbrechen ausschließest, die aus Wahnsinn oder auf Grund einer plötzlich in Verrücktheit umgeschlagenen Neurose verübt wurden, was immer häufiger vorkommt, dann ist das Ziel der allermeisten Verbrechen nur das eine: Geld, Profit. So sind die Dinge in Wirklichkeit; diese Beobachtungen habe ich während der vierzig Jahre gemacht, die ich nun Polizist in unserer Landesgegend, in kleinen Ortschaften und Städtchen bin. Stell dir vor: Seit dem vierten Oktober dieses Jahres leiste ich nun erstmals regelmäßig Dienst in einer großen Provinzhauptstadt. In unsern ländlichen Gegenden, im Piemont wie in der Emilia, an den Seen wie an der Po-Mündung ... ich nenne dir die Orte, wo ich gewesen bin ... habe ich mich – das kann ich wohl sagen – vor allem mit jeglicher Art von Betrügereien und Diebstählen herumgeschlagen, dann mit primitiver Erbschleicherei, mit Verleumdungen, die darauf abzielten, das Verbot zum Beispiel einer engen Bindung zu erwirken, mit Morden, die unglaublich langsam und mit widerlicher Geduld verübt wurden. Aber die schrecklichste Tat, an die ich mich erinnere, ist zweifellos diejenige, die vor etwa fünfzehn Jahren eine Fremde, eine Österreicherin, am Ortasee vollbracht hat.

Ich war soeben zum Kommissar des Seestädtchens ernannt worden. Die Kaserne war einige Kilometer weit entfernt: im Gebiet von Legro, in der Nähe des Bahnhofs. Ich war für eine Menge kleinere Gebiete, Dörfer, Häusergruppen und Höfe dem See entlang und am Hügel verantwortlich – Kilometer, die ich in den ersten Monaten, als mir noch kein Jeep zur Verfügung stand, seelenruhig mit dem Fahrrad zurücklegte. Aufwärts war's allerdings nicht zum Lachen, das muß ich sagen.

Ich hatte mich kaum richtig eingelebt, das heißt, ich war vor wenigen Monaten angekommen, als ich eines schönen Morgens von der Post einen seltsamen Brief erhielt. Natürlich weiß ich ihn nicht auswendig, aber er lautete ungefähr so:

›Lieber Kommissar,
ich schreibe Ihnen im geheimen und weiß nicht einmal, ob es mir gelingen wird, diesen Brief einzuwerfen. Sie werden sich darüber gewundert haben, daß Sie mich abends nicht mehr beim Tarock sehen. Doch es scheint, meine Krankheit wird schlimmer: Ich kann ausschließlich am Tag ausgehen, und wenn es draußen schön ist, und unter bestimmten Umständen, wie ich Ihnen noch erklären werde. Ich muß Sie sehr dringend sprechen. Ich habe einen Verdacht. Niemand auf der Welt kann mir helfen außer Ihnen. Die Sache steht schlimm. Passen Sie auf, wenn Sie mich besuchen, daß Sie sich nichts anmerken lassen. Wir werden es schon fertig bringen, zwei Minuten allein zu bleiben. Sprechen Sie auf alle Fälle nur in piemontesischem Dialekt, wie ich, so daß wir nicht verstanden werden. Ich erwarte Sie sehnlichst, denn

heute fühle ich mich wirklich schlecht, und ich habe Angst, es sei keine natürliche Krankheit. Ihr ergebener

Dino Pasqué‹

Dino Pasqué, das sagt dir nichts? Er war doch ein bedeutender Journalist, ein sehr berühmter Korrespondent.«

»Für welche Zeitung schrieb er?« fragte ich.

»Jetzt bringst du mich in Verlegenheit. Ich weiß es nicht. Er verwendete ein Pseudonym: Deshalb erinnerst du dich nicht. Aber jedenfalls kannst du sicher sein, er war berühmt. Er war damals schon über siebzig Jahre alt und hatte sich in ein Häuschen, eine kleine Villa am See in der einsamsten Gegend der Stadt, zurückgezogen; die Villa gehörte ihm und lag an jener langen, engen Straße – zwischen alten Palästen und Klöstern –, die zur Bagneraspitze hinaufführt. Das Ganze eine Gegend, die trotz der künstlerischen Schönheit traurig und still ist, sogar mitten in der Ferienzeit, und die während der andern Monate des Jahres geradezu einen unbewohnten Eindruck macht.

Ich hatte ihn eines Abends im Café auf der Piazza kennengelernt, und dann trafen wir einander regelmäßig zum Tarockspielen: er, ich und der Apotheker.

Genau um Mitternacht pflegte eine große, ja riesige, sehr junge, braunhaarige Frauengestalt mit regelmäßigen Gesichtszügen auf der Schwelle des Cafés zu erscheinen; sie war, das muß ich gestehen, trotz ihres Umfangs sehr hübsch. Sie wechselte oft ihre Kleidung: sportliche Mäntel in lebhaften Farben, rot, grün, gelb, dann trug sie wieder einen hellen Pelzmantel, wahrscheinlich aus Lammfell. Sie blickte auf eine winzige Uhr, die sie am Handgelenk trug, und sagte streng – aber das schien vielleicht nur so wegen ihres deutschen Akzentes: ›Dino, es ist Zeit, gehen wir. Gute Nacht, meine Herren.‹

Die außerordentliche, fast unglaubliche Feinheit der bekleideten Hand und des Gelenks mit dem Ührchen im Vergleich zu dem massigen Körper und allen andern Gliedern hatte mich in Staunen versetzt. Kurzum, sie war fast eine Riesin, und das Mißverhältnis zu jenen Kinderhändchen hatte etwas Erschreckendes an sich. Sie hieß Helga, stammte aus Klagenfurt, war zweiundzwanzig oder dreiundzwanzig Jahre alt.

Dino Pasqué war daran, seine Memoiren zu schreiben; und in den paar Jahren, die er zurückgezogen am See verlebte, hatte er allen die Österreicherin als seine Sekretärin, die ihm bei der Arbeit helfe, vorgestellt. Aber alle wußten, daß sie seine Freundin war. So gut eben ein zwanzigjähriges Mädchen die Freundin eines siebzigjährigen Mannes sein kann. Und niemand wunderte sich; denn Herr Dino, ein hartnäckiger Junggeselle, hatte schon immer eine ausgesprochene Schwäche für schöne junge Mädchen gehabt; und jedesmal, wenn er für kurze Zeit zur Erholung in sein Haus nach Bagnera kam, brachte er eine neue mit. Es waren fast immer Fremde, und wahrscheinlich Tänzerinnen oder Modelle zweiten Ranges, wenn nicht noch tiefer. Er brachte sogar einmal – wie mir der Apotheker und andere gesagt hatten – eine Vietnamesin mit.

Diesmal jedoch erweckte die Bindung ganz den Anschein, als sei sie endgültig und abschließend. Während des Sommers vor zwei Jahren hatte Herr Dino die Heizung einrichten lassen; im Oktober war er dann mit der österreichischen Riesin erschienen und nicht mehr weggegangen.

Jemand sagte, Herr Dino habe sie im geheimen geheiratet, die Hochzeit jedoch verschwiegen, weil sein Junggesellenstolz nicht zuließ, daß man von seinem Nachgeben erfuhr, oder ganz einfach, weil er sich schämte, eine Frau zu haben, deren Großvater er hätte sein können.

Jedenfalls war es unwahrscheinlich, daß sie aus Liebe mit ihm zusammenlebte. Aber nicht immer hatte das Mädchen jenen harten, autoritären Blick, mit dem es den Alten jeden Abend vom Spieltisch wegriß. Mir sagten die andern, daß sie manchmal überaus herzlich und sympathisch sein könne, und ich stellte dies bei manchen Gelegenheiten auch selbst fest. Sie saß auch im Café, trank Bier und Schnaps, lachte laut, indem sie ihre nackte, frische Kehle zurückwarf, legte die üppigen, mit glitzernden, straff anliegenden Strümpfen bekleideten Beine so übereinander, daß der Rock ein gutes Stück weit über das Knie rutschte. Einmal sang sie ein volkstümliches Lied aus ihrer Gegend: ›O Susanna, o Susanna.‹ Während sie sang, stemmte sie die Hände in die Hüften; ihre vollen Brüste wippten . . . sie hatte einen solchen Busen . . . er schien die Bluse, die ihren Oberkörper umspannte, zu sprengen. Sie sang, und wir bewunderten sie mit offenem Mund; war ja auch natürlich! Männer mittleren oder bereits hohen Alters, ein Herbstabend in einem Provinznest. Und sie blickte uns beim Singen einen nach dem andern mit halbgeschlossenen Augen durchdringend an und lachte frech, ich möchte fast sagen, boshaft, so, als wolle sie uns alle auslachen. Kurzum, man konnte Herrn Dino verstehen und entschuldigen. Er war ein rüstiger Alter, der die ganze Welt bereist hatte, und es gab Tage, an denen er zwanzig Jahre jünger aussah. Ihn konnte man verstehen und entschuldigen. Aber sie . . . sie hatte in ihrem Blick etwas Hinterhältiges, Schlaues, allzu Wissendes; und ganz zuhinterst etwas Trübes, Düsteres, etwas, das ich nicht begriff. Es war mir nie gelungen, ihre Augen zu sehen, ich hätte nicht sagen können, was für eine Farbe sie hatten. Aber nie vergaß ich ihr höhnisches Lächeln, als sie ›O Susanna‹ sang, mit jenen Worten, die wir – des Deutschen nicht mächtig – versucht waren für Obszönitäten oder gar Beleidigungen zu halten.

Man behauptete schließlich – allerdings ohne den geringsten Beweis dafür zu liefern –, daß Herr Dino bereits sein Testament zu ihren Gunsten gemacht habe. Und daß sie nur darauf warte, daß er sterbe, um dann alles verkaufen und nach Paris oder Rom gehen und ein tolles Leben führen zu können. Aber Herrn Dino ging es immer glänzend, und es gab überhaupt kein Anzeichen, daß er bald würde sterben müssen. Er war klein, hager, hatte eine braune, glattrasierte Haut und gewelltes, blondiertes Haar. Man sagte, er onduliere es sich mit der Schere und färbe es, und außer dem Haar färbe er auch die Augenbrauen. In bezug auf die Zähne jedoch konnte man nicht zweifeln: Mit siebzig Jahren hatte er noch dieselben wie in seiner Jugend, und kein einziger fehlte. Sie waren klein, regelmäßig, weiß schimmernd. Und wenn er abends ins Café kam und sich zufrieden hinsetzte, seinen Whisky bestellte, das Monokel vors Auge klemmte und zufrieden die gewohnten vier Gäste musterte, genauso, als hätte er sich bei den Galerien oder auf den Champs Elysées hingesetzt, dann sagten die beiden Fräulein, die Töchter der Besitzerin des Cafés, noch genau dasselbe, was ihre Mutter schon vor dreißig oder vierzig Jahren gesagt hatte: ›Aber was hat doch Herr Dino für schöne Zähne!‹

Er schien von einer leichten Darm- oder Leberstörung befallen worden zu sein. Es war etwa diese Jahreszeit, Februar, auch so kalt wie jetzt, die blödsinnige Kälte wollte gar nicht aufhören. Und niemand wunderte sich, daß man Herrn Dino während einiger Abende nicht sah. Und dann dieser Brief; es brauchte nicht viel, um ihn zu verstehen. Der arme Alte befürchtete, von der Österreicherin vergiftet worden zu sein. Aber er wurde bewacht und wußte nicht, wie er mit mir Verbindung aufnehmen konnte. Er ging tagsüber aus – in ihrer Begleitung – und konnte nicht telefonieren. Sehr wahrscheinlich hatte er, um den Brief einwerfen zu können, einen der kurzen Augenblicke abwarten müssen, in denen das Mädchen in ein Geschäft gegangen war, um etwas zu kaufen.

Ich nahm das Fahrrad und war fünf Minuten später auf der Piazza. Ich streckte den Kopf in die Apotheke, um mich rasch zu erkundigen, ob es etwas Neues gebe. Tatsächlich sagt mir der Apotheker ganz aufgeregt, daß vor einer Stunde der Krankenwagen gekommen sei und man Herrn Dino nach Novara ins Spital verbracht habe: ›. . . Mit ihm sind das Mädchen und der Arzt gefahren. Eine Krise, ein Kollaps: Es scheint keine Hoffnung mehr zu bestehen; in diesem Alter, wissen Sie . . . und dabei war er erst noch gestern, gegen Mittag, hier in der Apotheke. Er ging am Arm des Mädchens. Mir schien, es gehe ihm besser. Sehen wir uns heute abend, Herr Dino? habe ich ihn gefragt. Noch nicht, sagte er; es geht mir zwar besser, aber ich bin noch nicht gesund. Und zudem läßt mich meine Tyrannin nicht gehen! Da ist sie losgeplatzt, Sie hätten sie sehen sollen: Wenn du dich unbedingt aufhängen willst, häng dich nur, mir ist es egal, mein Herr und Meister! Wenn ich dir rate, abends nicht auszugehen, dann ist es nur zu deinem Wohl! Da ist er in ein Gelächter ausgebrochen, als ob er nicht daran glaubte: Zu meinem Wohl? Ha, ha! Und auch sie hat zu lachen begonnen. Sie haben die gewohnte Zahnpasta gekauft und sind gegangen. Armer Herr Dino! Wer hätte gedacht, daß wir uns nicht wiedersehen. Ich habe ihm noch seine Zahnpasta verkauft. Er war so stolz auf seine Zähne, der arme Kerl. Einmal, als ich die Marke, die er immer nimmt, nicht gerade auf Lager hatte, zeigte ich ihm eine andere. Aber er, er wollte sie nicht. Er nahm mich zur Seite, als wolle er mir ein großes Geheimnis anvertrauen, und sagte: Nein, sehen Sie – vielleicht ist es ein Aberglaube, aber wissen Sie, wem ich meine gute Gesundheit, meinen verhältnismäßig jugendlichen Zustand zuschreibe? Meinen Zähnen. Nun habe ich eben – von der Kindheit an bis heute – regelmäßig dreimal am Tag diese gleiche Zahnpasta verwendet. Wenn ich als Sonderkorrespondent in der Welt herumreiste und wußte, daß ich monatelang wegbleiben mußte, nahm ich einen Vorrat mit: weil man sie leider nur in Italien findet.‹

›Welche ist es?‹ fragte ich instinktiv den Apotheker und ließ mir eine Tube dieses Lebenselixiers zeigen – das übrigens eine alte, ganz gewöhnliche einheimische Zahnpasta ist. Lach nicht, lieber Mario. Du wirst sagen, ich erzähle Märchen. Aber es ist tatsächlich alles so gewesen, und du mußt mir glauben: Schlagartig war mir wieder das bösartige und wissende Lächeln des Mädchens in den Sinn gekommen, als sie gesungen hatte; und ich verfolgte dieses Lächeln, wie man eine Spur verfolgt . . .

Ich verließ die Apotheke und wollte sogleich im Spital von Novara anrufen. Aber dann schaute ich auf die Uhr und sagte mir, daß der Krankenwagen noch nicht angekommen sein konnte. Ich versicherte mich, daß der Apotheker nicht herausgekommen war, um mir nachzuschauen, und rasch überquerte ich mit dem Fahrrad die Piazza – Richtung Bagneragasse.

Ich wußte, daß tagsüber, von morgens bis abends, eine einheimische Frau – Caterina hieß sie – die Putzarbeiten und die Küche besorgte. Ich läutete. Um mir Einlaß zu verschaffen und nach Belieben alles zu durchsuchen und zu erforschen, hätte ja die Uniform genügt; doch ich wollte Geschwätz und Verdächtigungen vermeiden. Deshalb erklärte ich Caterina, man habe mir vom Spital aus Novara telefoniert, ich solle einige Kleidungsstücke und Toilettengegenstände des Herrn Dino holen.

Die Ausrede war eher unglaubhaft. Und tatsächlich schaute mich Caterina, die keineswegs dumm war, einen Augenblick lang erstaunt an. Aber – wie ich dir bereits gesagt habe – bei uns deckt und rechtfertigt die Uniform alles. Caterina bemerkte nur: ›Um so besser. Das heißt ja, daß es nicht so schlimm ist. Als man ihn wegbrachte, hatte er schon ein Gesicht wie ein Toter. Er konnte nicht einmal mehr sprechen.‹

Es gab zwei Schlafzimmer und zwei Badezimmer. Im Bad des Herrn Dino fand ich alle Toilettengegenstände an ihrem Platz. Ganz normal: Niemand denkt in einem solchen Fall daran, sie mitzunehmen. Es war eine plötzliche Abfahrt gewesen – und nicht für eine Vergnügungsreise. Die Zahnbürstchen steckten in ihrem Becher. Aber die am Tag zuvor gekaufte Zahnpasta oder eine alte Tube derselben Marke fehlte. Ich öffnete Schubladen und Schränkchen, suchte überall: erfolglos. Doch ich war nicht enttäuscht – im Gegenteil; gerade diese Unauffindbarkeit war das erste Indiz dafür, daß mein Verdacht vielleicht nicht unbegründet war.

Beim Weggehen nahm ich ein kleines Paket mit, die Dinge, die ich – um bei der Ausrede zu bleiben – hätte holen sollen. Und als ich auf der Schwelle stand, fragte ich Caterina streng, wohin sie den Abfall zu werfen pflege. Gußeiserne Behälter standen zu diesem Zweck vor jedem Haus. Es gab speziell dafür einen städtischen Abholdienst. Aber trotz des ausdrücklichen Verbots fanden es die Leute, die am See wohnten, manchmal bequemer, den Abfall zum Fenster hinaus zu werfen. Ja, auch in den Herrschaftshäusern. Caterina wurde rot: was jedoch nicht unbedingt bedeutete, daß sie das Verbotene getan hätte.

Der Behälter draußen vor der Tür war leer. Caterina entschuldigte sich: Bei dem, was heute geschehen sei! Der Kehricht war noch in der Küche, im Eimer. Ohne mich noch um eine Rechtfertigung zu kümmern, hieß ich sie den Eimer leeren. Doch ich sah nicht, was ich suchte. Ich sah es, als ich zum Fenster von Herrn Dinos Badezimmer hinausschaute: senkrecht in der Tiefe, im unbeweglichen, von der Wintersonne durchleuchteten Wasser; es lag zwischen alten Einmachgläsern und vielfarbigen Scherben auf dem Kies, und ich fischte es mit einem Netz heraus: Es war die am Vortag gekaufte, nur wenig ausgedrückte Tube. Zwei Stunden später ließ ich sie in Novara, im Labor des Spitals, untersuchen. Das Ergebnis der Analyse erklärte die Symptome von Herrn Dinos Krankheit, die bis jetzt für alle Ärzte unerklärlich waren, auch weil der Patient nicht imstande war zu sprechen: es waren diejenigen einer Arsenvergiftung. Man behandelte ihn sofort entsprechend. Die Vergiftung hatte seit weiß wie langer Zeit gedauert: langsam, Tag für Tag. Die jetzige Portion war nur die Enddosis gewesen, die ihn hätte in den Himmel befördern sollen. Doch er ist davongekommen. Und ich . . .

Du weißt schon, Mario. Nie verhafte ich jemanden gerne. Auch in denjenigen Fällen, wo die Schuld ganz offenkundig und am wenigsten zu verzeihen ist, und auch wenn ich mich während der Untersuchung begeistern oder Spaß daran finden kann; wenn der Augenblick gekommen ist, empfinde ich immer eine gewisse Traurigkeit. Vielleicht ist das gar nicht recht. Einen guten Polizisten muß es freuen, daß er der Gesellschaft dient, indem er denjenigen, der sich als gefährlich erwiesen hat, der Justiz übergibt. An jenem Abend im Spital, als ich sie aus Herrn Dinos Zimmer rief und ihr dort im Korridor eine Hand auf die Schulter legte . . . sie war etwa so viel größer als ich . . . nun, damals empfand ich – das muß ich gestehen – gleichzeitig mit der gewohnten Bitterkeit ein außergewöhnliches Vergnügen: ›Fräulein, wollen Sie bitte mitkommen . . .‹

Sie hatte einen Komplizen, einen bekannten Zuhälter ägyptischer Nationalität. Man konnte auch die Herkunft des Gifts feststellen und alles beweisen. Sie ist verurteilt worden und sitzt jetzt. Aber ich fürchte, für einen Charakter wie sie gibt es keine Rettung. Auch wenn sie das ganze Leben lang im Gefängnis bliebe, würde sie – so befürchte ich – niemals die eigene Niederträchtigkeit ermessen können.«

Maria trat ein, triumphierend, mit zwei Schüsseln: in der einen die dampfende Polenta, in der andern das Fleisch mit der Sauce.

»Und Herr Dino?« Ich versuchte, nicht an die Österreicherin zu denken: Ich hatte eine schlimme Geschichte verlangt und sie nun zu hören bekommen!

»Ich habe ihn nicht mehr gesehen. Nach dem Ereignis siedelte er nach Santa Margherita über. Jedes Jahr schickt er mir zum 17. Februar eine Karte. Es ist der Jahrestag seiner – wie sagt man? – letzten Rettung. Nun, er verdankt mir das Leben. Weißt du, was er mir auf der diesjährigen Karte schreibt? Er sei jetzt fünfundachtzig geworden, und es fehle ihm nichts. Er klagt nur, die Ligurer seien starrköpfig, sie ließen sich einfach das Tarockspiel nicht beibringen.«

Die berühmte Diva

Es hat bestimmt seine Gründe – und ich ahne einigermaßen, daß ich sie mit ein wenig Geduld aufzählen könnte –, weshalb eine Reise das Vertrauen zweier Freunde, manchmal sogar zweier Fremder zueinander begünstigt. Die Einsamkeit vielleicht; das Gefühl, von den alltäglichen Gewohnheiten losgelöst und befreit zu sein; der Gedanke, daß wir früher oder später diese Welt auf dieselbe Weise verlassen, wie wir vor wenigen Stunden einen bestimmten Ort verlassen haben – egal, wo er sich befindet und ob er abscheulich ist; ein instinktiver, unwillkürlicher Vergleich der Reise mit dem Leben, und das daraus sich ergebende Bedürfnis, kein Geheimnis zurückzubehalten, so, als ob die Geheimnisse, die mit uns sterben, unser Ende noch bitterer und vollständiger machen könnten ... Jedenfalls geschah es im Speisewagen, sogleich nach Florenz, daß Gigi mir ganz unvorbereitet und gleichsam grundlos – mit mehr als zehn Jahren Abstand von dem Ereignis – die Wahrheit über den Diebstahl erzählte, welcher der Anlaß unserer Bekanntschaft – wenn auch noch nicht der Ursprung unserer Freundschaft gewesen war.

Es war die dritte und letzte Folge, und wir saßen beim Café. Unsere Reise hatte in Rom begonnen. Er mußte in Piacenza aussteigen, ich in Mailand. Strahlender Sonnenschein – mehr frühlingshaft als winterlich – vergoldete die verschneiten Felder des Apennins; da und dort erschienen auf den mehr gegen Süden und Westen gelegenen Bergrücken schon breite hellgrüne oder braune Flecken. In der Luft etwas Fröhliches, Leichtes, fast ein Duft, den wir sogar durch die Fenster des Eisenbahnwagens erahnen konnten. Und ein blauer Himmel, und das frische, lachende Gesicht eines Mädchens, das mit dem Fahrrad an einem Bahnübergang wartete – all dies schien uns noch einmal zur Hoffnung überreden und in der liebevollen Bewunderung des Lebens bekräftigen zu wollen. Noch einen kleinen Cognac? Noch einen.

Am Tisch nebenan war ein Reisender aufgestanden und eben weggegangen; auf dem Sitz ließ er ein Journal zurück. Auf dem Titelblatt war, wie es oft vorkommt, das Gesicht der brühmten Diva abgedruckt. Das genügte, um uns unmerklich auf den Weg der Erinnerungen zu stoßen. Ich war der Regisseur ihrer ersten Filme gewesen und hatte

Kommissar Arnaudi gerade bei den Arbeiten für einige Außenaufnahmen bei einem Bauernhof jenseits des Po, in der Gegend von Mantua, beigezogen.

»Welchen Weg hat sie doch seitdem gemacht, unsere Diva«, murmelte Gigi und nahm die Brille ab; er reinigte sie ganz langsam mit dem Taschentuch und schaute mit seinen hellblauen und verwirrten Augen ins Leere, als sähe er plötzlich wieder die Vergangenheit, eine Vergangenheit, die alles in allem vielleicht gar nicht so schön gewesen war. »Ich müßte glücklich, ich müßte stolz sein, daß ich sie kennengelernt habe. Und bei meinen Freunden, am Abend im Café oder wenn es sich gerade ergibt – ich gestehe meine Schwäche ein –, prahle ich tatsächlich damit. Aber es ist nichts wahr an der Geschichte. Schau: Vielleicht war das damals eine besonders schwierige Zeit in ihrem Leben, ein ungünstiger Moment, um sie zu beurteilen. Sie war wenig mehr als ein eben erblühtes junges Mädchen; mit einem ungeheuren Ehrgeiz, mit einem gewaltigen Drang nach Erfolg, koste es, was es wolle. Daran wirst wohl auch du dich erinnern. Aber ich ... nun, ich bin sicher, daß ich sie tiefer gekannt habe als viele andere, dich vielleicht inbegriffen. Du erinnerst dich bestimmt, bei welcher Gelegenheit ich zum erstenmal zu euren Aufnahmen kam ...«

»Der Diebstahl des Armbands?« fragte ich. »Aber das ist doch sofort wieder gefunden worden; das war kein Diebstahl!« Tatsächlich erinnerte ich mich, daß eines Morgens zu Beginn der Dreharbeiten die Hauptdarstellerin ein Platin- und Smaragdarmband vermißte; man behauptete – und vor allem sie selbst behauptete –, es sei viele Millionen Lire wert. Die Diva stand noch am Anfang ihrer Karriere, doch sie hatte offensichtlich bereits derart gewirkt und gespart, daß sie solche Wertsachen besaß. Höchstens könnte man – um ganz genau zu sein – festhalten, daß jenes Armband seinerzeit das kostbarste Stück in ihrer Sammlung war. Tränen und endlose Szenen, sobald sie den »Diebstahl« bemerkt hatte ... Die Arbeit wurde unterbrochen, und man holte den Kriminalkommissar der nächsten Ortschaft. Eine halbe Stunde später war Gigi mit seinem Jeep da.

Ich erinnerte mich genau. Mir waren sofort das blasse Gesicht, das blonde Haar, die goldumrandete Brille, die blauen Augen aufgefallen, alles Farbtöne, die so gut zur khakifarbenen Sommeruniform paßten, und der piemontesische Akzent, die netten Umgangsformen und das leichte, aber unerschütterliche Lächeln der feinen Lippen: kurzum, das genaue Gegenteil des herkömmlichen Kriminalkommissars, des Klischees, das in allen unsern neorealistischen Filmen auftaucht.

Gigi begann diejenigen Mitglieder der Equipe zu befragen, die wegen ihrer Tätigkeit am häufigsten Zutritt zum Wohnwagen der Diva hatten; dann kamen auch alle andern dran.

Es hieß, das Armband sei in einer Schmuckschachtel aufbewahrt worden. Die Schmuckschachtel in einem Schönheitskoffer. Und den Schönheitskoffer nahm die Diva überallhin mit, vom Hotel in der Stadt an den Drehort auf dem Lande, und während gedreht wurde, ließ sie ihn, verschlossen, auf einem Tischlein im Wohnwagen liegen. Der Schlüssel war, zusammen mit andern Gegenständen der Diva, der Schneiderin anvertraut. Doch es war ein sehr einfacher Schlüssel. Allzu leicht ließ sich ein gleicher finden. Mit ein wenig Geschicklichkeit genügte wohl zum Öffnen und Schließen sogar ein Stückchen Draht.

Dumm war bloß, daß die Diva sich nicht genau erinnern konnte, wann sie ihr Armband zum letztenmal in der Schmuckschachtel gesehen hatte. An jenem Morgen bestimmt nicht. Und auch nicht am Abend zuvor... Also konnte derjenige, welcher das Armband entwendet hatte, es bequem, in aller Ruhe, in Sicherheit gebracht haben.

Das Verhör fand im Innern des Wohnwagens statt und war auf Wunsch des Kommissars geheim. Die Diva wartete draußen, auf dem Dreschplatz des Hofes, in der Julihitze. Sie ging nervös von einem Sonnenschirm zum andern. Die Arbeiter schauten verblüfft zu, wie sie eine Zigarette nach der andern anzündete und jeweils nach zwei bis drei Zügen wegwarf; sie drückte sie dann schnell und voll Wut mit der Schuhspitze aus und rieb sie in die staubige Erde.

Als das Verhör zu Ende war, kam die Durchsuchung. Nicht allen schien dies zu passen. Um mit dem guten Beispiel voranzugehen und um dem Kommissar, der mir sofort sehr sympathisch gewesen war, behilflich zu sein, verlangte ich selber, lachend, daß man mich durchsuche.

Es konnte nichts gefunden werden. Gigi ging weg, und die Diva, die ein so langes Gesicht machte, war bereit, die Arbeit wieder aufzunehmen.

Die Mitglieder der Equipe waren bestürzt. Die Schneiderinnen, die Friseuse, das Script-girl hatten rotumränderte Augen und mußten sie ständig mit dem Taschentuch abwischen. Gigi hatte allerdings gerade sie am längsten aufgehalten, und es konnte sein, daß sie weinten, weil sie sich verdächtigt fühlten und deshalb beleidigt waren. Man hatte jedenfalls den Eindruck einer allgemeinen Inszenierung, bei welcher auch die Männer mitwirkten, die Elektriker, Bühnenarbeiter, Requisiteure, Tontechniker. Es war ein erhabenes Wetteifern um die ergreifendste Darstellung der Trauer über das Unglück, das der Diva widerfahren war. Die Techniker und Arbeiter schwelgten mit offenkundiger Heuchelei in der Schilderung dieser Gemeinheit und in Schmeicheleien. In Wirklichkeit war es jedermann gleichgültig, daß die Diva ein Armband im Werte von einigen Millionen Lire verloren hatte; im Gegenteil, jeder freute sich im geheimen darüber, senkte jedoch trotzdem den Kopf und sprach so leise, als sei vor wenigen Minuten der beste Freund gestorben. Und ich war der einzige, der nicht aufhörte zu lachen, zu scherzen und zu schreien, wie ich es immer tat. Ich war mit dem, was geschehen war, so zufrieden wie alle andern; aber im Gegensatz zu allen andern kümmerte ich mich nicht darum, dies vor der Diva zu verbergen. Mitleid mit ihr vorzutäuschen, das hätte mich doch, zum Teufel, lächerlich gedünkt!

Am Morgen danach, noch bevor man mit der Arbeit begonnen hatte, ging das Gerücht um, das Armband sei wieder gefunden worden. Die junge Friseuse war darauf gestoßen, als sie den Wohnwagen in Ordnung brachte. Man wartete noch auf die Ankunft der Diva. Das Armband war offenbar in eine Spalte zwischen der Holzwand und dem dicken Teppich gerutscht. Eine Frage blieb offen: Hatte es die Hauptdarstellerin selbst zufälligerweise fallen lassen? Oder hatte der Dieb aus Angst, er werde erwischt, es sogleich an den Ort gelegt, wo die Friseuse es gefunden hatte, da er sich seiner nicht auf andere Weise entledigen konnte?

Jedenfalls war die Diva glücklich. Sie ließ aus Mantua eine Kiste voll Champagnerflaschen kommen und wollte, daß man nach dem Imbiß auf das wiedergefundene Armband trinke. Die Arbeiter und Techniker weinten von neuem, aber diesmal vor Rührung; und es waren ebenso falsche Tränen wie zuvor.

Die meistgefeierte Person außer der Diva war die Friseuse, denn ihr war zu verdanken, daß alles noch ein gutes Ende genommen hatte. Und der Kommissar, den wir zu unserem Imbiß eingeladen hatten, hielt eine kleine Glückwunschrede auf den Erfolg des Films und auf die Laufbahn der Diva. Ich sehe ihn noch heute, mit dem Papierbecher in der Hand, im Schatten einer Pappelreihe beim Kanal; ich sehe noch heute sein feines und rätselhaftes Lächeln.

Es war sein Lächeln, das er stets auf den Lippen gehabt hatte, auch jetzt, während er in der lauen Sonne, beim wiegenden Rattern des Speisewagens, den zweiten Cognac leerte. Er beugte sich über den Tisch hin zu mir und sagte leise: »Das wiedergefundene Armband? Hast tatsächlich auch du an jene Geschichte geglaubt?«

»Ich hätte nicht darauf schwören können. Es kommt mir in den Sinn, daß ich eher zur andern Annahme neigte: derjenigen des reuigen Diebes, der Angst hatte, man erwische ihn ...«

»Statt dessen sind die Dinge ganz anders verlaufen. Ich will dir nicht die lange Kette von Verdachtsmomenten aufzählen, die mich rasch erkennen ließen, wer den Diebstahl begangen hatte. Es handelt sich um eine Menge winziger Einzelheiten, an welche ich mich nicht einmal mehr erinnere. Und außerdem ist der Fall nicht meinetwegen interessant, sondern weil die Geschichte sehr merkwürdig endet.

Ich vertrete eine alte Theorie, die ich mir allmählich, nur auf Grund der Praxis, zurechtgelegt habe. Und diese Theorie lautet folgendermaßen: daß nämlich vor dem Kriminalkommissar oder vor dem Gerichtsbeamten – kurzum, vor der Justiz – der Unschuldige sich beinahe gleich verhält wie der Schuldige. Die Gründe für diesen Sachverhalt sind vielfältig, und gewiß kannst du sie besser finden und verstehen als ich. Es handelt sich vielleicht um eine Angst oder um Gewissensbisse, wie alle menschlichen Wesen sie verspüren. Denn kein Unschuldiger ist vollkommen unschuldig: Wenn er nicht dasjenige Verbrechen begangen hat, dessen man ihn anklagt, so hat er doch womöglich auch ein Verbrechen begangen, unter Umständen ein ganz anderes. Es hängt also von der Intelligenz des Untersuchenden ab, ob er zwischen der einen oder der andern Verwirrung unterscheiden, ob er jenes ›Beinahe‹, das der Unschuld als Zuflucht dient und die Schuld verrät, abwägen kann. Und eine Folgerung aus meiner Theorie ist die, daß man gerade gegenüber demjenigen, der sich allzu sicher gibt, mißtrauisch sein muß.

Nachdem ich all diejenigen, die Zutritt zum Wohnwagen haben konnten, peinlich genau verhört hatte, konzentrierte ich mich auf einen Verdacht, der für mich eine Überzeugung war – die Friseuse. Sie war die einzige, die bei meinen Fragen nicht errötet war und nicht geweint hatte; die einzige, die ohne zu stottern, ja sogar mit einer gewissen Frechheit geantwortet hatte. Dazu kam, daß ich sie nach Beendigung des Verhörs, als ich hinausging, um den Lastwagen und den Bus der Techniker zu durchsuchen, in einer ganz andern Haltung sah: Sie stand in einer Ecke und weinte, so, wie ich es ihre Kolleginnen und Freundinnen tun sah. Sie war ein nettes Mädchen, eine Römerin; mager, braun, sehr jung. Sie hatte große braune Augen und eine Frisur wie ein Kind.«

»Aida! Ich erinnere mich sehr gut an sie! Und ich weiß, was sie jetzt macht!«

»Also, wenn du einen Augenblick darüber nachdenkst, hast du die Lösung; du kannst dir selbst ausmalen, wie die Geschichte ausgegangen ist.«

»Erzähl trotzdem.«

»Als ich wegging und euch eurer Arbeit überließ, nahm ich den Produktionssekretär mit, welcher nicht nur jedes einzelne Mitglied der Equipe kannte, sondern außerdem eine Liste mit den Adressen aller in Mantua besaß. Ich hatte die Friseuse gefragt, was sie am Abend zuvor getan habe. Es dünkte mich nämlich unmöglich, daß der Diebstahl frühmorgens begangen worden sei, sonst hätte die Diva doch genügend Zeit gehabt, den Verlust zu merken, während das Armband noch dort, bei irgend jemandem der Equipe, war. Die wahrscheinlichste Zeit war der Abend, der letzte Augenblick vor dem Arbeitsschluß und der Rückkehr in die Stadt. Die Friseuse hatte mir geantwortet, am Vorabend sei sie ins Kino gegangen. Mit wem? Allein.

Und dies wurde mein erster Anhaltspunkt. Ein so junges und so nettes Mädchen allein ins Kino? Und nach einem arbeitsreichen Tag? Obschon es so viele Kollegen und Kolleginnen zur Verfügung hatte?

Vom Sekretär erfuhr ich, daß diese Aida in einem kleinen Hotel wohnte, wo sie das Zimmer mit einer Freundin, einer der Schneiderinnen, teilte. Ich erfuhr auch, daß sie sozusagen verlobt war, und zwar mit einem jungen Elektriker der Equipe, der ebenfalls in jenem Hotel wohnte. Ich notierte mir außer den andern Namen auch denjenigen des Elektrikers. Und als ich in Mantua angekommen war, verabschiedete ich mich vom Sekretär und begab mich sofort in das kleine Hotel. Dort schaute ich – wozu ich ja das Recht habe – im Register nach und sah, daß der Elektriker ein Einzelzimmer, das heißt, ein Zimmer mit einem Bett, belegt hatte.

Genaugenommen hätte ich einen Haussuchungsbefehl gebraucht. Aber es war so leicht für mich, in jenes Zimmer einzudringen. Man war gerade am Putzen, niemand merkte etwas. Wie immer lenkte mich mein sechster Sinn. Auf einem Spiegelschrank, der allein schon mindestens ein Drittel des winzigen Zimmers ausfüllte, fand ich etwas in Seidenpapier Eingewickeltes. Kurzum, ich fand das Armband.

Es bestand kein Zweifel: Geraubt hatte es nicht etwa der Elektriker, der ja keinen Zutritt zum Wohnwagen hatte und der, falls er doch hineingegangen wäre, von allen bemerkt worden wäre; nein, die Friseuse hatte es getan, worauf sie den Abend im Zimmer des Freundes verbrachte und das Armband auf dem Schrank versteckte – sehr wahrscheinlich, ohne daß der Freund es merkte, weil er entweder schlief oder einen Augenblick lang hinausgegangen war.

Ich rief die große Diva ans Telefon, an den Apparat im Bauernhof. Ich erzählte ihr alles. Sie ließ mich nicht zu Ende reden, sondern fragte mich, ob ich das Mädchen ohne weiteres hätte verhaften müssen. Ich antwortete ihr, ja, strenggenommen hätte ich es tun müssen. Aber bis dahin habe sie ja noch keine ordentliche Anzeige geschrieben und signiert: Falls sie im Sinn habe, die bisherige zurückzuziehen und öffentlich zu erklären, sie sei in ein Mißverständnis verwickelt worden, das Armband sei nicht gestohlen, sondern verlegt worden, und nun habe man es wiedergefunden; nun, in dem Fall ... so ließe sich die Sache wieder einrenken; vor allem, wenn man in Betracht ziehe, daß das Mädchen noch minderjährig war. Die Diva dankte mir und bat mich, mit keinem Sterblichen darüber zu sprechen. Dann fragte sie mich, ob ich ihr – noch am selben Abend, punkt acht Uhr – das Armband ins Hotel bringen könne; sie erwarte mich auf ihrem Zimmer.

Ich war verblüfft, und ich bin noch jetzt verblüfft über so viel Kälte und Geistesgegenwart. Ich traute meinen Ohren nicht, besonders, wenn ich an die Wut und die Verzweiflung dachte, welche die Diva am Morgen zur Schau gestellt hatte, als sie sich gar nicht beruhigen konnte und im Wohnwagen wie ein Raubtier im Käfig auf und ab ging, mit den Zähnen das Taschentuch zerriß – als ob der Diebstahl für sie außer dem faßbaren Schaden eine Beleidigung, eine blutige Schmach gewesen wäre. ›Mir, ausgerechnet mir‹, sagte sie weinend, ›ausgerechnet mir mußte dieses Unglück zustoßen, dabei bin ich so gut zu allen, zu den Arbeitern, Technikern, Maschinisten, zu den Mädchen ... Aber hier gibt es keine Heiligen: Der Dieb muß einer aus der Equipe sein! Aber ich schicke ihn ins Gefängnis! Ich würde ihn erschießen lassen, wenn es noch eine Todesstrafe gäbe!‹ Nun jedoch, nachdem sie die Nachricht vom wiedergefundenen Armband erhalten und erfahren hatte, wer der Dieb war, verhielt sie sich gerade umgekehrt, als man hätte annehmen können: Heiterkeit, Ruhe, wenig Worte. Ich wußte tatsächlich keine Erklärung dafür.

Zur festgesetzten Stunde klopfte ich diskret an ihre Zimmertür. Sie wandte mir, im Fauteuil sitzend und in den Frisiermantel eingehüllt, den Rücken zu; sie grüßte mich, als sie mich in dem dreiteiligen Spiegel erblickte, in welchem sie sich anschaute, während die Friseuse, Aida, neben ihr stand und ihr das Haar ... wie sagt man?«

»Einlegte.«

»Ja, genau.«

»Jeden Abend müssen die Schauspielerinnen das tun, wenn sie einen Film drehen. Und im allgemeinen sind sie sehr eifersüchtig auf die eigene Friseuse. Es kommt nicht oft vor, daß sie die richtige finden.«

Gigi lächelte:

»Siehst du, trotz meiner Unkenntnis hatte ich begriffen, daß etwas Derartiges mit im Spiel war. Ich hatte begriffen, daß es ihr trotz dem Diebstahl und allem, was damit zusammenhing, unbequem gewesen wäre, die Friseuse zu wechseln. Doch der Gedanke, diese lästige Situation zu vermeiden, war nur der Anfang, der einfache Grundstein zu einem ganzen Gebäude, das jene außerordentliche und ob ihrer Kälte – ich möchte fast sagen – ungeheuerliche Frau rasch konstruiert hatte. Und hier, hier gestehe ich dir gerne, daß ich nicht fähig war, ihre Schachzüge vorauszusehen.

Sie hieß mich auf einem Fauteuil in ihrer Nähe Platz nehmen, bot mir Zigaretten an, läutete dem Kellner, bestellte den Aperitif. Inzwischen verrichtete die Friseuse ihre Arbeit. Nachdem der Kellner die Getränke gebracht hatte, wartete die Diva noch ein wenig. Wir sprachen über dies und jenes. Die Friseuse bewegte sich um den Fauteuil herum und versuchte meinem Blick auszuweichen. Ich bemerkte, daß ihre Hände immer mehr zu zittern begannen. Bis plötzlich die Diva mit einem dicken Kamm, den sie in der Hand hielt, auf den Vorderarm des Mädchens klopfte, aufstand und sagte: ›Jetzt reicht's, Aida! Heute abend taugst du nichts! Herr Kommissar, bitte geben Sie mir das Armband, das diese Elende mir zu stehlen den Mut gehabt hat!‹

Ich zog das Päckchen aus der Tasche und streckte es der Diva hin. Sie öffnete es und hielt das Armband gegen das Licht, um sich zu vergewissern, ob alles in Ordnung sei. Tatsächlich waren außer den großen auch viele kleinere Steine daran, und man mußte aufmerksam hinschauen, um festzustellen, ob sie noch vorhanden waren. Inzwischen war das Mädchen ganz weiß geworden. Es blickte mit weitaufgerissenen Augen bald mich, bald die Diva an und hatte nicht die Kraft, den Mund zu öffnen. Ich dachte, es würde in Ohnmacht fallen. Aber einen Augenblick später – kaum bewegte sich die Diva auf das Bett zu – warf sich das Mädchen zu ihren Füßen, umklammerte sie und schluchzte, schrie, als habe man es mit einem Messer gestochen; dann begann es zu flehen: ›Signorina! Signorina! Verzeihen Sie mir! Es stimmt, ich bin ein elendes Geschöpf! Aber zerstören Sie mich nicht!

Ich will Ihnen jetzt alles erzählen, wie es gegangen ist! Ich habe eine krebskranke Mutter, und den Vater im Spital, und mein Bruder ist in Regina Coeli, und der andere im Irrenhaus . . .‹

›Nun hör doch auf, laß mich gehen. Du kannst mir alles später erzählen. Das sind nicht Dinge, die den Herrn Kommissar interessieren können. Sie entschuldigen, nicht wahr, Herr Kommissar, wenn ich mich einen Moment hinlege? Wenn Sie wüßten, wie müde ich bin. Nach einem Tag wie diesem!‹

Sie setzte sich aufs Bett, dann streckte sie sich, auf einen Berg von Kissen gestützt, aus. Sie zündete die Nachttischlampe an und legte sich das berühmte Armband ums Handgelenk; immer wieder mußte sie es, mit ausgestrecktem Arm und in verschiedenen Beleuchtungen, betrachten. Aida lag bäuchlings auf dem Boden und hatte noch nicht aufgehört zu schluchzen und flehentliche, nur halbverständliche Worte zu winseln. Da sagte die Diva: ›Ach Aida! Stell doch endlich das Geheul ab, hab' ich dir gesagt. Schau, da ist der Kommissar, der dich auf ein einziges Wort von mir für ein paar Jährchen ins Gefängnis steckt. Wenn ich das Wort sage, bist du für dein ganzes Leben erledigt. Aber ich . . . ich . . . schau mich an, Aida: Ich sage es nicht, jenes Wort. Du hingegen . . .‹

Das Mädchen hatte sich mit dem Oberkörper vom Boden aufgerichtet und hörte zu, und mit tränenübergossenem Gesicht blickte es die Diva an: ›Befehlen Sie, Signorina, ich bin zu allem bereit!‹

›Also, steh auf und geh zu jenem Schreibtisch. Nimm ein Stück Papier und die Feder. So ist's recht. Und jetzt schreibst du, was ich dir diktiere. Schreib zuerst meinen Namen. Gut. Und jetzt schreibst du: Sehr geehrtes Fräulein, hier, in Gegenwart des Herrn Polizeikommissars, gestehe und erkläre ich Ihnen meine Schuld: Ich habe Ihnen ein Armband im Wert von zehn Millionen Lire gestohlen. Gleichzeitig anerkenne ich Ihre unermeßliche Güte mir gegenüber, weil Sie mir verziehen haben. Ich verspreche, daß ich Ihnen nie etwas Böses antun und Ihnen, falls Sie es wünschen, mein ganzes Leben lang und mit all meinen Kräften dienen werde. Ich bin nur würdig, den Boden zu küssen, auf den Sie den Fuß gesetzt haben. – Diesen letzten Satz schreibst du dreimal hintereinander: Ich bin nur würdig . . . und so weiter. Und dann unterschreibst du mit deinem Vor- und Familiennamen.‹

Sie wollte, daß auch ich unterschreibe, doch ich weigerte mich. Das Reglement, sagte ich, verbiete es mir, private Abkommen zu unterzeichnen. In Wirklichkeit erschreckte mich die Grausamkeit, das berechnende Wesen jener Frau. Ich konnte kaum warten, bis ich wieder an der frischen Luft, in meinem Jeep und dann in der Kaserne war, und in meinem Zimmer, im Bett mit meiner Frau, das heißt, mit einem andern menschlichen Wesen.«

Gigi atmete tief und kurz auf, als hätte er eine ausgetrocknete Kehle. Der Cognac war ausgetrunken. Es blieb noch ein wenig Mineralwasser übrig. Er schenkte es ein und trank es gierig. Dann fügte er hinzu: »Und so ist es also wahr?«

»Was?« fragte ich.

»Was ich gespürt habe... und auch du hast es gespürt, wie mir scheint... daß jenes Mädchen, Aida, ihre Gesellschafterin, ihre Sekretärin, ihr Mädchen für alles geworden ist?«

»Ja, Aida folgt ihr überallhin. Nach Hollywood, New York, London, Japan, Polynesien: Wo die Diva hingeht, geht auch sie. Es sind jetzt mehr als zehn Jahre vergangen. Aber ich denke nicht wie du. Grausamkeit? Berechnung? Nein, sie ist nur eine Frau aus Süditalien, ein armes Geschöpf, das trotz all seiner Milliarden an nichts glauben kann, außer an den Tod und ans Geld.«

Die Engländerin

»Ab und zu muß man auch lachen können, nicht wahr?« bemerkte Gigi nach einem Moment des Schweigens wie in Gedanken. »Mir scheint«, antwortete ich, »man sollte so viel wie möglich lachen, und solange es möglich ist. Aber leider gab es bei der Geschichte, die du eben erzählt hast, nichts zu lachen.«

»Bei derjenigen, die mir in den Sinn gekommen ist, schon. Ich habe im Zusammenhang mit der großen Diva London erwähnt. Nun, ein Ehepaar war zu einem festlichen Anlaß direkt aus London hergefahren. Sie lebten dort. Sie war Engländerin: eine schöne Frau, groß, blond, hatte eine gute Figur und große blaue, sehr sanfte Augen. Und er war Italiener; er stammte aus demselben Ort zwischen Piemont und der Lombardei, wo ich Dienst leistete. Er trug übrigens denselben Namen, den jener Ort auf Verfügung des Staatspräsidenten von dem betreffenden Tag an dem eigenen Namen beifügen mußte, mit einem Bindestrich, zu Ehren eines berühmten Mitbürgers. Weißt du, so wie Livorno-Ferraris, Grazzano-Badoglio oder Sasso-Marconi ... Nun, jene Ortschaft hieß Vranzaghello, und der berühmte Mitbürger Biancotti. Vranzaghello-Biancotti. Noch heute natürlich heißt der Ort so.«

»Verzeih mir meine Unkenntnis: Wer war denn dieser Biancotti?«

»Du bist gut! Wenn ich dir das jetzt sofort sage, gibt es nichts mehr zu erzählen! Also: Der Mann der schönen Engländerin hieß ebenfalls Biancotti; einfach deswegen nämlich, weil Biancotti, der berühmte Bürger, den Vranzaghello eben an jenem Tag mit einem großen Fest feierte, sein Großvater gewesen war, der Vater seines Vaters. Und er war der letzte direkte Nachkomme, und der einzige, der diesen Namen trug. Auch er sah gut aus: Er war größer als seine Frau, kräftig, bartlos, hatte Geheimratsecken und eine etwas vorragende Stirn; ein eleganter, feiner Herr um die fünfzig. Er lebte seit dem Kriegsende in London, und wenige Leute in der Ortschaft kannten ihn oder erinnerten sich an ihn. Man wußte auch nicht, ob er einen festen Beruf hatte, sondern vermutete bloß, daß er Geschäftsmann sei. Sicher war nur: Er hatte eine reiche Frau, die Tochter des Besitzers einer großen Silberwarenfirma, der auch einen Laden in der City von London besaß.

Die Ehegatten Biancotti hatten in einem Telegramm gemeldet, sie würden am Morgen des großen Tages vom Simplon her ankommen, und man erwartete sie. Doch sie kamen mit mehr als einer Stunde Verspätung: Die Zeremonien und Feierlichkeiten waren schon in vollem Gange. Ein Unterstaatssekretär war anwesend – ich erinnere mich nicht mehr, welcher –, dann der Herr Präfekt, die angesehensten Abgeordneten der Gegend, die Bürgermeister der umliegenden Gemeinden, der Bischof, Journalisten, berühmte Sportler, die Blasmusik der Gebirgstruppe ... alle waren sie auf dem Platz versammelt, um das neue Gebäude der Gemeindeschulen zu eröffnen und der Enthüllung eines kleinen Denkmals, gerade vor der Schule, beizuwohnen: einer Bronzebüste, die – natürlich – Biancotti darstellte.

Noch bevor der Präsident der regionalen Gesellschaft für Tourismus die Tribüne der Prominenz verließ und sich durch die Menge stürzte, hatte ich sogleich, an der Ecke des Platzes, den Riesenwagen entdeckt. Er konnte nicht weiterfahren und hupte. Ich hatte begriffen, daß das sie waren, und rannte herbei. Der Präsident für Tourismus war der hauptsächlichste Befürworter der Kampagne gewesen, daß der Name Biancotti demjenigen von Vranzaghello beigegeben wurde; und gleichzeitig war er auch der einzige, der mit Biancottis Nachfahren aus London einigermaßen in Verbindung stand. Es lag deshalb an ihm, die beiden zu empfangen und auf die Tribüne zu führen. Aber ich war ihm zuvorgekommen.

Am Steuer des Jaguars saß die Frau: mit Sonnenbrille und einem grünen Schleier um den Kopf. Neben ihr Herr Biancotti, der ebenfalls eine Sonnenbrille trug. Die Dame lächelte mir sofort sehr freundlich zu und fragte mich in einem etwas mühsamen, doch ganz deutlichen Italienisch, wo sie parken könne; und noch bevor ich ihr antwortete, sprach sie – in offensichtlicher Unruhe – von dem ›Geschenk, das man dem Herrn Bürgermeister während der Zeremonie überreichen müsse‹, und sie wies auf ein dickes Paket, das den ganzen hinteren Teil des Autos belegte. Rasch fügte sie hinzu: ›Sehr schwer ... sehr schwer ...‹

›Massives Silber‹, erklärte Herr Biancotti. ›Man braucht mindestens zwei Männer zum Tragen.‹

Während der Wagen parkte, sorgte ich dafür, daß zwei Polizisten kamen. Ein Professor der Universität Pavia hatte soeben die offizielle Rede begonnen, in welcher ständig der Name des großen Biancotti – Vranzaghellos Ruhm und Glanz – vorkam. Und wir stiegen unterdessen auf die Tribüne, mit einer gewissen Feierlichkeit zweifellos, doch auch zur Überraschung sämtlicher Anwesenden; es gab eine große

Verwirrung. Wir bildeten einen kleinen Zug: zuvorderst die beiden Polizisten mit roten, verschwitzten Gesichtern (ich erfuhr später, daß das Gewicht vielleicht mehr als einen Zentner betrug), unmittelbar dahinter das Ehepaar Biancotti, dann der Präsident für Tourismus und ich. Ich hatte einen starken Tisch holen lassen, und das Paket wurde daraufgelegt. Alle waren neugierig zu erfahren, was es enthalte.

Nach der Rede des Professors ertönen die Trompeten: Die Büste wird enthüllt. Gleichzeitig wird das Paket ausgepackt, und zum Vorschein kommt eine Silberplastik, die ungefähr einen Meter lang und einen halben Meter breit ist: die Darstellung eines Dammes. In den Tälern über und um Vranzaghello gab es einige Dämme, doch keinen einzigen, der gerade mit Vranzaghello etwas zu tun gehabt hätte; keinen, den man ›Damm von Vranzaghello‹ nannte. Außerdem war nicht zu verstehen, welcher Zusammenhang zwischen der Darstellung des Dammes und dem großen Biancotti bestehen sollte; Biancotti war doch ein Gelehrter, Jurist, gewesen und hatte – obwohl ein treuer Sohn von Vranzaghello – immer in Rom gelebt, wo er auch vor etwa dreißig Jahren gestorben war. Doch auf dem Sockel der Plastik war die folgende Inschrift eingetragen: ›Für Vranzaghello-Biancotti. Ein ehrerbietiges Geschenk von Umberto Biancotti.‹

Das Erstaunen war deshalb allgemein, doch niemand schien sich allzu große Sorgen darüber zu machen. Größeres Interesse als die Plastik fand bei den Behörden Frau Biancotti, welche Sonnenbrille und Schleier abgelegt hatte und welche mit ihrer würdevollen Erscheinung, ihrem blonden Haar, ihrer Schönheit und ihrem lächelnden, ruhigen, freundlichen Ausdruck die Blicke in ihren Bann zog. Nach dem Professor sprachen der Unterstaatssekretär, der Präfekt, der Bürgermeister und verschiedene andere. Und alle erwähnten Biancottis wissenschaftliche Tätigkeit, seine ›Geschichte des Römischen Rechts‹ und andere Werke aus diesem Gebiet. Natürlich ohne je auch nur die geringste Bemerkung über einen Damm zu machen.

Ich dachte – und so wie ich dachten viele der Anwesenden –, Biancotti habe, da er in Rom eine Berühmtheit war, irgendwie den Bau eines von Vranzaghello nicht allzuweit entfernten Dammes vorangetrieben. Der Bürgermeister dankte dem Ehepaar Biancotti für das Geschenk; und nachdem die Zeremonie zu Ende gegangen war, begaben wir uns alle zum Bankett ins Weiße Kreuz.

Wie immer in solchen Fällen blieben wir bis gegen vier Uhr nachmittags bei Tisch. Ich saß unter den weniger wichtigen Gästen, also an einem der beiden Enden der hufeisenförmig angeordneten Tafel. Frau Biancotti saß genau in der Mitte zwischen dem Unterstaatssekretär und dem Präfekten. Ich sah, wie sie die ganze Zeit hindurch mit unbeirrbarer Heiterkeit und Würde – und ohne sich je das geringste Zeichen von Müdigkeit anmerken zu lassen – lächelte und sprach. Ich gestehe, daß ich sie bewunderte. Ich stellte noch eine andere Überlegung an, sagte mir: Das ist eine Frau, die glücklich ist, daß sie auf dieser Welt lebt; reich, ohne Sorgen, mit einem Mann, den sie liebt; und jetzt wird sie wahrscheinlich als Touristin in Italien umherfahren und sich vergnügen ... Kurzum, ich bewunderte sie nicht nur, sondern ich war froh für sie und ihren Mann. Und – auf dem Grunde meiner Zufriedenheit saß auch ein wenig Neid. Weshalb? Glaubst du nicht, daß ein armer Kriminalkommissar in solchen Fällen auch einmal ein wenig Neid verspüren darf? Ach, versteh mich recht: Nicht daß ich etwa in irgendeiner Weise Absichten auf eine Frau jener sozialen Schicht gehabt hätte, die so weit über der meinen steht ... Es war ein phantastischer – wie soll ich sagen? – poetischer Seelenzustand, den höchstwahrscheinlich mehr als etwas anderes die Getränke während des Banketts begünstigten. Ich glaube übrigens, ich hätte das Ganze nicht so wichtig genommen und sofort wieder vergessen, ohne je noch daran zu denken, wenn nicht nach bloß einer Stunde, als ich wieder auf der Wache war und mir in der Maschine einen feinen Kaffee kochte ... Meine Frau war mit den Mädchen am Meer, ich war allein zu Hause: Ja, vielleicht auch deswegen hatte mich die schöne Engländerin so sehr beeindruckt ... Nun gut, während ich mir den Kaffee zubereite, kommt die Ordonnanz herein: ›Herr Kommissar, drüben ist eine Dame, die Sie zu sehen wünscht.‹

›Zum Teufel, wer ist's?‹

›Die englische Dame mit dem Silberzentner ...‹, sagt der Bursche, der zufälligerweise einer der beiden ist, welche die Plastik tragen mußten.

Ich gehe hinüber – und stehe vor einem vollkommen veränderten Geschöpf! Um die Frau wiedererkennen zu können, mußte ich einen Augenblick lang das Kleid betrachten, das ohne Zweifel dasselbe wie am Morgen war! Im übrigen war sie zerzaust, ungekämmt, blaß und verschmiert im Gesicht, da die Schminke nicht mehr hielt. Sie zitterte, war wütend; doch es war eine ganz innere und verhaltene Wut.

›Kommissar‹, sagte sie, ›ich bitte Sie, kommen Sie sofort mit mir. Ich habe als Mädchen einige Jahre in Florenz gelebt, und ich kenne das italienische Gesetz. Nehmen Sie sich die Mühe, mit mir zu kommen.‹

Auf meine Fragen hin erklärte sie mir alles mit einfachen Worten. Sie hatte die mathematische Gewißheit, daß ihr Mann, Umberto Biancotti, genau in jenem Moment im Begriffe war, sie in dem Zimmer, welches für das Ehepaar im ersten Stock des Weißen Kreuzes reserviert worden war, mit einem Zimmermädchen des Hotels zu betrügen. Nach dem Bankett hatten sie und ihr Mann sich zur Ruhe zurückgezogen. Sie hatten dem Zimmermädchen geläutet, und es war ein junges und ›sehr vulgäres, aber doch sehr hübsches‹ Mädchen erschienen. Da die Frau den Charakter ihres Ehemannes kannte, nahm sie in seinem Ausdruck sofort die Zeichen einer unmittelbaren Sympathie für jenes Mädchen wahr. Sie kannte auch die Gewohnheiten ihres Mannes: Er habe daraufhin den plötzlichen Wunsch geäußert, ein wenig Luft zu schnappen. Er werde, sagte er zu ihr, mit dem Auto bis zum Damm fahren; ›zu dem Damm, den es gar nicht gibt! Ich habe mich während des Essens erkundigt: Der Damm existiert nicht. Aber das erzählte ich ihm nicht. Er hat dann noch gesagt, er habe zu viel gegessen, er sei müde und wolle schlafen. Aber ich weiß: Ich weiß, womit er beschäftigt ist. Ich bitte Sie, Herr Kommissar, kommen Sie sofort mit mir.‹

›Erstatten Sie eine formelle Anzeige?‹ fragte ich und erinnerte sie an die Artikel unseres Gesetzes, welche diese Angelegenheiten regeln. Und ich schilderte ihr die Annehmlichkeit eines Aufschubs: Es mußte doch vor allem der Skandal vermieden werden, der in Anbetracht des feierlichen Anlasses und der engen Verhältnisse nicht ausbleiben würde; der Skandal, die Lächerlichkeit, und auch die Veröffentlichung in den Zeitungen.

›Zeitungen? Skandal? Um so besser. Gerade das will ich ja. Ich habe beschlossen, Schluß zu machen. Ich habe beschlossen, mich – sobald ich wieder in meiner Heimat bin – scheiden zu lassen. Die Artikel in euren Zeitungen werden mir auch die Kosten für einen Advokaten ersparen. Gehen wir.‹ – Das Reglement verpflichtete mich zum Gehorsam.

Alles verlief so, wie sie wollte und wie sie es vorausgesehen hatte. Die eines Boccaccio würdige Szene will ich dir nicht erzählen, sondern deiner Phantasie überlassen. Natürlich hatte ich mich, bevor ich etwas unternahm, anhand der beim Hotelportier hinterlegten Pässe vergewissert, daß die Biancottis tatsächlich miteinander verheiratet waren; sonst hätte die Dame überhaupt kein Recht gehabt. Du verstehst: Es handelte sich für mich um einen mehr einzigartigen als seltenen Fall; fremde, angesehene Persönlichkeiten! Ich durfte nicht den geringsten Fehler riskieren.

Als Mann und Frau einander gegenüberstanden, da schien sie zu Stein erstarrt: zur Statue der Justitia. Er hingegen kleidete sich an und stammelte dabei – auf englisch – Entschuldigungen, Erklärungen, Versprechen, flehentliche Beschwörungen ... ich weiß es nicht, ich verstand nichts. Aber so kam es mir vor. Zu Schluß brach er in Tränen aus.

›Herr Kommissar‹, sagte da die Dame, indem sie die Tür schloß und mit mir den Korridor entlangging, ›ich glaube, jetzt dürfen Sie mir ein Dokument übergeben.‹ Der Besitzer und die Besitzerin des Hotels waren am Ende des Korridors erschienen und schauten entsetzt drein. Das Gerücht mußte bereits umgegangen sein. Der Präsident der Gesellschaft für Tourismus hatte nicht widerstehen können: Auch er wollte heraufkommen. Wir trafen ihn auf der Treppe. Er verbeugte sich vor der Dame. Doch sie sah ihn nicht einmal an. Um den Haufen neugieriger Leute, die sich draußen und im Hotel selbst zusammenrotten würden, aus dem Weg zu gehen, bat ich die Dame, mit mir auf die Wache zurückzukehren.

Ich begann das Protokoll in die Maschine zu schreiben. Nach einer Weile unterbrach ich mich und sagte zu ihr: ›Schauen Sie, machen wir es so. Während ich schreibe, denken Sie nochmals darüber nach. Bis zum Unterschreiben ist noch genügend Zeit, die Meinung zu ändern. Denken Sie darüber nach.‹

›Ich habe jahrelang darüber nachgedacht. Ich habe jahrelang gelitten. Jetzt habe ich mich entschieden. Schluß.‹

›Doch weshalb gerade jetzt? Wenn Sie schon immer gewußt haben, daß Ihr Mann diese Schwäche hat: Was hat er denn jetzt noch Schlimmeres getan, daß Sie einen so schwerwiegenden Entschluß fassen müssen?‹

›Nichts. Aber erst heute habe ich entdeckt, daß mein Mann nie gewußt hat, wer sein eigener Großvater gewesen ist. Er hat mir immer gesagt, sein Großvater sei ein großer Ingenieur gewesen. Er hatte sogar eine große Fotografie von dem Damm, den sein Großvater für das Dorf Vranzaghello erbaut hatte, einrahmen lassen; sie hängt im Salon unseres Hauses in London. Nach der Fotografie haben wir die Plastik herstellen lassen. Wissen Sie, wie viele Pfund Sterling jene Plastik aus massivem Silber meinen Vater gekostet hat? Aber nicht dies ist schlimm. Darauf pfeife ich. Es gibt jedoch etwas, das ich – vielleicht weil ich Engländerin bin – absolut nicht ertragen kann: daß einem Menschen die Tradition so gleichgültig ist und daß er nichts weiß über seine eigene Herkunft.‹«

Der Pfeffer

»Er hatte keine akademischen Titel, doch er war ein vornehmer Herr, Abkömmling einer Familie, die einstmals reich gewesen war, der Sciaffusati. Das waren Kleinindustrielle gewesen – Seidenspinnerei –, die in der Mitte des vergangenen Jahrhunderts zu einem gewissen Vermögen gekommen waren. Dann jedoch, als die künstlichen Fasern erfunden wurden, kam rasch der Niedergang. Von allem ist, glaube ich, nur eine kleine Fabrik in der Nähe von Turin übriggeblieben, in einem Dorf, an welches jetzt die Stadt grenzt.

Eben dort hatte ich ihn bereits einige Jahre vor dem Krieg kennengelernt, und wir hatten im Hotel zum goldenen Löwen Freundschaft geschlossen. Er kam jeden Abend zum Kartenspiel, und zwar mit dem Fahrrad. Er mußte nur den Garten durchqueren; die alte Villa der Sciaffusati, wo er mit seiner überaus zahlreichen Familie lebte, lag gerade neben der Fabrik. Er hatte sieben Knaben und Mädchen, und das älteste war noch nicht zwanzig Jahre alt. Vielleicht weil er so gütig, so nett, so hilfsbereit war, sagte niemand ›Herr Sciaffusati‹, sondern vertraulich ›Herr Cichin‹. Er war klein und mager und trug einen spitzen Vollbart, wie es früher Mode war, und einen Bürstenschnitt; Haare und Bart waren rötlich blond; die Augen hell, und sie lachten immer. Deshalb vielleicht konnte er einem boshaft vorkommen. Aber dieser Eindruck war vollkommen falsch. Und übrigens konnte nur derjenige ihn haben, welcher Sciaffusati über die Tische des goldenen Löwen hinweg sah und nie Gelegenheit gehabt hatte, ihn persönlich kennenzulernen. Denn er war der harmloseste Mensch auf der Welt. Jene, die ihn gut mochten, sagten: ›Herr Cichin, der ist ein netter Kerl!‹ oder: ›Der kann Geschichten erzählen!‹ Und diejenigen, die ihn nicht mochten, meinten: ›So eine Tante!‹ Aber nein: Niemand mochte ihn gar nicht. Sagen wir deshalb eher: Diejenigen, die nicht so sehr mit ihm befreundet waren. Und leider hat es solche gegeben. Sie haben ihn ausgenützt. Das war so leicht! In wenigen Jahren haben sie ihn um die Fabrik, die Villa, das ganze Kapital gebracht.

Im Geschäft war er einfach ein Versager. Ein fünfjähriges Kind wäre schlauer gewesen als er. Der arme Herr Cichin ... Also, jetzt habe ich dir die Hauptperson geschildert; ich komme zur Geschichte.

Seine Frau, Adelina, war Genueserin. Deshalb siedelten sie, als das Geschäft um das Jahr 1936 oder 37 pleite gegangen war, nach Genua über, wohl auch, weil sie sich die Demütigung, den eigenen finanziellen Ruin vor den Bekannten und vor allem vor den Freunden und Schulkameraden der Kinder zur Schau zu stellen, ersparen wollten.

Die beiden ältesten Mädchen besaßen das Diplom des Verdi-Konservatoriums, die eine für Klavier und die andere für Geige. Sobald sie in Genua waren, begannen beide zu arbeiten. Und der älteste der Söhne, der zum Glück schon die Universität besuchte, fand eine Stelle in irgendeiner Versicherungsgesellschaft. Die Moral von der Geschicht': Diese drei Kinder sind es gewesen, die den Karren gezogen haben – und ohne daß die vier jüngeren ihre Ausbildung unterbrechen mußten. Der Vater, Herr Cichin, begann als Vertreter zu arbeiten. Das hat er mir anvertraut. Er war für einige Tage von Genua ins Dorf zurückgekehrt, um den Verkauf des Sciaffusati-Besitzes endgültig zu regeln. Er hatte ein Zimmer im goldenen Löwen genommen. Und am Abend hatte er Karten spielen wollen. Dann war er mit mir allein noch bis in die frühen Morgenstunden sitzen geblieben, um zu schwatzen.

Er war von seiner neuen Arbeit begeistert: voll Vertrauen, wie immer. Er erzählte von Leuten, die durch die Handelsvertretung Millionäre geworden waren; man brauche dazu weder Kapital noch Büros noch Angestellte; man habe keine Kosten, bezahle keine Steuern: Kurzum, das war sein Weg!

Als ich ihn jedoch fragte, welchen Artikel er denn vertrete, beugte er sich über den Tisch und begann langsam sein Glas zwischen Daumen und Zeigefinger zu drehen; er starrte dabei auf den Wein, als ob er eine fast unsichtbare Mücke entdeckt hätte, und er kniff die Augen zusammen und den winzigen Streifen Haut über den Backenknochen, der frei vom Bart war, und gleichzeitig lachte er, lachte auf seine scheinbar schlaue Weise. ›Welchen Artikel?! Ja, und das soll ich Ihnen sagen?! Sie sind gut, Kommissar, aber für wen halten Sie mich? Das ist doch ein Geheimnis, ein Berufsgeheimnis. Das einzige, was ich sagen kann, ist, daß es sich um eine Erfindung handelt, eine absolute Neuheit!‹

Worum es sich handelte, erfuhr ich ein paar Jahre später, als ich ihn in Genua besuchte. Er hatte mir nämlich einen sehr traurigen und sehr seltsamen Brief geschrieben. ›Lieber Kommissar‹, sagte Herr Cichin in diesem Brief – ich erinnere mich nicht an die genauen Worte, aber der Sinn war der – ›lieber Kommissar, meine Geschäfte laufen nach den zwei Jahren, die ich nun in Genua bin, noch nicht so, wie ich gehofft hatte und wie ich Ihnen erzählte, als wir uns das letzte Mal sahen. Und mein Familienleben ist leider zu einer Hölle geworden. Ich verstehe, daß ich allen zur Last falle und niemandem nütze. Aber ich glaube, ich bin doch sowohl zu meiner Frau als auch zu meinen Kindern immer liebevoll und großzügig gewesen, und ich habe diese schändliche Behandlung auf keine Weise verdient. Ich versichere Ihnen, daß ich mehr als einmal nahe daran war, mich an die öffentlichen Behörden zu wenden, um jenen Schutz und jenes Recht zu erhalten, wie es jedem Bürger gegenüber einem andern zusteht, selbst wenn dieser andere ein Mitglied der eigenen Familie ist, und selbst wenn die ganze Familie zusammen sich gegen ihn verschworen hat. Aber jedesmal habe ich meinen Entschluß wieder rückgängig gemacht, weil ich dachte, hier in Genua kennt uns ja niemand, und weil ich meine Lieben, die mich hassen und kaum warten können, bis ich endlich tot bin, aber welche ich trotz allem noch immer gern habe, nicht in ein schlechtes Licht bringen will. Bis schließlich vor kurzem sich zweimal etwas ereignet hat, was ich nicht weiterhin dulden kann. Ich habe beschlossen zu handeln. Ich gehe nicht zur Polizei, weil ich doch noch ein wenig zu stolz bin. Aber ich muß den Schuldigen finden, ich muß ihn in flagranti erwischen. Ich wende mich an Sie. Falls Sie in den nächsten Tagen einmal frei bekommen und rasch nach Genua fahren könnten . . .‹

Nun, ich bin gegangen. Sie wohnten in Bolzaneto, in einem sehr einfachen Arbeiterhaus. Dank einem glücklichen Zufall treffe ich Frau Adelina auf der Treppe an. Natürlich erzähle ich ihr nichts von dem Brief. Meinen Besuch erkläre ich mit einer zufälligen Fahrt nach Genua. Die Frau nimmt mich beim Arm, schaut voll Angst nach oben und sagt rasch zu mir, ihr Mann, der Ärmste, sei übergeschnappt. ›Er gehört nicht ins Irrenhaus‹, sagt sie, ›aber das ist für uns eigentlich fast noch schlimmer. Weil wir ihn im Haus behalten müssen. Und das ist eine Qual. Er ist davon überzeugt, wir würden ihn hassen und versuchten, ihn zu vergiften. Der Arzt sagt, es handle sich um eine Form von Alkoholismus. Zu Hause trinkt er nicht viel, aber draußen, das weiß ich nicht. Aber der Arzt sagt, er befinde sich in einem Zustand chronischer Vergiftung, und nun genügt schon ein Glas, daß er den Kopf verliert. Er dürfte eben nicht mehr trinken, keinen Tropfen mehr. Aber wer bringt es übers Herz, meine ich, ihm auch noch den Wein wegzunehmen? Und so, Herr Kommissar – glauben Sie mir – weiß ich nicht mehr, an welchen Heiligen ich mich wenden soll. Wenn das so weitergeht, muß am Ende ich ins Irrenhaus!‹ Frau Adelina weinte. Ich sprach ihr Mut zu und versprach ihr, bevor ich sie verließ, daß ich mich, so gut ich könne, einsetzen würde, um ihren Mann wieder aufzuheitern.

Er war verändert. Plötzlich gealtert. Bart und Haupthaar fast vollständig grau; es war ein rostfarbenes, unregelmäßiges, schmutziges Grau. Von meiner Ankunft hatte ich ihn auf einer Karte benachrichtigt, die ich an eine geheime Adresse schicken mußte; er hatte sie mir in seinem Brief angegeben, und ich erinnere mich noch an sie: ›Bratküche Balestrero, salita degli Angeli 3‹. Er erwartete mich also: Ich hatte noch nicht geläutet, als er mir schon die Tür öffnete. Er führte mich in die Küche und entschuldigte sich: Sie seien neun Personen in vier Zimmern, und der einzige Raum, in dem er mich empfangen könne, sei die Küche. Er sprach ganz leise und blickte mißtrauisch um sich. Währenddessen waren von gegenüber, aus einem der Schlafzimmer, sehr laute Geigentöne zu hören: Tonleitern, Dreiklänge oder wie zum Teufel man das nennt; kurzum, Übungen. ›Nur sie ist zu Hause‹, sagte Herr Cichin; er meinte damit offensichtlich die geigenspielende Tochter. ›Die andern sind in der Schule oder an der Arbeit. Meine Frau ist einkaufen gegangen. Hier können wir nicht reden, ich weiß es. Jetzt wollen wir gleich ausgehen. Aber zuerst wollte ich Sie noch warnen: Wenn wir zufälligerweise auf der Treppe oder beim Hauseingang meine Frau antreffen, dann habe nicht ich Ihnen vorgeschlagen auszugehen: Sie, Kommissar, sind es gewesen, der mich gebeten hat, Sie zu begleiten – nach . . . nach . . . Finden Sie doch irgendeine Ausrede: Ja, gut, Sie in Genua herumzuführen, da ich es besser kenne als Sie . . .‹

Ich beruhigte ihn, und wir gingen sofort weg. Wir nahmen einen Autobus, dann eine Straßenbahn. Es war Frühling, wie jetzt: aber ein kalter Morgen mit Regenschauern und Wind. Er war mir dankbar, daß ich gekommen war, und wollte mir etwas Gutes anbieten. Zu Hause hatte er nichts. Es gebe jedoch einen weißen *secco*, den ich versuchen müsse. Den echten Wein von Genuas Hügeln. Den sogenannten Coronata. Und dann könnten wir dort in aller Ruhe miteinander sprechen. Morgens sei dort nie jemand.

Dort, das hieß natürlich: in der Bratküche Balestrero, salita degli Angeli, Di-Negro-Viertel. Wir mußten unter einer Eisenbahnbrücke durchgehen, dann kamen wir zu einem Platz mit einer großen Kirche, zur Linken mündete ein enges Gäßchen zwischen den Häusern, und da gab es eine Pinte mit Marmortischen und dem Herd, auf dem sie den Erbsenfladen zubereiten, die ›Fainà‹, wie man das nennt.

Zuvor jedoch wollte er mir den berühmten Artikel zeigen, dessen Vertretung er hatte. Kaum war ich, gerade an der Piazza Di Negro, aus der Straßenbahn gestiegen, zog er mich vor das Schaufenster eines großen Eisenwarengeschäftes. Er zeigte auf einen seltsamen Gegenstand in der Ecke; er glich ein wenig einem englischen Schlüssel, war jedoch komplizierter. Es war, so erklärte mir Herr Cichin, eine außergewöhnliche schwedische Erfindung: ein Hammer, den man in einen Schraubenzieher, eine Zange, eine Schere, eine Pinzette, einen Schraubenschlüssel, einen Eisen- und einen Holzbohrer verwandeln konnte – hundert Anwendungsmöglichkeiten. Jede Familie hätte damit versorgt werden sollen. Aber er hatte berechnet, daß, wenn auch nur eine auf fünfzig italienische Familien ihn gekauft hätte ... nun, daß er damit reich geworden wäre. Gewiß, wie für alle neuen Produkte brauchte man einen Anlauf, mußte man für die Werbung etwas ausgeben. Vor dem Schaufenster im Regen, unter dem Schirm, war er, während er sprach, plötzlich wieder lebhaft geworden. Er hoffte zweifellos, daß dank irgendeinem geheimnisvollen Ereignis der verwandelbare Hammer von einem Tag auf den andern eine ungeheure Verbreitung finden werde. Er redete, er lachte schlau, er war wieder der alte Herr Cichin.

Kurz danach erzählte er mir in der Bratküche den wahren Grund, weshalb er mich um meine Hilfe gebeten hatte. Der Umstand war schlimm, sehr schlimm sogar. Die zu Hause – Frau wie Kinder, keines ausgenommen – haßten ihn nicht nur, wollten ihn nicht nur tot sehen. Sondern sie beraubten ihn auch noch. Ja, sie bestahlen ihn regelmäßig. Und er hatte sie noch nicht auf frischer Tat ertappen können. Sie bestahlen ihn im geheimen, indem sie aus der Pfeffermühle, aus ›seiner‹ Pfeffermühle, den Pfeffer entwendeten, den er, wie immer, eigenhändig eingefüllt hatte.

Nun sollte ich ihm seiner Meinung nach helfen, die Schuldigen – oder den Hauptschuldigen – ausfindig zu machen, und, wenn ich ihn gefunden hatte, ihm eine Strafpredigt halten und ihm mit dem Gefängnis drohen: ja, mit dem Gefängnis, auch wenn es eines seiner Kinder war, und auch wenn der Diebstahl sich zu Hause ereignete ... Ich wollte ihm schon antworten, ich würde bestimmt tun, was er von mir verlange, und ich dachte bereits daran, eine kleine Komödie zu inszenieren, um ihn zufriedenzustellen; ich überlegte bereits, wie ich mich mit einem seiner Söhne verständigen könnte, damit dieser die Schuld auf sich nahm. Da begann Herr Cichin unvermittelt, ohne den Tonfall oder den Ausdruck zu verändern, wieder vom verwandelbaren Hammer zu sprechen; es sei eine Schande, sagte er, daß nicht alle ihn erwarben. Und genau in jenem Moment – nicht vorher – merkte ich, daß sein Blick nicht normal war: Er war starr, wie geblendet. Der Arzt hatte recht. Zwei Gläser jenes schwachen Weines genügten, daß er den Kopf verlor.

Da nehme ich ein wenig Fladen und überrede ihn, daß er ebenfalls esse. Ein Rausch bei nüchternem Magen vergeht, wenn man den Zähnen etwas zu beißen gibt. Das Lokal war ärmlich, aber sehr angenehm. Herr Balestrero selbst, ein großer, magerer, dunkler Mensch mit einer langen Nase, steckte die Fladen in den Ofen und briet die Fische. Gegen Mittag kamen allmählich einige Lastwagenchauffeure, einige Weibchen, alte Männer, Arbeiter. Sie setzten sich, auch sie ließen sich große Stücke Fladen abschneiden und tranken alle jenen hellen, fast grünen Wein, der Herrn Cichin so gut schmeckte – und auch ich fand ihn, offen gestanden, außergewöhnlich gut.

Als er aß, fühlte er sich sogleich besser, wie ich gehofft hatte. Als er den Fladen aufgegessen hatte, wollte er jedoch noch einen Liter bestellen. Ich kann nicht, sagte ich zu ihm, ich verpasse den Zug; und ich begleitete ihn nach Hause.

Wir legten einen großen Teil des Weges zu Fuß zurück. Jeden Augenblick befürchtete ich, er beginne wieder vom Pfefferdiebstahl zu sprechen. Immer wieder sagte er: ›Da ist etwas, Herr Kommissar, was ich Ihnen noch sagen muß ... etwas ... etwas ... jetzt erinnere ich mich nicht mehr daran ...‹ Zum Glück sind wir in Bolzaneto angekommen, ohne daß es ihm in den Sinn gekommen ist.

Ein Jahr danach ruft mich ein verzweifeltes Telegramm der Frau wiederum nach Genua. Herr Cichin war seit vier Tagen verschwunden. Frau Adelina befürchtete, er habe sich stärker als gewöhnlich betrunken und sei in irgendeinem kleinen Hotel am Hafen gelandet. Sie hatte sich auf die Suche gemacht, aber allein und erfolglos. Und um den Kindern die Sorge und die Schande zu ersparen, hatte sie allen – auch den Großen – gesagt, Papa sei geschäftlich nach Mailand gefahren; und um die liebevolle Lüge zu vervollständigen, hatte sie bei der Hausmeisterin ein Köfferchen mit dem Pyjama, den Hausschuhen, den Toilettengegenständen versteckt: die Dinge, die Herr Cichin auf seine Reisen jeweils mitgenommen hatte – vor langer Zeit, als er noch reiste.

Ich gehe sofort zur Bratküche Balestrero. Man wußte nicht einmal seinen Namen, aber sie kannten ihn, als ich ihn beschrieb, am Bart. Nach einer halben Stunde finde ich ihn in einem öffentlichen Schlafsaal in der Nähe des Di-Negro-Viertels. Er hatte hohes Fieber und redete wirr. Ich lade ihn in ein Taxi. Er war ganz und gar nicht erstaunt, mich zu sehen; es schien beinahe, als erwarte er mich.

›Wohin bringen Sie mich, Kommissar?‹ fragt er.

›Nach Hause‹, sage ich zu ihm.

›Aber ich will nicht mehr nach Hause gehen: Haben Sie denn nicht gesehen, daß ich weggelaufen bin? Ich bin ein für allemal weggelaufen . . .‹

Als er dann in seinem Bett lag, schien er zufrieden zu sein. Die Fensterläden waren fast geschlossen. Ich erinnere mich noch immer an sein Gesicht im halbdunklen Zimmer. Er hatte das Leintuch bis zu den Ohren heraufgezogen, sein kleines, graues, behaartes Gesicht sah aus wie das eines armen Äffchens. Er hielt die Augen geschlossen und schien vor Glückseligkeit zu lächeln. Er hatte sie geöffnet, um sich von mir zu verabschieden. Sie waren hell und funkelnd wie früher; Kinderaugen.

›Danke, hm, Herr Kommissar. Tut mir leid, daß Sie sich bemühen mußten.‹ Er hob den Kopf aus den Kissen und schaute rundum, um sich zu vergewissern, daß seine Frau nicht im Zimmer war; dann legte er den Kopf zurück und flüsterte, leise lächelnd: ›Sobald ich gesund werde, laufe ich wieder fort . . .‹

Er tat es nicht. Es war schon Krieg, wenige Monate später begannen die Alliierten Genua zu bombardieren. Frau Adelina beschloß, mit der Familie umzusiedeln: Sie hatte in Silvano d'Orba alte, wohlhabende Verwandte, welche ohne weiteres zugesagt hatten, alle zusammen aufzunehmen. Die Sciaffusati schickten einen Lastwagen mit dem Hausrat und zwei Söhnen voraus; der Rest fuhr im Zug ab. Wie so viele in jenen Tagen. Es wäre alles gut gegangen, aber Herr Cichin stieg in Ovada aus und wollte nicht mehr einsteigen. Er sagte, er warte auf den nächsten Schnellzug nach Genua, er wolle zurück, er habe die Pfeffermühle vergessen! Damit sie ihm den Pfeffer nicht mehr stehlen konnten, hatte er sie versteckt. Und im Durcheinander der Abreise hatte er vergessen, sie mitzunehmen.

Frau Adelina hat mir erzählt, es sei unmöglich gewesen, ihn zu überreden. Die jüngeren Knaben und Mädchen weinten: ›Steig wieder in den Zug, Papa! Komm mit uns!‹

Es war unmöglich. Er ist zurückgefahren, bis nach Genua. Und in jener Nacht ist er bei einem Bombenangriff ums Leben gekommen. Armer Herr Cichin!«

Das Zigeunermädchen

Am piemontesischen Ufer des Tessins, das rauher und abgelegener ist als das lombardische, gibt es ein kleines Restaurant in Castelletto – wo übrigens zum erstenmal Gianni Clerici mich hingeführt hat. Ein tröstliches Beispiel dafür, daß ein redlicher Wirt zu erneuern vermag, was dringend der Erneuerung bedarf, und gleichzeitig bewahren kann, was bewahrt werden sollte. Erwähnt sei nur die besondere Zubereitung der Pilze in Öl, der Essiggurken und besonders diejenige der Essigrüben, der köstlichen »Burdugn«, die so rund und dick sind wie Äpfel, weiß und lila, ganz zart, frisch und köstlich duftend ...

Nun, kürzlich ist mein Freund, Kommissar Arnaudi, aus Piacenza zur Mailänder Messe gekommen. Als er am späten Nachmittag wieder wegfahren wollte, habe ich ihn überredet, auf drei Stunden Schlaf zu verzichten, und habe ihn nach Castelletto geschleppt. Natürlich (fast immer ist es so!) waren die Essigrüben, die »Burdugn«, gerade ausgegangen, aber wir hatten sie nicht allzu sehr vermißt (auch das kommt vor!), denn kurz nach der Brücke über den Tessin, bei der Kurve, erblickten wir im bereits spärlich gewordenen Licht der Abenddämmerung auf einem Feld voll Unkraut einen Rauch, der vom roten Fleck einer Feuerstelle aufstieg, Schatten, die sich rundherum bewegten, Lumpen, deren Farben noch leuchteten, einen Wohnwagen, ein dunkles Auto: alles nur einen Augenblick lang, denn wir flitzten ja vorbei, und die Sicht war durch den Einbruch der Dunkelheit getrübt – gerade dadurch aber war das Bild noch eindrücklicher. Wir hatten über Zigeuner zu sprechen begonnen, und über Zigeuner sprachen wir weiter, dachten nicht mehr daran, dem Wirt von Castelletto die gebührende Ehre zu erweisen, und sei es auch nur mit Worten. Den Zigeunern habe ich immer ein außergewöhnliches und seltsames, mit Neugier, Sympathie und Schrecken vermischtes Interesse entgegengebracht. Und über die Zigeuner wußte Gigi seine Geschichten zu erzählen.

Die schönste handelte von dem jungen (einstmals jungen!), reichen, gefälligen, ein wenig gelehrten Franco Notti, den zufälligerweise auch ich gekannt hatte, als ich vor vielen Jahren am Ortasee wohnte. Die Geschichte hatte sich gerade in jener Gegend ereignet. Deswegen vielleicht, oder auch weil ich Notti kannte, berührte sie mich stark.

»Franco Notti«, begann mein Freund, »hatte zwei Leidenschaften.«

»Die eine ist mir bekannt«, sagte ich. »Die Jagd. Ich habe ihn seither nie mehr gesehen. Ich weiß auch nicht, wo er jetzt lebt. Aber ich glaube nicht, daß ihm diese Freude vergangen ist. Ich selbst bin leider kein Jäger. Die Waffen: nicht meine Stärke. Aber Franco Notti war ein so netter Kerl. Um mit ihm zusammen zu sein, habe ich ihn ein paarmal auf die Wachteljagd begleitet. Welches war die andere?«

»Die andere Leidenschaft? Nun ... das läßt sich schwer mit einem Wort sagen, auch nicht mit mehreren. Wenigstens für mich ist es schwierig. Die andere Leidenschaft: Das hing bestimmt mit Frauen zusammen. Aber was waren das für Frauen? Und welche Leidenschaft?«

»Ich weiß nicht«, meinte ich. »Als wir befreundet waren, wohnte er noch zu Hause bei seiner Mutter, die verwitwet, krank und ziemlich alt war, wenn ich mich recht erinnere.«

Er wohnte in Mailand. Und von Juni bis November in Lortallo, in einem jener alten Häuser, die gleichzeitig etwas von einem Palast und von einem Kloster an sich haben. Nach Süden und Westen gerichtet. Freie Sicht auf den See bis zur Halbinsel und zur Insel und auf die Bergkette gegenüber, hinter welcher sich die Reihe der Gletscher erhebt. Gigi sagte: »Ich habe ihn natürlich viel später kennengelernt. Seine Mutter war schon vor einiger Zeit gestorben. Er hatte nicht geheiratet. Und er verbrachte in dem Haus in Lortallo, von dem du erzählst, nicht nur die Zeit von Juni bis November, sondern das ganze Jahr. Es war in der ersten Zeit nach dem Krieg. Eines Tages gegen vier Uhr nachmittags holte er mich mit dem Wagen in der Kaserne von Legro ab. ›Kommissar‹, sagt er, ›ziehen Sie sich zivil an. Kommen Sie, gehen wir. Erwischen Sie gerne einen Dieb in flagranti?‹ Du weißt, wie ich darüber denke. Unser oder zumindest mein Vergnügen besteht – wenn überhaupt – im Untersuchen, im Nachforschen, im Bemühen, etwas zu verstehen und zu entdecken. Dieses Vergnügen gipfelt, wie es ja recht ist, in der Entdeckung, und manchmal auch in der Überraschung: Aber genau in diesem Augenblick ist es auch zu Ende. Wenn jemand mich mitnimmt, um einen Dieb bei der Tat zu ertappen, dann geh ich eben, weil es meine Pflicht ist: Aber Spaß macht es mir keinen. Es gelang mir allerdings nicht, Franco Notti dies zu erklären, während er mich mit Höchstgeschwindigkeit auf der Straße nach Invorio Richtung Arona fuhr. Er lachte: ›Sie werden schon sehen, Kommissar, was für ein Heidenspaß!‹ Doch er war bleich, er schien sehr aufgeregt zu sein.«

Da sah ich schlagartig wieder Franco Nottis Gesicht, als wir auf einem gemähten Weizenfeld in der Stille durch die Furchen hindurch plötzlich den Gesang der Wachtel vernahmen. Ich wiederhole, ich bin kein Jäger und erinnere mich überhaupt nicht an das Lied der Wachtel, das ich in meinem ganzen Leben nur damals, oder vielleicht einige Male in meiner Kindheit, gehört habe ... Ich könnte es also nicht beschreiben. Aber ich erinnere mich genau an Franco Nottis Gesicht. Er war weiß geworden, als hätte ihn ein plötzliches Unwohlsein befallen. Er warf die Zigarette weg, murmelte stimmlos: »Die Wachtel!«, griff zum Gewehr und begann langsamer zu gehen, sorgsam darauf bedacht, keinen Lärm zu machen. Die braungefleckte Hündin bewegte sich ebenso vorsichtig, zögernd, aufgeregt etwa dreißig Meter vor uns. Ich sah Notti, wie er vor sich hin schaute, auf den Boden in die Stoppeln, mit seinen kleinen, schwarzglänzenden Augen. Ich sah, wie er mühsam schluckte, so wie jemand, der von einem Gefühl überwältigt wird, das er nicht unterdrücken kann. Ich sah sogar eine Ader, die an seinem mageren, feinen Hals pulsierte. Er steckte mich an: Ich fühlte mich ebenfalls von einer seltsamen Angst bedrängt. Und ich fragte mich, als ich noch immer sein gepeinigtes Gesicht beobachtete, ob so nun die Jagd sei: ein alles ergreifendes und schmerzliches Vergnügen.

»Da er mir etwas von Diebstahl gesagt hatte«, fuhr der Kommissar fort, »dachte ich, er bringe mich auf sein Gut nach Lortallo oder zu irgendeinem Bauernhof oder einem Speicher, wo er zu einer bestimmten Stunde den Besuch eines Spitzbuben vermutete ... Doch ich stellte fest, daß Lortallo, Bolzano und Gozzano bereits hinter uns lagen, und er fuhr Richtung Arona weiter. ›Wohin denn, Herr Franco‹, fragte ich ihn, indem ich das Ganze von der lustigen Seite her auffaßte, auch weil ich – offen gestanden – den Verdacht hatte, es könnte sich um einen Jux handeln: ›Wohin denn, Herr Franco, und was soll gestohlen werden? Und von wem?‹ Herr Franco antwortete mir mit einer kaum angedeuteten Bewegung des Kopfes nach hinten.

Automatisch drehte ich mich um. Ich hatte schon vorher einen riesigen Lederkoffer bemerkt, der den ganzen hinteren Sitz einnahm. ›Heißt das‹, sagte ich lachend, ›daß das zukünftige Diebesgut in diesem Koffer ist?‹ Darauf er: ›Bravo, Kommissar! Sie haben es erraten. Aber wenn Sie wüßten, wieviel Anstrengung und Überlegung mich das gekostet hat! Ich habe nach Mailand fahren und mir den Koffer eigens herrichten lassen müssen, und ich kann kaum warten, bis ich endlich Gelegenheit habe, ihn auszuprobieren. Jetzt sind wir da!‹ Mehr wollte er mir nicht sagen. Je mehr wir uns Arona näherten, desto aufgeregter schien er mir zu sein.

Aber er fährt nicht in die Stadt hinein. Wir kommen am Bahnhof vorbei und schlagen den Weg ein, der parallel zum See verläuft und in die Staatsstraße vom Simplon Richtung Dormelletto mündet. Es ist, wie du dich vielleicht erinnerst, eine abgelegene, vernachlässigte Allee, ein wenig außerhalb des alltäglichen Verkehrs: auch weil der Asphaltbelag – zu jener Zeit wenigstens – voll Löcher und Risse war. Vereinzelte kleine Landhäuser zu beiden Seiten, inmitten von Gemüsegärten, Gestrüpp und Pappeln . . . In einer Lichtung zur Linken dieser Allee befand sich eine kleine Karawane von Zigeunern. Franco Notti überholt sie; er blickt angstvoll, fährt langsamer.«

Von neuem sah ich Francos Gesicht, wie er zu mir sagte: »Die Wachtel!«

»Etwa zwanzig Schritte weiter hielt er an. ›Wir sind am Ziel‹, sagte er zu mir, ›steigen wir aus.‹ Ich steige mit ihm aus und sehe, daß er den Riesenkoffer läßt, wo er ist, und daß er den Wagen nicht abschließt. Er faßt mich beim Arm und schickt sich an, mit mir in Richtung Dormelletto zu gehen. Ich mache ihn darauf aufmerksam, daß die Zigeuner von Natur aus Diebe sind: ›Ist wenigstens der Koffer abgeschlossen?‹

›Gerade da will ich dich ja haben‹, sagte er und zündete sich noch eine Zigarette an. Er kniff das Auge zu, wegen des Rauches, doch mit jenem Ausdruck übertriebener Schlauheit, wie ich ihn nur bei gewissen Verrückten gesehen habe. Tatsächlich: Nur ein Verrückter konnte etwas Derartiges wie er ausgedacht haben. Hör zu. Er führt mich ein wenig weiter nach vorn, zu einer Baracke. Es war eine jener grünbemalten Baracken für Eis und Getränke. So früh im Jahr blieb sie aber noch geschlossen. Er führt mich dahinter und versteckt sich; auch ich solle mich verstecken, bittet er mich; und er beginnt, nach den Zigeunern zu spähen.

Inzwischen erklärt er mir, daß er die Zigeuner schon immer aus vollem Herzen gehaßt habe. Die Zigeuner seien die verworfenste und schrecklichste Rasse der Menschheit. ›Ein Volk‹, sagt er zu mir, ›ohne Nationalität, ohne festgehaltene Geschichte, ohne Kunst, ohne Wissenschaft, ohne Literatur – sogar ohne Religion. Die Zigeuner‹, sagt er, ›sind sehr abergläubisch, doch sie glauben nicht an Gott. Sie glauben vielleicht an den Teufel. Und zweifellos sind sie auch des Teufels: streitsüchtig, lügnerisch, grausam, faul, dumm, unstet, aber vor allem bösartig, weil sie mit einem riesigen Minderwertigkeitskomplex behaftet sind und die ganze übrige Welt beneiden, weil die andern besitzen, was sie nicht haben; deshalb sind sie Diebe, Diebe, Diebe . . .‹ Ich sage zu ihm, er habe vielleicht recht. Aber bloß deswegen würde ich mich nicht so sehr über sie aufregen. Meiner Meinung nach seien es arme Leute: Pechvögel. Man müsse sich vor ihnen in acht nehmen und versuchen, sie mit viel Geduld allmählich zu erziehen und zu bessern.«

»In England«, sage ich zu Gigi, »gibt es eine Gesellschaft, die Gipsy Lore Society, welche sich zum Ziel setzt, eben das Verhalten der Zigeuner zu studieren und ihnen mit jedem Mittel zu helfen, sich wieder in die Zivilisation einzufügen: zu erneuern – wie es an dem Ort gemacht worden ist, wo wir gerade essen –, was der Erneuerung bedarf, und zu bewahren, was bewahrt werden sollte. Es stimmt allerdings, daß im Falle der Zigeuner manche Dinge geändert werden sollten.«

Ich erinnerte mich, daß ich einmal für eine Filmszene das Innere eines Zigeunerwagens hatte aufnehmen müssen. Es war jedoch niemandem möglich – weder mir noch den Technikern –, den Wagen zu betreten: wegen des Gestanks, der so stark war, daß er nach wenigen Sekunden zum Erbrechen reizte.

»Auf jeden Fall« – fuhr Gigi fort – »haßte Franco Notti sie, oder er behauptete, daß er sie hasse. Plötzlich packt er mich beim Arm. ›Da sind sie!‹ sagt er. Und von unserem Versteck aus sehen wir mitten auf der Straße drei oder vier Zigeuner gehen. Sie überqueren sie, von ihrem Lager herkommend, und nähern sich dem unbewachten Wagen. Dank den langen und bunten Kleidern der Mädchen sehen wir sie sehr gut, auch aus der Entfernung. Es sind zwei Mädchen. Jetzt beginnen sie zu laufen, besonders die eine. Sie erreicht den Wagen, schaut hinein, schaut rundum, drückt dann auf den Griff, öffnet, lehnt sich mit dem Oberkörper hinein, zögert ... ›Jetzt wird sie versuchen, den Koffer zu öffnen‹, sage ich, doch Herr Franco, der noch immer mit größter Aufmerksamkeit späht, bringt mich mit einer Gebärde zum Schweigen. Und gerade in dem Augenblick hören wir einen durchdringenden Schrei. Und wir sehen, wie die Zigeunergruppe zum Wagen stürzt. ›Kommen Sie, Kommissar!‹ ruft mir Franco Notti zu; er verläßt sein Versteck und stürmt los. Ich befürchtete – so unwahrscheinlich mir diese Erklärung auch vorkam –, die Sache begriffen zu haben. Ich folgte ihm etwas langsamer, aber noch immer rechtzeitig, um zu sehen, was jener Verrückte ausgeheckt hatte.

Nun, er hatte eine Art Falle oder Fangeisen konstruieren und es im Innern des Koffers anbringen lassen. Wer die Hand hineinsteckte, um darin zu stöbern, brachte eine Feder zum Schnappen, und die Hand sowie der Unterarm waren gefangen.

Als wir beim Wagen ankamen, standen die Zigeuner darum herum und sprachen, schrien alle zusammen. Und sie versuchten erfolglos das

Mädchen, dessen Hand im Koffer geblieben war, zu befreien. Es war vielleicht fünfzehn, sechzehn Jahre alt, schwer zu schätzen, denn die Zigeunerinnen sind sehr frühreif. Sie war blaß, hatte aschblondes Haar, war sehr schön. Sie weinte und fluchte in einem: vor Schmerz und vor Zorn. Sie versuchte den Arm zurückzuziehen und verwundete sich auf diese Weise vielleicht noch mehr.

Ich forderte natürlich Franco Notti sofort auf, das Mädchen zu befreien. Aber er zog mich beiseite und sagte ganz außer sich: ›Gut, ich befreie sie, aber Sie müssen sie verhaften!‹ Ich erklärte ihm, dies scheine mir nicht passend zu sein. Das Zigeunermädchen sei minderjährig. Es habe seine Lehre daraus gezogen. Und zudem habe es nichts gestohlen. Man dürfe auch nicht vergessen, daß die Zigeuner impulsive, wilde Leute sind: Sie haben immer das Messer bereit. Wäre ich in Uniform gewesen, so hätten sie es vielleicht nicht gewagt. Aber so? Was setzten sie schon aufs Spiel, wenn sie uns angriffen? Ich hätte den Revolver ziehen müssen. Er solle sie laufen lassen; das sei viel besser.

Die Zigeuner waren einige Schritte zurückgewichen und betrachteten uns nun schweigend, aber mit Gesichtern, die mir nichts Gutes verhießen. Franco Notti holte aus der Rocktasche ein Schlüsselchen hervor, steckte es in ein Schloß und ließ so die Falle aufschnappen. Als die Zigeunerin befreit war, legte sie die Hand an den Mund und sog die Wunde, die sie sich zugezogen hatte, aus. Sie betrachtete Notti haßerfüllt, schleuderte ihm in ihrem unverständlichen Jargon eine Beleidigung entgegen und rannte überstürzt in Richtung des Lagers davon. Ihre Angehörigen waren bereits vorausgegangen, sobald sie gesehen hatten, daß das Mädchen befreit war.

Franco Notti war wütend. Aber nicht so sehr auf das Zigeunermädchen als auf mich. Seiner Meinung nach hatte ich meine Pflicht nicht erfüllt. Weshalb hätte er mich denn sonst bemüht? Weshalb hätte er mich denn bis dorthin kommen lassen? Ich versuchte von neuem, ihm die Gründe zu erklären, weshalb ich es nicht für gut gehalten hatte, selbst einzugreifen. Und ich versuchte vor allem, ihn zu beruhigen. Aber er war offensichtlich verrückt. Und bei Verrückten hilft keine Vernunft.

Während dieser Diskussion vergingen, glaube ich, nicht mehr als fünf Minuten. Am Ende bat er mich, ihn zum Lager der Zigeuner zu begleiten. Er wollte, so sagte er, wenigstens den Genuß haben, jenem Mädchen eine Strafpredigt zu halten. Ich versuchte ihn davon abzubringen. Es half nichts. Es blieb mir nichts anderes übrig, als mit ihm zu gehen.

Das Lager war hundert Schritte entfernt. Aber als wir dort ankamen – war das Lager nicht mehr vorhanden. Man sah die Spuren. Die Überreste des Feuers rauchten noch zwischen dem Gestrüpp hervor. Sonst keine Spur mehr von den Zigeunern. Es war wie im Märchen. Ja, als ob sie weggezaubert worden wären. Wie hatte uns das nur entgehen können? Weshalb hatten wir den Motor des Wagens nicht gehört und nichts gesehen?

Beim näheren Hinsehen war mir klar, daß die kleine Karawane (es konnten, wie mir schien, nur ein Wohnwagen und ein Auto sein) womöglich auf einem der beiden ungeteerten Sträßchen verschwunden war, welche zwischen den Pappeln hindurch zum See führten. Das Lager hatte sich, wie fast alle Zigeunerlager, am Kreuzungspunkt dreier Straßen befunden: zwischen der Allee und der Gabelung der Sträßchen.

Franco Notti war unterdessen weggerannt, um den Wagen zu holen; als er wieder zurück war, hieß er mich einsteigen. Er wollte die Zigeuner verfolgen. Wir fuhren in eines der Sträßchen, doch ohne Erfolg: Es endete in den Schilfrohren, dort, wo der See zum Fluß wird. Und von der Karawane keine Spur. Wir kehrten zurück. Das andere Sträßchen mündete in den Weg, der zu den Stallungen von Tesio führt. Wir legten auch diese Strecke zurück, doch zum Glück ergebnislos. Inzwischen wurde es Abend. Wer weiß, wohin sich die Karawane abgesetzt hatte!

So mußte eben Franco Notti sich ergeben. Allmählich hatte er sich beruhigt. Wir landeten bei Luisin oben, am San Salvatore: Es gab einen feinen Risotto mit Pilzen. Notti aß mit gutem Appetit – und mit noch besserem trank er. Aber sein Blick schweifte melancholisch umher: Während der ganzen Zeit sprach er fast kein Wort. So sprach eben ich, und ich sprach über etwas anderes, sprach vor allem mit Luisin. Franco Notti – so dachte ich – würde ich ein anderes Mal zum Sprechen bringen. Ich würde einen Tag wählen, an welchem ich ihn besonders gut gelaunt auf der Piazza von Orta, von Miasino oder von Ameno antraf. Ich würde dann versuchen, vernünftig mit ihm zu sprechen, mir den Koffer mit Fangeisen für Zigeunerinnen zeigen lassen und ihn vielleicht sogar überreden, alles zu zerstören! Aber es ist mir nicht möglich gewesen. Du weißt, wie es manchmal geht im Leben. Noch vor dem Ende jener Woche wurde ich, weil der Dienst es erforderte, plötzlich versetzt, nach Busseto. Das ist ein sehr wichtiger Ort, und ich war zufrieden. Ich verreiste, ohne mich von Herrn Franco zu verabschieden. Seitdem habe ich ihn nicht mehr gesehen.

Einige Zeit danach habe ich erfahren, daß er geheiratet hat. Und daß seine Frau ... doch, es stimmt: eine Zigeunerin ist! Eine waschechte Zigeunerin wie die im Wohnwagen. Ich weiß nicht, ob es gerade jene war; ich glaube nicht. Aber es wäre durchaus möglich. Ihr Name lautete: Macuaia Kaldéras.

Erstaunlich ist noch etwas anderes. Nach einem knappen Jahr verschwand die Frau, Macuaia, die während dieser Zeit mit ihm in Lortallo gelebt hatte, ganz plötzlich und kehrte nicht mehr zurück. Sie hatte alles gestohlen, was sie nur mitnehmen konnte. Nicht bloß den Schmuck, die Pelzmäntel, die Kleider: auch noch eine ganze Reihe von Einrichtungsgegenständen und das ganze Silber. Offenbar waren sie nachts mit einem Lastwagen gekommen. Er selbst nahm auf Sardinien an einer Jagdpartie teil.

Als er zurückgekehrt war und das alles entdeckte, hat er sie anscheinend – so wenigstens sagte mir mein Kollege und Nachfolger in Orta – nicht einmal gesucht. Innerhalb einiger Monate hat er alles verkauft und ist dann nach Peru abgereist. Er hat sich bei niemandem mehr gezeigt.«

»Jetzt ist mir klar, weshalb ich ihn aus den Augen verloren habe. Und warum ist er gerade nach Peru gegangen?«

»Wer weiß. In Peru sind die Mädchen ... nicht gerade Zigeunerinnen, aber vielleicht sehen sie ein wenig so aus. Ich hoffe, er ist glücklich. Ich wünsche es ihm.«

»Ich auch«, sagte ich. Ich erhob das Glas, und wir gingen an die letzte Flasche.

»Franco Notti zu Ehren«, sagte Gigi.

Ich fügte bei: »Und auf Macuaia Kaldéras!«

Der durchsichtige Spiegel

»Kaum hatte ich das Telegramm aus Luzzara erhalten, war mir auch bewußt, daß es sich um ihn handelte. Angelo Cattarin lautete sein Name. Er stammte aus Padua. Alter: ungefähr fünfundvierzig. Nicht vorbestraft, trotz allem. Und – beinahe unglaublich! – Akademiker; ja, Literat.

Den amtlichen Angaben war zu entnehmen, daß in der Gegend seit einiger Zeit mit einer gewissen Hartnäckigkeit in Tabakläden Diebstähle begangen wurden: Es verschwanden ganze Bogen von Briefmarken und verschiedene andere Waren von ganz und gar nicht unbedeutendem Wert. Zuerst hatten die Inhaber der Tabakläden – unabhängig und ohne von den andern zu wissen – das Verschwinden der Ware Diebstählen zugeschrieben, die sozusagen intern verübt wurden: von den Angestellten, sofern sie vorhanden waren, oder von Bekannten, die aus irgendeinem Grund Gelegenheit hatten, in den Hinterraum einzudringen oder sich hinter den Ladentisch zu schleichen. Aber die diesbezüglichen Nachforschungen und Kontrollen hatten kein positives Ergebnis gezeitigt. Bis die Anzeigen nur so auf meinen Tisch fluteten und ich erfuhr, daß auch meine Kollegen in Crevalcore, Cento, Nonantole, Mirandola, San Felice sul Panaro solche Anzeigen erhielten. Da begriff ich endlich, was übrigens leicht zu begreifen war: Die Diebstähle waren allesamt das Werk einer einzigen Person, die von außen her vorging; vielleicht war es sogar auch ein kleiner Ring. Und wenn wir eingreifen wollten, durften wir keine Zeit verlieren, denn der Betrüger – oder die Betrüger – wechselten bestimmt von einem Tag auf den andern die Gegend. Verdächtigungen? Nur eine einzige: Der Kollege aus Luzzara teilte sie mir in einem langen Telegramm mit: Man solle, was die Diebstähle in Tabakläden betreffe, einen mageren, braunhaarigen, sauberen, als Priester gekleideten Mann mittleren Alters ins Auge fassen; wahrscheinlich sei er gar nicht Priester. In Luzzara habe er sich in jedem der drei Tabakläden aufgehalten und eine Weile geplaudert; er habe nichts mitlaufen lassen, aber sein Verhalten sei seltsam gewesen. Mein Kollege war gerade dienstlich unterwegs gewesen, und man hatte ihn benachrichtigt, als der Priester – sei es nun ein richtiger oder ein falscher – bereits verschwunden war, verschwunden mit dem Zug, sagte jemand, der ihn auf dem Weg zum Bahnhof gesehen hatte, per Autostop, sagte ein anderer. Beim Autostop haben die Priester immer Glück.

Ich las also: ›Braunhaarig, groß, mager, als Priester gekleidet‹, und da dachte ich sofort an Cattarin. Tatsächlich, das konnte nur er sein. Ich hatte ihn wenige Tage zuvor gerade in jenem Weiler getroffen, unter den Lauben des großen Platzes von Novellara, wohin ich rasch mit dem Jeep gefahren war, um eine Auskunft zu erhalten. Von Novellara nach Luzzara führt keine direkte Straße; es gibt nur Feldwege, aber es sind ja nicht einmal zehn Kilometer.

Unter den Lauben, im Halbschatten und im Getümmel der Menschen – es war gerade Markttag – habe ich ihn sofort erkannt, trotz der Entfernung von mehr als fünfzig Schritten und der verrückten Verkleidung.«

»War er schon im Priestergewand? Aber warum hast du ihn denn nicht verhaftet!« fragte ich Gigi ungeduldig. Gigi befand sich dienstlich in Mailand und war spät abends zu mir gekommen. Die rechte Zeit für einen Imbiß: Leberchen in Öl mit Pfefferkörnern und Lorbeerblättern; ein anderer Kommissar, aber von der Finanzabteilung und pensioniert, schickt sie mir von Arcidosso, vom Monte Amiata. Und dazu tranken wir Cortese-Weißwein, den man mir von Cossano schickt. Er ist besser als Champagner. Schade, daß es die letzte Flasche war. Doch sie genügte für den Imbiß und für die kurze Plauderei.

»Ihn verhaften?« Gigi lachte und schabte in aller Ruhe mit der Messerspitze die Fettschicht weg, die das erste Leberchen umgab. »Dir eilt es aber sehr! Ach, du wärest kein guter Polizist. Cattarin war so etwas wie ein Freund. Ich hatte ihn kurz nach der Befreiung kennengelernt, in Venedig, wohin man mich – zusammen mit einem englischen Nachrichtenoffizier – für einen Spezialauftrag geschickt hatte. Cattarin arbeitete damals ein wenig als Journalist am Gazzettino, für die ›Chronik‹. In Padua hatte er seine alte, verwitwete Mutter, die ihm regelmäßig ein wenig Geld zusteckte. Und er ... er verbrauchte alles mit den Mädchen; denn er war verrückt nach Mädchen. Immer hatte er wieder eine neue bei der Hand, aber jedesmal war er unglücklich und ging es für ihn schlecht aus. Kaum hatte er etwas Geld von der Mutter oder von der Zeitung, so verliebte er sich. Nach zwei oder drei Tagen reichte es ihm nicht einmal mehr dazu, eine Tasse Kaffee zu spendieren. Dadurch verlor er das Mädchen sofort, und er war verzweifelt. Ein verrückter Kopf – ohne die geringste Arbeitslust, aber alles in allem doch ein guter Kerl, gut wie die Sonne: dessen konnte ich, so schien mir – zu Recht oder zu Unrecht –, gewiß sein. Als ich ihn deshalb als Priester gekleidet sah ... nun, du lachst jetzt ... obwohl mir einiges absurd vorkam – ich habe dir ja erzählt, was für ein Typ er ist –, dachte ich, er sei tatsächlich Priester geworden.

Ich nähere mich. Er schaut gerade farbige Postkarten an, die an einem Pfeiler der Laube vor einem Tabakladen hängen. Wegen der vielen Leute vielleicht sieht er mich bis zum letzten Augenblick nicht. Und ich will dir gestehen: Sein Gesichtsausdruck in jenem Bruchteil einer Sekunde genügte, mein ganzes instinktives Vertrauen, das ich in ihn gesetzt hatte, zu zerstören. Ein Blick voll Entsetzen, große, schwarze Augen – samten und venezianisch –, die mich so nahe sahen und wiedererkannten, und ein Blick rundum, auf alle Seiten, als ob er einen Ausweg suchte. Aber einen Ausweg gab es nicht; er war gezwungen, auf mein Lächeln zu antworten, mir entgegenzukommen und mich zu umarmen.

›Was machst du da?‹ frage ich ihn und zeige auf seinen Talar. ›Bist du verrückt geworden?‹

›Weshalb?‹ meint er mit kindlichem Lachen übers ganze Gesicht. ›Ach ja, vielleicht, weil du mich so gekleidet siehst? Das will nichts heißen, mach dir keine Sorgen ... Das hat nicht allzu große Bedeutung ...‹

›Wie?‹ sage ich. ›Weißt du nicht, daß du dich strafbar machst? Weißt du nicht, daß du das Gesetz übertrittst?‹

›Ich? Weshalb denn?‹

›Komm doch, Cattarin ... Du bist doch kein Priester! Was soll dieser Spaß?‹

›Aber es ist kein Spaß‹, sagt darauf er ganz ernst. ›Ich bin nicht Priester ...‹

›Das glaube ich wohl! Aber dann ...‹

›Und das ist kein Priestergewand. Es ist ein Gewand des Dritten Ordens. Schau.‹

Er zeigte auf die Brust, wo ein von der Dornenkrone umgebenes, vom Kreuz überragtes Herz eingestickt war. Dies sei das Kennzeichen an den Kutten der Passionistenpatres; die Passionisten hätten aber auch einen Zweiten Orden, nämlich die Nonnen, und einen Dritten Orden, nämlich die Laienbrüder, welche kurze, das heißt, nur einjährige Gelübde ablegten, die sie aber erneuern könnten. Er habe nach einer schweren Enttäuschung in der Liebe eben dieses Gelübde geleistet, auch in der Hoffnung, das religiöse Leben helfe ihm, jenes Geschöpf, welches sein Untergang gewesen sei, für immer zu vergessen. Das Kloster, zu dem er gehöre, befinde sich auf der andern Seite des Po in Casaletto, gegen Sabbioneta hin. Und er, er helfe ein wenig bei der Buchhaltung, ein wenig arbeite er im Gemüsegarten, und ein wenig schicke man ihn an den Markttagen zum Betteln in die Zentren der Umgebung, nach Viadana, Guastalla, Novellara. Er zeigte mir zum Beweis einen Blechbecher für die Almosen, der an seinem Ledergürtel hing.

Die Geschichte erschien glaubhaft, und er hatte sie ohne Zögern erzählt. Jenen ersten Blick, der mich so voll Entsetzen gedünkt hatte, mußte ich also als Ausdruck der Scham deuten, weil Cattarin sich als Priester, nein, als Bettelmönch gekleidet zeigen mußte. Doch jedenfalls war ich sehr überrascht. Ich wollte der Sache auf den Grund gehen und sagte zu ihm: ›Aber, mein Lieber . . . Es ist gefährlich für dich, in dieser Aufmachung herumzugehen.‹

›Und weshalb denn?‹

›Nun, ich weiß nicht, irgendein dummer Unfall, wenn man deine Papiere verlangt . . .‹

›Aber ich hab' sie, die Papiere! Du bist gut, glaubst, ich gehe ohne Papiere herum. Schau!‹

Er knöpfte sich rasch die Kutte über der Brust auf und holte eine riesige schwarze Brieftasche hervor, aus welcher er seine Identitätskarte zog – sie war vollkommen in Ordnung, trug den Namen Doktor Angelo Cattarin – und einen Brief, dessen Papier mit dem Namen der Passionisten bedruckt war und auf dem eine weitere Photographie von ihm – in der Ordenskutte – angebracht war, und daneben eine vom Klostervorsteher unterzeichnete Erklärung. Ich sagte ihm, daß dies, strenggenommen, vor dem Gesetz nicht genüge.

›Aber jedermann kann das nachprüfen!‹ sagte er. ›Man braucht nur im Stammhaus in Casaletto anzurufen! Du wirst schon verstehen, daß ich nicht wieder eine neue Identitätskarte verlangen kann. Wenn ich sie jetzt verlange, werde ich schon wieder ein freier Bürger sein, bis man mir sie gibt. Ich habe im Sinn, nach Rom zu gehen!‹

›Nach Rom! Sieh mal an! Und was willst du denn dort?‹

›Ich habe in Venedig den berühmten Regisseur Fellini kennengelernt. Er hat mir versprochen, mir eine Rolle in einem Film zu geben. Eine Rolle als Mönch. Unterdessen übe ich. Auch wenn es wahrscheinlich nicht der gleiche Orden sein wird . . .‹

›Ich glaube, du hast mehr Begabung zum Schauspieler als zum Geistlichen‹, sagte ich zu ihm. Und so sind wir lachend auseinandergegangen.

Ich hatte die Absicht, ich schwör dir's! Aber anderes kam dazwischen, und ich vergaß, die notwendigen Nachforschungen anzustellen und zu klären, ob der Brief der Passionisten gefälscht war. Als ich das Telegramm aus Luzzara sah, hegte ich keine Zweifel mehr. Der Tabakladendieb mußte leider er sein. Ich suchte im Telefonbuch und fand in Casaletto bei Sabbioneta kein Kloster. Er war geschickt genug gewesen, den Namen irgendeines Ortes zu sagen, anstatt denjenigen eines tatsächlich bestehenden Klosters. So hatte er mir nämlich den kleinen Zweifel gelassen, daß ich jenen Namen nicht richtig gehört hatte. Im übrigen war unsere Begegnung in Novellara von ganz kurzer Dauer gewesen. Ich begriff, als ich nochmals darüber nachdachte, daß er auf Kohlen gesessen haben mußte: Vielleicht erwartete er einen Komplizen, wer weiß. Er versuchte nicht, mich aufzuhalten. Und er fragte mich nicht einmal, wo ich ein Zimmer bezogen hatte! Womöglich dachte er, ich sei gerade in Novellara Kommissar. Jedenfalls fiel es ihm bestimmt nicht ein, daß ich in Finale war. Denn schon am Tag nach dem Telegramm wird seine Anwesenheit in Pilastri vermerkt – fünf Jeep-Minuten von meiner Kaserne entfernt.

Ich bin tüchtig gewesen. Ich war sicher, daß Serieneinbrüche wie diese nicht von ihm allein verübt worden sein konnten. Er mußte einen Komplizen haben. Der Wachtmeister von Pilastri hatte mich angerufen, um mir zu sagen, daß der Priester – dessen Beschreibung genau auf Cattarin zutraf – auf den Autobus nach Bondeno warte. Er war – oder schien – allein. Das hinderte nicht, daß auf denselben Autobus in der Julisonne ein mageres, blondes, blaugekleidetes, recht elegantes Mädchen wartete; es trug eine Ledertasche, die fast so umfangreich wie ein Koffer war. Das Mädchen sprach mit dem Priester nicht und tat nichts, was den Verdacht hätte wecken können, sie wäre mit ihm zusammen. Sie sah aus wie eine englische oder deutsche Touristin.

Bondeno ist ein wichtiges und reiches Landstädtchen. Der Tabakladen im Zentrum birgt manchmal Werte, die bis in die Millionen gehen. Es war zwei Uhr nachmittags, in dieser Jahreszeit die heißeste und menschenleerste Stunde. Ich komme mit dem Jeep aus Finale und bringe einen Spiegel mit: einen Meter achtzig hoch und fünfzig Zentimeter breit; er stand in der Kaserne, in einer der Zellen. Vor Zeiten waren sie in den zweideutigen Häusern Mode: Auf der einen Seite ist es ein gewöhnlicher Spiegel, von der andern aber kann man, wenn man im Dunkeln steht, wie durch ein Fenster alles sehen. Wir benützen ihn, wenn wir sehen wollen, was ein Häftling oder Gefangener tut, wenn er glaubt, er sei allein und niemand beobachte ihn.

Nun, ich gehe geradewegs auf den Tabakladen zu und überrede den Besitzer – erst mit sanften, dann mit scharfen Worten –, daß er den Spiegel vor dem Durchgang zum hinteren Teil des Ladens aufstellt und die Zwischenräume so gut wie möglich mit dem Vorhang, einer Stiege, Gestellen und Schachteln zudeckt. Ich begebe mich gerade rechtzeitig auf den Beobachtungsposten, und schon tritt mein Cattarin ein.

Er ist noch immer als Geistlicher verkleidet, aber mit einem andern Gewand aus leichterem Stoff, und ohne das weiße gestickte Herz, ohne Ledergürtel, ohne Almosenbecher.

Kurz und gut: nicht mehr ein Bettelmönch, sondern ein Priester, der sich sehen lassen konnte. Und ich muß sagen, daß auf diese Weise die Verkleidung besser zu seinem Gehaben und zu seiner Art zu sprechen paßte. Er hatte sich sofort mit äußerster Höflichkeit an den Tabakhändler gewandt: ›Guten Tag, guten Nachmittag: Hätten Sie, bitte schön, ein ledergebundenes Heftchen, ein Notizbüchlein?‹

Der Ladentisch hatte die Form eines L: Auf der einen Seite befanden sich die Monopolartikel, auf der andern war das Schreibmaterial und Ähnliches. Oh, wenn nur du, Mario, mit einem Filmapparat dabei gewesen wärest, oder Fellini selbst! Ich sage dir: eine wundervolle Szene! Ich hatte den Tabakhändler natürlich vorbereitet und ihm gesagt, er solle auf den Priester eingehen und so tun, als merke er nichts, was auch immer geschehen möge; und er brauche nichts zu befürchten, denn äußerlich sei jener Priester das harmloseste Wesen der Welt, und auf alle Fälle würde ich im entscheidenden Moment zum Vorschein kommen.

Jene ganze Arbeit und jene Einrichtung wären gewiß nicht notwendig gewesen, um den armen Cattarin in flagranti zu schnappen. Es hätte genügt, ihn draußen abzufangen und ihn zu verhören. Doch vielleicht, weil ich ihn von früher her kannte und ihn im Grunde für einen armen Kerl und nicht für einen Verbrecher hielt, wollte ich dabei sein, wollte mit eigenen Augen sehen, wie er vorging – wollte mich vielleicht auch hinter seinem Rücken amüsieren. Darüber schäme ich mich ein wenig. Aber dafür war ich dann – gerade weil ich der Szene beigewohnt hatte – vor dem Richter imstande, insgeheim die Ansichten der Verteidigung zu unterstützen; Ansichten, die übrigens mit einem psychiatrischen Gutachten übereinstimmten: Cattarin hatte die ihm zugeschriebenen Diebstähle wohl verübt, daran konnte kein Zweifel bestehen, doch in seinem Oberstübchen war nicht alles ganz richtig.

Man mußte gesehen haben, mit welcher Anmut, mit welcher Freundlichkeit und Feinheit er den Tabakhändler hinhielt. Während er die Notizbüchlein anschaute, begann er ein Gespräch über das Wetter, die Hitze, die Jahreszeit, die Felder, die Ernte. Mit erstaunlichem Einfallsreichtum hatte er allmählich eine ganze Reihe von Themen berührt: Politik, Sport, Steuern, soziale Probleme, religiöse und sittliche Fragen, und er war so geschickt, daß er den Tabakhändler zwingen konnte, ihm äußerst genau zuzuhören, denn er stellte ihm ständig Fragen, für deren Beantwortung der andere sich konzentrieren mußte, so daß er nicht mehr darauf achten konnte, was sonst noch vorging: Er konnte nicht das Mädchen im Auge behalten, das inzwischen eingetreten war, Postkarten und Briefmarken gekauft hatte und dann beim Ladentisch verweilte, um die Karten auszufüllen, während der Tabakhändler sich wieder dem Priester zuwandte.

Das elegante, himmelblau gekleidete Mädchen, das eine große Tasche bei sich trug, schien tatsächlich eine Fremde zu sein: eine vornehme Erscheinung. Ich sah sie durch den Spiegel aus etwas mehr als einem Meter Entfernung. Ich hatte den Eindruck, sie hefte ihren Blick auf mich, denn sie schaute immer wieder in den Spiegel. Sie war mager und rosig. Nicht ausgesprochen schön. Eine große Adlernase hatte sie. Aber sie war sehr jung und deshalb frisch und anziehend. Sie hatte blaue, wäßrige, unruhige Augen. Blondes, gradgekämmtes Haar. Sehr magere und lange Arme, feine Gelenke, und die Hände ... die Hände werde ich nie vergessen können. Ich habe noch nie solche Hände gesehen. Sie waren lang, was nur lang heißt; mich dünkte, doppelt so lang, als normal gewesen wäre. Und wenn man nicht die rosige und weiße Farbe, die sehr gepflegten Nägel, die zwar nicht bemalt, aber ebenfalls rosig und leuchtend waren, und die zarten Finger mit den entsprechend langen Kuppen gesehen hätte, so wäre man versucht gewesen, in jenen Händen etwas Ungeheuerliches zu sehen.

Denn die Geschicklichkeit, mit welcher sie die Briefmarkenbogen aus dem Mäppchen zog, war tatsächlich ungeheuerlich, eines Taschenspielers würdig. Der Tabakhändler merkte es nicht, obwohl er aufpaßte. Und auch ich hatte es kaum gesehen: ein Zucken, Aufblitzen – alles war in der Tasche verschwunden, und das Mädchen verließ den Laden. Ich verließ ebenfalls mein Versteck hinter dem Spiegel, und alles endete so, wie es enden mußte.

Cattarin weinte, als er auf der Wache war. Er behauptete, er werde alles zurückgeben, jeder Tabakhandlung, die er ausgeraubt hatte. Es seien im Grunde Darlehen, die er und das Mädchen aufgenommen haben wollten. Das Geld sollte ihnen dazu dienen, nach Rom zu gehen. Ja, nach Rom, eben zu Fellini, wie er mir bereits erzählt hatte: Aber es war nicht er, sondern das Mädchen, das zum Film wollte, und deshalb mußte es sich zuvor die Mittel verschaffen, um einige Monate in Rom leben zu können. Es sei ein tüchtiges Mädchen, erklärte Cattarin noch immer weinend, eine Deutsche, ehemalige Tänzerin; er liebe sie und sie liebe ihn. Sie wollten heiraten, sobald die Dinge etwas besser stünden, dies sei ihr fester Vorsatz. In Rom ... Bis dahin führten sie ein Doppelleben. Sie hatten entdeckt, daß der Verlauf des Po in den Provinzen Cremona und Mantua auf der einen Seite, in den Provinzen Reggio und Modena auf der andern Seite ihnen die Arbeit erleichtern konnte. Es gibt wenige Brücken, und die Verbindungen sind nicht so häufig und schnell. Die Leute sind von einem Ufer zum andern verschieden. Deshalb wirkten sie in den Dörfern und Städten auf der rechten Seite des Po. Sie arbeiteten, wie ich durch den Spiegel beobachtet hatte, zusammen. Und sie waren sehr darauf bedacht, daß man sie nie miteinander sprechen oder überhaupt als Paar sah. Jeden Abend fanden sie sich dann auf der andern, linken Seite des Flusses ein, in irgendeinem kleinen Hotel, in irgendeinem Dörfchen: Dort präsentierte er sich dann in Zivil und gab sich als Vertreter eines großen Verlages aus, der in Büchern reiste; er hatte ein paar Koffer bei sich, von denen der eine die Priester- und Bettelmönchskleider enthielt.

Das Mädchen war, obwohl kaum erst volljährig, schon im Strafregister seines Heimatortes vermerkt wegen einer Reihe von Betrügereien und Diebstählen, und bei uns wegen einiger anhängiger Geldstrafen.

Verurteilt wurden selbstverständlich alle beide. Er weniger streng, da zum Teil seine verminderte geistige Zurechnungsfähigkeit berücksichtigt wurde. In Nogara – zwischen Sanguinetto und Mantua – wurden in einem Hotelzimmer, das ihr letzter Aufenthaltsort gewesen war, alle gestohlenen Wertgegenstände aufgefunden. Cattarin gestand, daß er die Absicht gehabt habe, sie vor der Abreise nach Rom ›umzusetzen‹: Er hatte vor, sich nach Mailand zu begeben, doch er hatte nicht die geringste Ahnung, an wen er sich wenden sollte. Es stellte sich heraus, daß er und seine Freundin in der Zwischenzeit nicht, wie man glaubte, vom Ertrag der Diebstähle gelebt hatten, sondern von einer kleinen Summe Geldes, welche die vor einigen Monaten verstorbene Mutter Cattarin hinterlassen hatte. Gewiß auch aus diesem Grunde fiel Cattarins Verurteilung eher mild aus.

Aber eine andere Einzelheit war mir im Gedächtnis haften geblieben, während ich durch den Spiegel schaute – eine andere Einzelheit außer den extrem langen Händen des Mädchens: Es war das selige Lächeln, die Freude, das Glücksgefühl, mit welchem Cattarin als Priester gekleidet auf den Tabakhändler einredete. In der Spannung, welche die Situation mit sich brachte, und vor Angst, daß der Tabakhändler mit einem einzigen Blick die Komplizin ertappen könnte, hätte Cattarin doch zumindest einmal ein gewisses Zögern verraten müssen. Aber nichts dergleichen. Er war absolut selbstsicher. Er war glücklich. Da begriff ich, daß das wahre – ihm selber unbewußte – Ziel seiner Verkleidungen nicht der Diebstahl, nicht die Geldgier und auch nicht die Leidenschaft für die kleine Deutsche war, sondern die Lust am Lügen, am Schauspielern, am Sichhineinversetzen in eine andere Person.«

»Alle Verbrecher«, sagte ich, »sind im Grund Verrückte.«

»Warum nicht? Diese These ist schon uralt. Lombroso behauptete es. Ich hingegen glaube, alle Menschen, ohne Ausnahme – auch die anständigen und anständigsten – sind ein wenig verrückt. Aber sie werden, sie sind Verbrecher, sobald ihre Verrücktheit zufällig gegen die Gesetze verstößt und der Gesellschaft schadet. Einen andern Unterschied sehe ich nicht. Wer weiß, Cattarin ... wenn er Schauspieler geworden wäre, säße er jetzt nicht hinter Gittern. Er hätte sich auf zulässige Art und Weise ausleben können. Und siehst du, Mario, deshalb gelingt es mir nie zu verstehen, wie einer, der meinen Beruf hat, sagen kann, daß er ihn mit Begeisterung ausübt. Mit Eifer, das schon. Aber dann – glaube mir – kommt jedesmal eine große Traurigkeit über einen.«

Michela

Kürzlich haben wir Gigi nachts nach Piacenza zurückgebracht. Meine Frau steuerte den Wagen. Gigi saß vorn, neben ihr. Wir hatten Mailand gerade hinter uns gelassen. Die beiden schwatzten miteinander. Und ich nickte auf dem hinteren Sitz ein.

Nach einer Weile schlief ich fest. Plötzlich jedoch weckte mich etwas: Der Wagen fuhr auf einmal so langsam ... nein, es war nichts, nur die Einfahrt zur Autobahn. Ich verkroch mich wieder in meine Ecke und war bereits wieder am Einschlafen, als ich die Stimme meiner Frau hörte, welche gerade etwas erzählte. Der Tonfall war leicht boshaft:

»... Wissen Sie, was meine Freundinnen über Sie sagen? Sie sagen, Sie seien ein Rosenwasser-Kommissar. Nun, ich weiß nicht, ob dies vielleicht Marios Schuld ist, der ein wenig dazu neigt, alles in rosarot zu sehen – wenigstens soweit er kann. Oder ob Sie wirklich so sind. Sie müssen begreifen, meine Freundinnen und ich kennen Sie bloß durch Marios Geschichten.«

»Ich weiß nicht, Madame, was Sie mit Rosenwasser meinen«, antwortete Gigi, »aber wenn Sie damit sagen wollen, daß ich nicht wild bin und daß ich kein besonderes Vergnügen empfinde, wenn ich das Glück habe, irgendeinen Fall zu lösen – dann ja, dann mag es stimmen: Ich bin wirklich ein Rosenwasser-Kommissar, und ich glaube, nicht wenige meiner Kollegen sind mir darin ähnlich. Ich habe dies, glaube ich, schon einmal gesagt. Unser Vergnügen besteht – wenn überhaupt – in den Ungewißheiten und Schwierigkeiten, und im Spürsinn, den wir einsetzen, um sie zu überwinden: im Vorgehen, nicht im Ergebnis. Dies jedoch – verstehen wir einander richtig – bedeutet nicht, daß wir zufrieden wären, wenn uns etwas schiefgeht!«

»Kurzum, Kommissar: Ihre milde und sympathische Erscheinung wäre also eigentlich nur die letzte und die raffinierteste Ihrer Listen ...«

»Aber nein, Madame. Ich hoffe doch, mein Wesen ist echt. Wie könnte ich sonst bei Mario und bei Ihnen so sein, wie ich bin?«

»Also, sagen Sie mir ... erzählen Sie es mir, da Mario ja schläft ... sagen Sie: Ist es nie vorgekommen, daß Sie innerlich – unentschlossen

– zwischen der Pflicht und dem Gefühl schwankten und mit sich kämpfen mußten?«

»Immer – möchte ich beinahe antworten – immer und fortwährend. Aber jener Spitzname, mit dem offenbar Ihre Freundinnen mich bedacht haben, paßt mir nicht gerade. Und so will ich Ihnen antworten, daß ich nie versäume, die Beweggründe des Schuldigen zu sehen, jene wenigen, kleinen, abseitigen Gründe, die er hat, auch in den schlimmsten Fällen, und diejenigen, welche er jedenfalls zu haben glaubt. Ich sehe sie nicht aus bloßer Menschlichkeit, nicht bloß, weil ich ein Herz habe und ein ... Rosenwasser-Polizist bin; sondern in erster Linie, weil ich mich oftmals auf den Standpunkt des Schuldigen stellen muß, wenn es mir überhaupt gelingen soll, ihn ausfindig zu machen und die Untat aufzudecken. Ich muß mich in ihn hineinversetzen, mir vorstellen, ich würde die Ordnung hassen, und mein schlimmster Feind sei der Kriminalkommissar. Auf diese Weise wird man notgedrungen, weil es technisch nicht anders geht, mitleidig.«

»Und nun, wollen Sie es mir nicht sagen?«

»Was denn?«

»Sie sprechen von einer kontinuierlichen Geisteshaltung. Aber ich meine eher ein Ereignis, Kommissar. Ein Ereignis: die Geschichte eines Falls, wo Sie – Ihrem Gefühl folgend – geradezu pflichtwidrig gehandelt hatten.«

»Ja, warum nicht? Das ist sogar erst kürzlich vorgekommen. Als ich in einem Dorf am Stadtrand von Turin war. Ich glaube, ich habe mich noch nie in einer so schwierigen Situation befunden. Ich hatte mich ... verliebt – nein, verliebt ist nicht genau das richtige Wort. Und vielleicht würde Mario selbst das, was ich zu beichten im Begriffe bin, falsch auslegen. Aber Sie sind eine feinfühlige Frau, und ich bin sicher, daß Sie mich verstehen werden. Also: nicht verliebt, ich war – wie soll ich sagen? – weich geworden, erschüttert, wegen eines Mädchens. Ich hätte sie gerne glücklich und zufrieden gesehen, verheiratet mit irgendeinem tüchtigen, arbeitsamen, ernsthaften Burschen, der sie liebte. Ich hätte sie gern als Mutter recht gesunder, starker Kinder gesehen, so gesund und stark, wie sie war; kurzum, als glückliche und zufriedene Ehefrau und Mutter. Jedoch ...«

An der Bewegung, die er in der Dunkelheit des Wagens machte, merkte ich, daß Gigi seine Brille abgenommen hatte und sie mit dem Taschentuch putzte, wie er es immer tat, wenn er eine innere Bewegung verbergen wollte. Ich sah auch, daß er sie nicht sofort wieder aufsetzte; er hatte schon wieder zu erzählen begonnen.

». . . Sie hieß Michela. Michela Lunardon, aus irgendeinem Dorf bei Udine. Alter: kaum volljährig.

Im Dorf gab es einige kleine Industriebetriebe. Unter anderem eine Schnapsbrennerei, die auch die Erlaubnis hatte, die bekannten Fläschchen mit dem Extrakt, den sie direkt aus Amerika oder aus Mailand bezogen, abzufüllen. Neben der Schnapsbrennerei lag die Wohnung des Besitzers, des Cavaliere Malacarne; eine kleine, zweistöckige, mit einem gewissen Luxus ausgestattete Villa. Cavaliere Malacarne hatte eine große Familie: die Frau, vier Kinder und die Schwiegermutter lebten bei ihnen. Köchin und zwei Zimmermädchen. Eines Tages ruft er mich an, ob ich bei ihm vorbeikommen könne: Er stelle seit einiger Zeit fest, daß gewisse Gegenstände und Zierstücke – eine Silberplatte, ein Jadefigürchen – verschwunden seien, die nicht gerade wertlos waren. Er verdächtigte eines der beiden Zimmermädchen. Aber der Schuldige mußte vielleicht auch unter den vierzig Arbeitern und Arbeiterinnen der Schnapsbrennerei gesucht werden; ein Durchgang, der immer offen war, verband sie ja mit der Villa.

Ich gehe. Schaue mir die Zimmermädchen an. Die eine beeindruckt mich sofort, ich will nicht sagen, wegen ihrer Schönheit, denn sie ist nicht schön, sondern wegen ihrer Frische, ihrer angenehmen Erscheinung, ihrer rosigen Hautfarbe, ihrer großen dunkelblauen Augen, ihres wirren blonden Haars, ihres Ausdrucks, der gleichzeitig rührend und befremdend, wissend und verwirrt ist: derjenige eines lieben und großzügigen, aber auch verdorbenen und leicht neurotischen Mädchens – oder eher Jungen: denn sie hatte etwas Männliches an sich. Ich merke, fühle sofort, daß sie die Diebin ist. Und ich spüre es am Unbehagen, das ich empfinde. Ich beschließe, die Sache herauszubekommen und nicht mehr an das andere zu denken. Wo schlafen die beiden Mädchen? Zusammen in der Mansarde der alten Villa. Wir gehen hinauf. Die Mädchen steigen mir auf der knarrenden Holztreppe voraus.

Michela Lunardon ist groß, schlank, stark. Und ihr Mund ist nicht geschminkt, Lippenstift benützt sie nicht einmal zum Ausgehen. Zwei schwellende, makellose, schwungvolle Lippen wie Rosenblätter. Sie zittern während des Verhörs. Arme Michela! Wo kommst du her? Sie nennt mir das Dorf. Und wie viele seid ihr in der Familie? Elf mit allen Geschwistern. Und wo sind die Brüder? Einige arbeiten auf dem Land, die andern sind nach Belgien und Deutschland ausgewandert; als Arbeiter, Bergleute. Die Schwestern? Zwei sind verheiratet. Die andern? Noch klein, zu Hause. Und du? Vor drei Jahren nach Turin gekommen, als Dienstmädchen in einem Herrschaftshaus, wo zuvor eine aus demselben Dorf gedient hatte, eine Base, die jedoch älter war. Dann war Michela weggegangen, weil es ihr nicht gefallen hatte. Sie hatte einige Male die Stelle gewechselt. Jetzt war sie seit einigen Monaten hier.

Die sorgfältige Untersuchung – unter den Matratzen, auf dem Schrank oben – hatte kein Ergebnis gezeitigt. Die massive Silberplatte fehlte erst seit dem Vorabend: Das wollte die Schwiegermutter des Cavaliere Malacarne beschwören. Die Platte konnte also nicht so weit weg sein.

›Und hast du einen Freund?‹ frage ich Michela. – ›Ja, ich habe einen.‹ – ›Und wer ist er?‹ – ›Er arbeitet in der Schnapsbrennerei, als Lieferwagenchauffeur.‹ – ›Wie heißt er?‹ – Michela wird rot und sagt: ›Ach, jetzt erinnere ich mich nicht mehr, wie er heißt . . . dabei gehen wir schon lange miteinander . . .‹

Mit Mühe erfahre ich endlich, daß er Antonio Schirru heißt und daß Michela ihn seit mehr als einem Jahr kennt. Seitdem sie in Turin bei der Familie eines Ingenieurs der Fiatwerke im Dienst stand. Es war Schirru gewesen, der ihr mitgeteilt hatte, daß der Chef, Cavaliere Malacarne, ein Dienstmädchen suchte und daß er in der ›Stampa‹ ein Inserat hatte erscheinen lassen. So hatte sie sich denn vorgestellt, doch ohne zu sagen, daß sie verlobt war, und auch nicht, daß sie einen Angestellten der Schnapsbrennerei kannte. ›Und weshalb hast du das nicht gesagt?‹ fragte ich sie.

Wiederum errötete Michela: ›Das weiß ich nicht . . . ich habe mich geschämt . . .‹ – ›Aber wenn nichts Schlimmes dabei war, mußtest du dich doch nicht schämen!‹

Tatsächlich fanden wir in der Garage – in einem Metallschränkchen versteckt – das vollständige und unversehrte Diebesgut. Schirru gab zu, daß Michela seine Freundin sei; er konnte es auch nicht leugnen, denn allzu viele Zeugen hatten sie mehrmals am Samstagabend oder Sonntag im Kino, beim Tanzen, auf dem Motorroller gesehen. Er leugnete hingegen, daß er die gestohlenen Sachen ins Schränkchen gelegt habe, er leugnete somit entschieden, daß er vom Vorhandensein eines Diebesgutes in der Garage wußte.

Michelas Antworten lauteten folgendermaßen: Sie hatte gestohlen, aber dann hatte sie es nicht gewagt, dem Freund etwas von der Sache zu sagen, denn sie war sicher, daß er sie ausgescholten hätte. So hatte sie eben für den Augenblick alles in das Schränkchen gelegt. Sie konnte nachts nicht schlafen, weil sie daran denken mußte, daß jenes versteckte Zeug plötzlich zum Vorschein kommen könnte. Und sie dachte ständig darüber nach, wie sie es wohl fertigbringen würde, alles wieder an seinen alten Platz zu tun, ohne daß jemand etwas davon merkte.

Es lag so viel Naivität, so viel schmerzliche Überraschung in ihrem Tun, und eine derart unwiderstehliche Aufrichtigkeit in ihren Versuchen zu lügen, daß ich beschloß, mich so gut wie möglich einzusetzen, daß sie gerettet wurde – und mit ihr selbstverständlich auch Schirru. Sie waren alle beide nicht vorbestraft. Schirru schien mir kein Naivling zu sein, ganz im Gegenteil. Er wohnte mit seiner Familie, den Eltern und einem Bruder, in einem Mietshaus auf der andern Seite des Dorfes, gegen die Bahn zu. Sie waren ausgewanderte Sarden. Der Vater arbeitete im Lager des Elektrounternehmens.

Cavaliere Malacarne gab auf mein Drängen hin endlich nach und machte keine Anzeige; er beschränkte sich darauf, alle beide fristlos zu entlassen. Das Mädchen bezahlte er nicht aus. Schirru hingegen erhielt alles, was ihm von Gesetzes wegen zukam. Es bestanden ja keine Beweise gegen ihn, nur Verdächtigungen oder Vermutungen. Aber er beklagte sich nicht. Er hatte anscheinend in Turin etwas Besseres in Aussicht. Und gerade in jenem Augenblick kam ihm das ausbezahlte Geld – was nicht wenig war – gelegen.

Natürlich rief ich die jungen Leute, bevor ich ihnen die Entscheidung des Cavaliere Malacarne – die ja für Michela besonders mild ausgefallen war – in die Wache und machte ihnen die Hölle heiß; und ich ließ mir versprechen, daß sie sich fortan gut aufführen würden.

Die Informationen, die ich über Schirru eingeholt hatte, stimmten darin überein, daß er ein tüchtiger, disziplinierter, arbeitsamer Chauffeur sei; außerdem hänge er sehr an der Familie. Aber ich bemerkte zwischen seinen Augen, den buschigen schwarzen Brauen, eine kurze, tiefe Furche; gleichsam ein Zeichen des Trotzes und des Widerstandes. Deshalb hatte ich, als ich mich von ihm verabschiedete, ihm die Hand gab und viel Glück wünschte, keine große Hoffnung, daß er auf mich hören werde. Doch sie ... ach, sie blickte mich unverwandt und ohne eine Bewegung an, sie schluckte schweigend an den Winkeln ihres schönen Mundes die Tränen auf, die ihr über die scharlachroten, fiebrigen Wangen rollten. An ihrem Blick merkte ich, sie hatte verstanden, daß ich sie aus Zuneigung gerettet hatte – und daß meine Zuneigung diejenige eines Vaters war, nichts anderes.

Nach einigen Tagen besuchte sie mich in der Wache. Sie hatte in der größten Fabrik der Gegend eine Stelle als Arbeiterin gefunden; es war eine Firma, welche Plastikmaterialien preßte und daraus verschiedene Gegenstände herstellte: Deckel, Schachteln, Hüllen für elektrische Haushaltgeräte und unzählige andere Dinge. Michela benötigte jedoch für die Firma eine Empfehlung, und sie wußte nicht, an wen sie sich wenden sollte. Cavaliere Malacarne würde sie ihr bestimmt nicht geben. Als sie dies sagte, lächelte sie. Ich hätte jenes Lächeln als ein Zeichen für, ich will nicht gerade sagen Zynismus, aber Leichtsinn, Unbewußtheit, Infantilität auffassen können oder vielleicht auffassen müssen! Ich deutete es jedoch als Scheu, als Scham. Ihre roten, rauhen Hände, Arbeiterhände, deren noch kindliche Finger kaum ausgeformt waren, stützten sich auf die glatte Fläche meines Schreibtisches. Und ich begriff oder glaubte zu begreifen – vielleicht bildete ich es mir ein –, daß Michela auf der ganzen Welt keine andere Stütze hatte: niemanden außer mir, und daß dies ihre Weise war, es mir zu sagen.

Gut, antwortete ich. Ich würde versuchen, sie bei der Fabrik zu empfehlen. Ich kannte den stellvertretenden Personalchef. Ich pflegte mit ihm abends Karten zu spielen. In Ordnung, sie solle gegen Ende der Woche wiederkommen. Aber wo sie jetzt wohne? In Turin? Nein, bei der Hebamme; für das Zimmer und die Mahlzeiten helfe sie ihr beim Putzen. Diese Auskunft erstaunte mich ein wenig. Nicht, weil die Hebamme einen schlechten Ruf hatte. Aber mich nahm wunder, durch welche Umstände Michela von der Hebamme aufgenommen worden war, und ich hatte Angst, sie danach zu fragen: Ich hatte Angst davor, daß die plumpe, offensichtliche Lüge in ihrer Antwort mir rasch und unaufhaltsam ein kleines Heiligtum zerstöre, das ich mir lieber bewahren wollte.«

»Da haben wir ja den Widerspruch zwischen Gefühl und Pflicht«, sagte meine Frau gerührt und gleichzeitig belustigt. »Und Sie, Kommissar, was haben Sie dann getan? Sie haben doch gefragt, nicht wahr?«

»Aber gewiß, Madame, gewiß; da können Sie sicher sein: Am Ende tue ich immer, was zu tun meine Pflicht ist – leider! Michela sagte, sie sei zur Hebamme gegangen, weil sie sie kenne und um Arbeit habe bitten wollen . . . haha; sie kenne sie schon lange, schon seit Jahren . . . und zwar, weil sie einmal einen Schreck gehabt habe, sie habe geglaubt, sie bekomme ein Kind, und da habe sie sich von der Hebamme untersuchen lassen, und zum Glück sei es nichts gewesen. Natürlich hatte Michela bis vor einigen Monaten in Turin gewohnt: Es war außerordentlich seltsam, daß sie, um sich untersuchen zu lassen, gerade zu der Hebamme in jenem kleinen Dorf gegangen war, anstatt eine in der Stadt aufzusuchen! Sie kannte sie also nicht schon seit Jahren. Und es war jener ehrbare Herr Schirru gewesen, der die Verbindung hergestellt hatte.

Michela trat in die Fabrik ein. Zuvor nahm ich ihr feierlich das Versprechen ab, daß sie sich gut aufführen werde. Sie trat in die Fabrik ein und wohnte weiterhin bei der Hebamme, welcher sie für das Zimmer und die Mahlzeiten eine kleine Entschädigung bezahlte. Schirru war noch immer in Turin oder reiste in Italien umher. Er sagte, er arbeite für eine Transportfirma. Im Dorf, in der Familie, sah man ihn selten. Aber er war noch immer mit Michela verlobt, denn jedesmal, wenn er kam, sah man ihn mit ihr zusammen. Er kam jeweils am Abend mit dem Motorroller. Er fuhr vor das Haus der Hebamme und pfiff. Michela ging hinunter, stieg auf den Hintersitz, und sie verschwanden in Richtung Turin. Oder in Richtung Rivoli, je nach der Jahreszeit. Später kam Schirru nicht mehr mit dem Motorrad, sondern mit einem Auto, entweder allein oder mit einem Freund. Und das Auto war nicht immer das gleiche, und manchmal war es fast ein Luxuswagen, ein Sportwagen, wie man sagt. Michela hatte ein wenig elegantere Kleidchen. An all dem war noch nichts Erstaunliches: Mit dem Lohn, den sie in der Fabrik verdiente, und wenn sie nichts nach Hause schickte, konnte sie sich das leisten. Aber eines Tages erfuhr ich von meinem Freund, dem stellvertretenden Personalchef, daß sie gekündigt hatte. Sie habe sich nicht schlecht aufgeführt, wirklich nicht. Sie habe immer gearbeitet und nichts angestellt. Trotzdem hatte sie jetzt gekündigt. Es war fast ein Jahr vergangen, seitdem ich sie – auf den Anruf des Cavaliere Malacarne hin – zum erstenmal gesehen hatte. Ach ja, es war wiederum Juni, wiederum Sommeranfang.

Und die letzte Nachricht, die ich von Michela bekam, war diese: An der Tür des Rathauses und an der Tür des Pfarrhauses hingen die Eheverkündigungen. Am Morgen des 9. Juni würden sie und Antonio Schirru heiraten. Ich wußte nicht genau, wie Schirru lebte. Aber der Vater, die Mutter und der Bruder waren zweifellos anständige Leute. So war auch ich für Michela glücklich. Und ich hatte mir schon vorgenommen, ebenfalls vor der Kirche zu stehen, um ihr meine Glückwünsche zu überreichen ... als Rosenwasser-Kommissar!

Am Abend des 8. Juni war ich nach dem Mittagessen noch in der Wache. Da ruft man mich ans Telefon. In der Stadt Alessandria seien an jenem Mittag innerhalb weniger Stunden mehrere Diebstähle verübt worden. Zwei im Zentrum geparkte Autos seien mit aufgebrochenem Schloß jenseits des Tanaro aufgefunden worden; das Radio und verschiedene Gegenstände wie Mäntel, Köfferchen fehlten. Aus einer Tankstelle seien fünfzigtausend Lire und verschiedene Gegenstände, im Bahnhofsrestaurant Tabakwaren im Wert von hunderttausend Lire und dreißigtausend Lire Bargeld gestohlen worden. Es wurde ein roter Giulietta-Sportwagen verdächtigt, an dessen Steuer ein Mädchen saß; zwei junge Männer fuhren mit. Der Wagen hatte bei der Tankstelle gehalten, um Benzin aufzufüllen, und war auch am Bahnhof gesehen worden. Nun hatten gerade zwei Polizisten, die von ihrem Rundgang zurückkamen, auf der Tanarobrücke einen roten Giulietta-Sportwagen wegen überhöhter Geschwindigkeit angehalten, der bestimmt derjenige war, den man verdächtigte: Nur waren die Polizisten noch nicht informiert. Sie beschränkten sich darauf, eine Buße zu verhängen. Das Mädchen am Steuer besaß den rosaroten Fahrausweis, und es war Michela; einer der beiden Jungen, mit dem Ausweis dritten Grades ausgerüstet, war Schirru. Alle beide wohnten im selben Dorf; und deshalb riefen sie mich an. Der Wagen mit dem Turiner Schild gehörte dem andern Jungen, einem gewissen Cobeddu, der wahrscheinlich ein Landsmann von Schirru war.

Ich dachte sofort daran, daß am Tag darauf die Hochzeit stattfinden sollte. Und ich hoffte auf einen Zufall: Rote Giulietta-Sportwagen konnte es in Alessandria noch mehrere geben, auch mit einem Mädchen am Steuer. Aber ich wußte sehr wohl, daß ich mir selbst etwas vortäuschte. Und wie beim erstenmal fühlte ich, daß es ihretwegen war – am Unbehagen, das ich empfand. Auf jeden Fall – sagte ich mir – würden sie, bevor sie heirateten, wenigstens die letzte Nacht zu Hause verbringen. Ich nehme einen Polizisten mit und gehe. Ich schicke den Polizisten zur Familie Schirru, ich selber gehe zur Hebamme. Wir treffen einander nach einer Viertelstunde auf dem Platz. Nichts. Ja, sie würden morgen heiraten. Alles sei bereit, sowohl bei ihr als auch bei ihm. Aber man habe die beiden schon seit einigen Tagen nicht mehr gesehen: Michela begleite ihren Verlobten in den Autos oder Lastwagen auf die Dienstfahrten, die er machte. Was für eine Art Dienstfahrten das waren – Handelsvertretungen, Personentransport –, wußten Schirrus Mutter und die Hebamme nicht. Mir war nun alles nur zu klar.

Und tatsächlich, mein Polizist und ich hatten einander kaum beim Café an der Ecke getroffen, als ich ein Brummen hörte und von der Turiner Straße her den roten Sportwagen mit hoher Geschwindigkeit auf den Platz einbiegen sah. Der Polizist stürzt herbei und gebietet Halt. Der Wagen fährt, ohne zu verlangsamen, weiter. Aber wie er am Ende des Platzes angekommen ist, steht er still und fährt zurück.

Am Steuer sitzt Michela; sie hält vor mir und schaut mich an – die blonden Haare wirr vor den Augen hängend – und lacht mir, rot wie eine Pfefferschote, zu: ›Herr Kommissar, wollen Sie morgen früh Confetti?‹

Ich heiße alle drei aus dem Wagen steigen; der dritte, ein um wenige Jahre älterer Kerl als Schirru, war Cobeddu, der erschrocken dreinschaute. Schirru hingegen lacht ebenfalls, wie Michela. Auch er ist bis zuletzt überzeugt, daß sie glimpflich davonkommen. Nach allem – muß ich mir sagen – sind sie Idioten! Oder aber sie müssen sehr wenig Achtung vor unserer Polizei und den Carabinieri haben!

Auf den Sitzen sehe ich drei in Zellophan eingehüllte Radioapparate. Ich fragte Michela: ›Und woher kommen denn die?‹

›Das sind Schuhe, eine Freundin, Anna, hat sie mir zum Aufbewahren gegeben.‹

›Wie, Schuhe sollen das sein? Siehst du denn nicht, daß es Radioapparate sind?‹ Doch Michela sieht nichts. Sie beharrt darauf, daß es sich um Schuhe handle und daß sie jedenfalls nichts davon wisse; sie habe bloß ihrer Freundin Anna einen Gefallen tun wollen, sie werde morgen zur Hochzeitsfeier in die Kirche kommen und sie heiraten sehen; so könne sie die Gelegenheit benützen, ihr die Schuhe zurückzugeben.

›Es tut mir leid, Michela . . .‹ – und innerlich mußte ich fast sagen: Es tut mir leid, daß du zurückgekehrt bist; wenn du geradewegs nach Hause gegangen wärest, hätte dir die Hebamme gesagt, ich würde vorbeikommen, und du wärest vielleicht entwischt. Aber was hätte es dir schließlich genützt? Und so schloß ich: ›. . . es tut mir leid, Michela: Aber ich befürchte, ihr müßt die Hochzeit um einige Monate verschieben‹. Und ich verhaftete sie.

Sie brach in ein verzweifeltes Weinen aus. Ich aber war bewegter als sie. Und als ich in meine Wohnung hinaufging und mich zu meiner Frau ins Bett legte, die schon schlief, blieb ich im Dunkeln während einiger Zeit wach: vielleicht bis zum Morgengrauen. Ich konnte nicht einschlafen, weil ich daran denken mußte, daß in der Zelle, im unteren Stockwerk, Michela war. Und ich fühlte eine schreckliche Versuchung, hinunterzugehen und sie zu besuchen: nur um sie zu sehen. Natürlich blieb ich, wo ich war. Und währenddessen sagte ich zu mir: Wie grausam manchmal das Leben ist – grausam und ungerecht. Daß ein gutes

Mädchen notgedrungen schlecht enden muß, und daß einer wie ich, der in diesem Fall alles sieht und voraussieht, nichts, aber auch gar nichts unternehmen kann, um ihr zu helfen, um ihr jenes heitere, anständige und glückliche Dasein zu ermöglichen, das doch für sie so selbstverständlich sein sollte.«

Ein schlichtes Gemüt

»Als ich in Ovada war, hatte ich einen Gehilfen bei mir, der aus der Provinz Enna stammte und Bastiano hieß. Er war ein körperlich unerhört starker, aber vierschrötiger, kleiner Junge; ich glaube, er erreichte mit knapper Not die für Polizisten vorgeschriebene Größe. Sein dichtes, braunes Haar war gelockt und so starr wie Draht. Niedrige Stirn. Seine großen grünen Augen waren so rund wie Glaskugeln. Und er hatte eine sehr helle rosige Haut mit zwei scharlachroten Flecken über den Schläfen. Wer ihn zum erstenmal sah, mochte denken, er habe Fieber oder komme gerade vom Wachestehen bei einem Feuer.

Von Charakter war er still, folgsam, treuer als treu. Und so simpel und stur, daß er sogar als Dummkopf gelten konnte, was er jedoch ganz und gar nicht war. Bei allen Fragen, denen er gegenüberstand, bei allen mehr oder weniger schlimmen Ereignissen, in die er sich verwickelt sah, erkannte er sofort und immer nur die eine Seite; er stellte sich an seinen Platz, und dort hielt er bis zum Ende aus, auch wenn sich in der Zwischenzeit die Situation ganz offensichtlich verändert oder gar ins Gegenteil gekehrt hatte. Er kümmerte sich nicht um die Ratschläge oder Anordnungen seiner Kollegen und gab nur den Befehlen eines Vorgesetzten nach – dann aber schlagartig.

Er war, alles in allem, ein sehr tüchtiger Bursche. Vorausgesetzt jedoch, daß man ihn kannte und entsprechend zu behandeln wußte, wie ich es immer tat: ich vermied – soweit ich es konnte – sorgsam, ihm irgendwie heikle Aufräge anzuvertrauen, bei denen man auch nur die geringste Schwierigkeit voraussehen konnte. Dann wäre er nämlich ein sehr gefährliches Element gewesen, hätte unbesonnen Verwirrung gestiftet und mir Unannehmlichkeiten bereitet.

Als ich in Ovada ankam, fand ich ihn unter den Polizisten meines Reviers vor, und nur schwer konnte ich verstehen, was für eine Art Mensch er war, ich wunderte mich, daß er den Grad eines Gefreiten hatte erreichen können. Je mehr ich darüber nachdachte, desto weniger konnte ich es mir zurechtlegen. Ich erfuhr dann, daß er dank seinem Mut bei einer Feuersbrunst in Sardinien einem meiner Kollegen das Leben gerettet hatte, und auf diese Weise hatte er sich die Hosenstreifen verdient, die im Königreich . . .« Gigi stockte und verbesserte sich eilig: »... ja, die im Heer denjenigen eines Korporals entsprechen.« Auch er war jetzt rot geworden, aber nicht von einem Feuer, sondern wie wenn einen Augenblick lang von innen durch seine eingefallenen, alabasterfarbenen Wangen eine Flamme geleuchtet hätte.

Du guter Gigi! Wieviel bedeutet für dich ein kleines Versehen ... Ich mußte an die Formulierung des Dantesdien Freispruchs denken, und bestimmt hätte ich sie ihm wiederholt, wenn es mich nicht freundlicher gedünkt hätte, über den harmlosen Versprecher eines alten Polizisten hinwegzugehen.

»Zum Glück jedoch gehen die Polizisten immer zu zweien aus. Ich achtete deshalb darauf, daß ich Bastiano immer mit einem Polizisten auf einen ordentlichen Rundgang schickte, dessen gesundem Menschenverstand ich voll und ganz vertrauen konnte, auch wenn er einen tieferen Dienstgrad hatte. Wenn jedoch etwas Schwierigeres im Anzug war, gab ich Bastiano dem Wachtmeister Ferroglio mit, der aus Asti stammte und mein zweites Ich war: stämmig, lebensbejahend, mit guten Nerven.

Es ist Sommer, ein Sonntagmorgen; ich komme etwas später als gewöhnlich zum Mittagessen. Das kommt an Feiertagen vor. Und während ich in meine Wohnunng hinaufsteige – meine Frau hatte mir Pfefferschoten zubereitet, ich hatte es schon auf der andern Seite des Platzes gerochen –, höre ich von der Kantine her ein großes Gelächter. Im Moment achte ich nicht darauf. Oder vielleicht ziehen mich die Pfefferschoten stärker an. Aber nachher erzählt mir Ferroglio alles. Sie lachten in der Kantine über Bastiano. Sie machten sich über ihn lustig, weil er sich, wie sie behaupteten, verliebt habe. Und er bestritt dies wütend, nein, nein, es sei nicht wahr; aber die andern hörten natürlich nicht auf, ihn zu foppen.

Am Abend zuvor hatte ein Pferdezirkus auf dem Marktplatz eine Vorstellung gegeben, und Bastiano hatte sich offenbar in die Besitzerin, die Tierbändigerin, verliebt.

Kurzum, am Nachmittag schicke ich Ferroglio und einen andern Polizisten in den Zirkus. Und abends gehe ich selbst hin und nehme Bastiano mit.

Es war ein ganz erbärmlicher, mit den geringsten Mitteln arbeitender Zirkus. Ein zahmes Pferd und eine vierzehnjährige Kunstreiterin, ein Affe und ein Narr, der Direktor, der sich wichtig macht, und die Hauptnummer – die einzige einigermaßen bemerkenswerte –, eine Löwin mit der Dompteuse, das war eben die Besitzerin.

Sie war eine schöne Frau: groß, schlank, mit bis auf die Schultern fallendem, glattem blondem Haar und üppigem Busen, der das rote, mit schwarzen Schnüren zusammengehaltene Leibchen zu sprengen schien – ob er nun echt oder falsch war. Es war eine Deutsche, wie fast alle ihres Berufes; man merkte es an ihrem langen, kräftigen Gesicht, an der harten Form ihrer Lippen und – für denjenigen, der überhaupt noch daran zweifelte – am unverkennbaren Akzent: ›Siknori e siknore, prego atthenziooone!‹

Bastiano hatte sich mit meiner Erlaubnis neben das Zelt gestellt, aus welchem die Artisten erschienen. Ich saß, nicht weit davon entfernt, in der ersten Reihe, und behielt ihn im Auge. Auf der Strecke von der Wache zum Zirkus hatte ich etwas Ungewohntes in seinem Benehmen festgestellt; doch ich hütete mich sehr wohl, die Dompteuse zu erwähnen, da ich mir dachte, der arme Bursche sei schon verwirrt genug. Er hatte sich vor dem Ausgehen nochmals rasiert. Und er hatte so ausgiebig Kölnischwasser oder sonst ein Parfüm verwendet, wie es das Reglement ausdrücklich verbot. Doch weshalb sollte ich ihn zurechtweisen? Das wäre eine überflüssige Bosheit gewesen: Ich wußte ja, daß der Zirkus am andern Tag seine Zelte abbrach und daß die Dompteuse bald eine harmlose Erinnerung sein würde . . .

Sie war während der Kunststücke aus dem Zelt hervorgekommen und gerade neben ihm stehengeblieben. Und er starrte sie mit hervorquellenden Augen an, als sähe er die Madonna. Trotzdem bemerkte ich plötzlich, daß sie miteinander sprachen. Ja, sie unterhielten sich tatsächlich. Ich hatte den Anfang verpaßt: War er es gewesen, der sie zuerst angesprochen hatte? Oder sie ihn? Da er so scheu war, neigte ich eher zur letzteren Annahme. Und Bastiano sah gut aus, und zudem ist ein Polizist bei jenen Leuten immer gern gesehen; man kann ihn immer brauchen. Bastiano sprach in einem fort, eine lange Rede, die ich ihm niemals zugetraut hätte. Und er war ganz blau angelaufen. Da, nun mußte er ihr ein Kompliment gemacht haben, denn die Dompteuse bog den Kopf zurück und schüttelte laut lachend ihr blondes Haar. Und kurz darauf steckte Bastiano fiebrig die Hand in die Tasche und hielt ihr tatsächlich – bestimmt mit zittrigen Fingern – sein Päckchen ›Nazionali‹ hin, um ihr eine Zigarette anzubieten. Und die Dompteuse zog mit einer Bewegung, die eines Filmstars würdig war, eine heraus. Bastiano zündete sie ihr mit dem Feuerzeug eilig an. Ich merkte an den Gesten, daß sie ihn fragte, weshalb er nicht auch rauche, und daß er antwortete, dies sei ihm im Dienst nicht erlaubt.

Die Nummer mit der Löwin war die letzte. Vier Freiwillige aus dem Dorf zogen den Käfig auf Rädchen mitten in den Zirkus. Darin lag das Raubtier, als ob es schlafe. Dann ertönten die Trompeten und wirbelten die Trommeln: Die Dompteuse trat auf. Sie hielt eine kleine Ansprache und trat endlich in den Käfig.

Die Löwin mußte alt und krank sein. Die Dompteuse reizte sie ständig mit ihrem langen Eisenstab, aber das Tier rührte sich nicht. Aber während das Publikum pfiff, schüttelte es sich plötzlich. Es erhob sich, streckte sich aus, sperrte den Rachen auf und gab einen Laut von sich, der eher einem Gähnen als einem Gebrüll ähnlich war. ›*Puoncior-no,* Milady!‹ schrie die Dompteuse. ›Diese Herrschaften fragen, ob Sie gut geschlafen haben!‹ Und so begannen die Übungen: Die Löwin schlich im Käfig umher, während die Dompteuse sie mit dem Eisenstab antrieb; sie sprang oder – besser gesagt – kroch durch einen Ring, den die Dompteuse hielt; sie stieg auf einen Holzwürfel, zuerst mit den Vorderbeinen, dann mit allen vieren. Und alles mit langsamen, kraftlosen Bewegungen – ein schlechthin peinliches Schauspiel. Wenn das Publikum trotzdem Gefallen daran zu finden schien, muß gesagt sein, daß dies sich an einem Sommerabend vor zwanzig Jahren in Ovada ereignet hat, das heißt, als es noch kein Fernsehen gab.

Natürlich vergnügte ich mich während der Nummer mit der Löwin vor allem damit, Bastiano zu beobachten: Dies war für mich das wahre Schauspiel. Und wenn ich imstande wäre, dir sein Gesicht, sein Zittern, seine – wie soll ich sagen? – beherrschten und gezügelten Verrenkungen zu beschreiben, jedesmal, wenn die Dompteuse sich der Löwin ein wenig mehr näherte oder jedenfalls so tat, als begebe sie sich in Gefahr – dann wäre ich ein großer Romanschriftsteller und nicht ein gewöhnlicher Polizeikommissar.

Das Reglement untersagt den Polizisten im Dienst, Beifall zu klatschen. Bastiano verstieß mit solcher Heftigkeit gegen dieses Verbot, daß ich nachher gezwungen war, ihn sanft zurechtzuweisen. Aber ich brachte es nicht über mich, ihm zu verbieten, worum er mich mit Tränen in den Augen bat: Am nächsten Abend, am Montag, zog der Zirkus für eine einzige Vorstellung nach Prato Alborato, einem wenige Kilometer weiter nördlich liegenden Dörfchen; Bastiano bat flehentlich darum, daß er nochmals Dienst haben dürfe, um sie ein letztesmal zu sehen! Ich erlaubte es und schickte Ferroglio mit ihm.

Am nächsten Abend – Mitternacht war schon vorbei – saß ich vor dem Café auf der Piazza. Das Kartenspiel war schon seit einer Weile zu Ende, aber ich konnte mich nicht entschließen, schlafen zu gehen. Ovada liegt kaum zweihundert Meter über dem Meer, die Berge des

Orbatales sind nicht hoch. Und doch sind die Sommernächte kühl: Es bläst ein leichter Wind, man fühlt sich wie auf dem Lande.

Da fährt ein Auto heran und hält vor dem Café. Es ist einer, den ich kenne, Calcaprina heißt er, der Sohn des Sägereibesitzers aus Molare; ein Freund ist bei ihm. Er kommt geradewegs auf mich zu: ›Wir sind im Zirkus gewesen, in Prato Alborato. Wissen Sie, was passiert ist‹?

›Nein‹, sage ich; doch unwillkürlich stehe ich auf, ich begreife, daß es eine Sache ist, die mich angeht.

›Nun ... ein Polizist ... ich glaube, es ist einer der Ihren, ein kleiner, schwarzer, ein Sizilianer ...‹

›Was hat er angestellt?‹ – und noch bevor ich es erfahre, weiß ich, daß es meine Schuld ist: Ich hätte Bastiano nicht nachgeben dürfen!

›Folgendes hat er angestellt: Zwei Revolverschüsse hat er abgefeuert und die Löwin umgebracht.‹

›Gibt es im Publikum Verletzte?‹

›Nein, zum Glück nicht. Aber es hätte leicht passieren können. Wenn Sie vielleicht hingehen, es ist ein Durcheinander ... Es sind noch alle dort und streiten.‹

›Weshalb streiten sie?‹

›Weil der Polizst geschossen hat, da er die Dompteuse in Gefahr glaubte; sie hingegen und ihr Mann, der Direktor, schreien wie Besessene, das sei überhaupt nicht wahr, die Vorführung sei normal verlaufen, Ihr Polizist sei ein Verrückter, das Tier sei so und so viele Millionen wert gewesen, und jetzt seien sie ruiniert, und der Staat müsse es ihnen vergüten ...‹

Ich unterbreche ihn und frage sofort, ob auch er – da er ja dabei gewesen sei – den Eindruck gehabt habe, die Löwin sei derart wild geworden, daß sie für das Leben der Dompteuse eine Gefahr bedeutete; so wäre die Tat des Polizisten ja gerechtfertigt gewesen.

Calcaprinas Antwort war, wie ich befürchtete, zweideutig: ›Ja, zweifellos ... Nun ... das Tier schlief und hatte keine Lust zu arbeiten ... es schien halb tot zu sein. Die Dompteuse versuchte, es durch einen Reifen zu treiben, aber es wollte nicht. Da wirft die Dompteuse den Reifen weg; sie versucht, die Löwin mit einigen Peitschenhieben zu ermuntern und stößt sie mit dem Eisenstab in die Seiten. Plötzlich jedoch wendet sich das Tier mit einem halblauten Knurren um und erhebt eine Pranke; um ihr auszuweichen, macht die Dompteuse einen raschen Sprung nach hinten ... sie verfängt sich im Reifen, der am Boden liegt, und fällt hin. Die Löwin springt. Die Dompteuse ist sofort wieder auf den Beinen, mit dem Eisenstab in der Hand. Doch inzwischen: Paff, paff! Auch der Polizist ist herbeigesprungen, bis zum Käfig hin, und hat aus kurzer Distanz geschossen, indem er den Revolver zwischen dem Gitter durchstreckte; er traf die Löwin am Kopf. Einige Leute hatten den Eindruck, die Dompteuse sei in Gefahr gewesen. Und andere – auch ich zum Beispiel – nicht. Der Direktor schrie den Polizisten und den Wachtmeister an; er behauptete, er könne ohne weiteres eine große Anzahl Zeugen aufbieten, welche mehrmals denselben Vorfall miterlebt hätten, ohne daß dieser für die Dompteuse irgendwelche Folgen gehabt habe. Er schrie, das sei nicht ein Unfall, sondern ein Spiel gewesen; und daß die Dompteuse über den Reifen stolperte und hinfiel, sei absichtlich und vorbereitet gewesen.‹

Ich bat Calcaprina, er möge so freundlich sein und mich in seinem Auto an den Ort bringen. Zu jener Zeit hatten noch nicht alle den Jeep zur Verfügung. Wir fahren ab, fahren durch Lercaro, La Pieve, Silvano und erblicken gerade die Lichter von Prato Alborato. Da bemerken wir zwei Schatten, die auf dem Fahrrad rasch auf uns zukommen: Ferroglio und Bastiano. Ich lasse anhalten, steige aus. Bastiano schnellt in Achtungstellung und starrt mich unbeweglich, angstvoll an; rundum das undeutliche Licht und die tiefen Schatten der Mondnacht. Ich nehme Ferroglio beiseite. Aber ach, seine Erzählung stimmt haargenau mit derjenigen Calcaprinas überein.

›Bastiano!‹ rufe ich. Und er springt herbei: ›Ja, Herr.‹

›Bastiano, weißt du, daß du mir da eine schöne Geschichte beschert hast?‹

›Herr Kommissar, wenn ich die Dame nicht gerettet hätte, wäre sie gestorben. Ja, gestorben wäre sie, ganz bestimmt. Ich allein habe sie gerettet.‹

›Na, na, anscheinend nicht, Bastiano. Es scheint, die Sache verhält sich anders. Offenbar war das nur Theater, eine gefahrlose Darbietung.‹

›Das ist nicht wahr. Glaub niemandem, Herr Kommissar!‹ Wenn er aufgeregt war, konnte Bastiano einen nicht siezen. ›Glaub das nicht: Wenn ich sie nicht gerettet hätte, wäre die Dame gestorben.‹

›Und jetzt wird der Zirkusdirektor wegen des Schadens vor Gericht gehen. Und du wirst bestraft werden.‹

›Sie sollen mich nur bestrafen, Herr Kommissar. Aber wenn ich sie nicht gerettet hätte, wäre die Dame . . .‹

›. . . gestorben, ich hab' verstanden, Bastiano. Aber wenn du nicht in die Dame verliebt gewesen wärest, hättest du diesen Riesenblödsinn nicht getan.‹

›Ich bin nicht verliebt. Ich bin Polizist, und ich habe meine Pflicht getan. Sie sollen mich nur bestrafen. Ich habe meine Pflicht getan. Wenn ich sie nicht gerettet hätte, wäre die Dame gestorben.‹

Man weckte mich beim Morgengrauen. Der Zirkusdirektor und die Dompteuse kamen vorbei, um zu protestieren. Die Karawane stand auf dem Platz; im ganzen bestand sie aus drei kleinen Wagen, und auf dem Lastwagen hinter dem Dreiradmotor lag, gleichsam als corpus delicti, die Leiche der Löwin.

Der Direktor behauptete, die Löwin hätte noch mindestens zehn Jahre gelebt! Ihr Verlust bedeute für ihn den Untergang! Sie sei der Höhepunkt der Vorstellung gewesen! Er werde sich an einen Advokaten in Alessandria wenden. Er werde vollen Schadensersatz verlangen. Seine Frau hustete und murmelte auf deutsch dem Tonfall nach offensichtlich bösgemeinte, verächtliche Worte. Sie trug einen Schottenrock mit Pullover, hatte das blonde Haar aufgesteckt und unter einer Baskenmütze versteckt und hielt eine Zigarette zwischen den dünnen Lippen; sie hatte nichts mehr von der Ausstrahlung, die auch ich während der Vorstellung, als sie das Dompteusenkleid trug, verspürt hatte. Das kam wohl von dem ungeschminkten, blassen, langen, schlaffen Gesicht und den halbgeschlossenen, zwischen den Lidern verlorenen, vom Tageslicht wie geblendeten Augen.

Von dem üppigen Busen schien jedenfalls unter dem Pullover nicht einmal eine leichte Wölbung übrigzubleiben. Ich dachte mir, jetzt hätte Bastiano sein Idol sehen müssen: Das hätte ihm in Zukunft geholfen – auch wenn er einmal nicht mehr Polizist sein würde –, sich nicht mehr so rasch zu vernarren. Ich wandte mich zur Wache und sagte, man solle Bastiano rufen. Doch er war schon da, unter der Tür: Seine runden grünen Augen starrten die Dompteuse an.

›Dieser Idiot!‹ murmelte sie, als sie ihn erblickte.

Ich schlug mit der Faust auf den Schreibtisch: ›Madame, ich begreife, daß Sie wegen der – sagen wir so – finanziellen Folgen des Verlustes etwas durcheinander sind. Aber ich mache Sie darauf aufmerksam, daß Sie einen Hüter der Ordnung beleidigt haben; ich könnte Sie ohne weiteres verhaften.‹

›Erlauben Sie, Herr Kommissar, daß ich zu der Dame etwas sage?‹ Bastiano trat einige Schritte hervor.

›Nein‹, sagte ich. Bastianos Augen füllten sich sofort mit Tränen; er beharrte: ›Nur ein einziges Wort möchte ich zu ihr sagen, Herr Kommissar!‹

Ich dachte, aus der Gegenüberstellung könnte sich vielleicht eine nützliche Einzelheit für das Protokoll, das ich würde anfertigen müssen, ergeben. Ich sagte Bastiano, er könne sprechen, und er machte daraufhin einen weiteren Schritt auf die Dompteuse zu. Reglos, starr auf sie blickend, sprach er sie an: ›Schöne Frau, ich bin ein Dummkopf. Aber du wärest gestorben. Wenn ich dich nicht gerettet hätte, wärest du gestorben.‹ «

Ich sagte zu Gigi: »Ein Mensch aus einem Guß. Flaubert hätte ihn ›ein schlichtes Gemüt‹ genannt.«

Gigi errötete nochmals. Er wußte nicht genau, wer Flaubert war. Und ich verspürte – wie es mir nicht selten geschieht – eine gewisse Bitterkeit wegen der Verkanntheit eines Schriftstellers, den ich fast als Heiligen verehre. Bei den Namen Balzac, Dickens, Tolstoi wäre Gigi nicht errötet. Ich wollte ihn aber wieder aufmuntern und kam auf unser Gespräch zurück: »Man muß bedenken, daß bis vor vierzig oder fünfzig Jahren auf den Bergen rund um Enna die meisten Leute Hirten waren. Aber dann? Sag, wie ging dann die Geschichte zu Ende?«

»Das staatliche Rechnungsbüro bezahlte dem Zirkus keinen Schadensersatz, obwohl die Forderung auf ein ganz geringes Maß zurückgesunken war.«

»Und Bastiano?«

»Bastiano erhielt eine leichte Disziplinarstrafe. Als einige Monate danach seine Dienstzeit abgelaufen war, quittierte er auf meinen Rat hin den Waffendienst. Inzwischen war mir ein Jeep zur Verfügung gestellt worden, und ich hatte ihn die Fahrprüfung machen lassen. Er fuhr ein wenig scharf, aber sehr sicher. Heute ist er verheiratet, er hat zwei Kinder. Er lebt in Genua und ist in einer Transportfirma Lastwagenchauffeur.«

Die Ledermütze

»Irgendwelche Neuigkeiten?« frage ich Gigi, sobald wir uns an den gewohnten Tisch in den »Drei Eberzähnen« gesetzt haben und den Duft der Pasteten einatmen, die soeben aufgetischt worden sind. Wenn man bedenkt, daß ein ganzer, stürmischer Sommer und schon die Hälfte dieses so milden Herbstes vergangen ist, ohne daß wir einander sehen konnten, nicht einmal, um zusammen einen Wermut zu trinken!

»Nichts Neues bekannt«, antwortet Gigi militärisch. »Es sieht tatsächlich so aus, als wolle das Schicksal, daß ich meine Polizistenlaufbahn hier in Piacenza auf der Justizabteilung beende ... Versteh mich recht: Wenn die Autobahn Turin–Piacenza schon betriebsbereit wäre, könnte ich mir keine bessere Stelle wünschen!«

»Was hat denn die Autobahn damit zu tun?«

»Nun ja, du mußt begreifen: Ich habe noch keinen Augenschein ihres Verlaufes genommen, aber ...« – Gigi spricht in seinem Protokollstil, dem Stil, den er aus angeborener Schüchternheit im Gespräch verwendet, besonders, wenn wir uns schon seit einiger Zeit nicht mehr gesehen haben – »... aber, wo auch immer die Autobahn durchführt, es wird wohl eine Zufahrt geben, die genügend nahe bei meinem Dorf im Monferrat liegt. Und so wäre es für mich einfach, ab und zu – natürlich nur, wenn der Dienst es erlaubt – einen Ausflug zu machen: um jenes Stück Land zu besuchen, das ich dort noch habe, das Häuschen, das ich unbedingt wieder in Ordnung bringen möchte – für mein Alter. Die Autobahn ist von den zuständigen Stellen gutgeheißen und beschlossen worden, daran besteht kein Zweifel. Aber ich weiß bis jetzt noch nicht, ob man mit den Arbeiten bereits begonnen hat. Manchmal frage ich mich: Wird die Autobahn fertig sein, bevor ich pensioniert werde? Vielleicht kann ich nicht einmal mehr davon profitieren.«

»Sie kommen jetzt sehr rasch vorwärts«, sage ich, um ihn aufzumuntern.

»Ich weiß, sie arbeiten sehr rasch. Sie haben neue Teermaschinen. Die Metallelemente der Brücken und Viadukte sind vorfabriziert. Und so weiter, und so weiter. Aber die Maschinen sind noch nicht alles.

Und es geht ja immer so: Du brauchst nur nicht zu wollen, daß die Ereignisse sich – wie man zu sagen pflegt – überstürzen, und schon tun sie es. Wenn du sie hingegen vorantreiben möchtest, lassen sie auf sich warten.«

»Du wirst schon sehen, daß sie diesmal blitzartig eintreffen werden«, fahre ich scherzhaft fort. Mich dünkt, ich bemerke eine Spur von Trauer in der ständigen Heiterkeit seines Ausdrucks: einen müden Schleier auf der natürlichen Blässe des Gesichtes, während die Augenlider hinter den Goldrändern der Brille sich plötzlich gesenkt haben.

»Nein, ich denke jetzt nicht an mein Dorf, im Gegenteil ...« – Gigi lächelt traurig – »... Im Gegenteil: Ich denke an die Verbreiterung der Autobahn Turin–Mailand vor zwei Jahren, oder wenigstens an das Teilstück der Baustelle Cigliano, ein Teilstück, das früher fertig wurde als vorgesehen ...«

In diesem Augenblick wird die erste Flasche Val Tidone und eine riesige dampfende Schüssel voll Pastetchen aufgetischt. Die Geschichte ist offenbar nicht allzu lustig, und Gigi verschiebt sie auf die Zeit nach dem Mittagessen.

»Wahrscheinlich wurde ich eben im Hinblick auf die Bauarbeiten für die Verbreiterung nach Cigliano versetzt. Eine große Baustelle mit Wohnbaracken für viele Arbeiter sollte der Autobahn entlang entstehen. Die Arbeiter kamen aus dem Süden, aus Venezien, aus andern Ortschaften des Piemont selbst, eigentlich aus allen Gegenden Italiens. Eine gewisse Beaufsichtigung war notwendig, weil es im Dorf und in der Umgebung verschiedene – große und kleine – Industriebetriebe gab und die Arbeiter, die aus dem Ort selbst stammten oder sich als Zugewanderte in Cigliano bereits fest angesiedelt hatten, abends oder an Festtagen allzu leicht mit den weniger gut kontrollierbaren Gelegenheitsarbeitern in Konflikt geraten konnten.

Ich war seit einigen Wochen in Cigliano, als die Bauarbeiten in Angriff genommen wurden. Nun war der erste Mensch, den ich kurz nach meiner Ankunft kennengelernt hatte, leider gerade er gewesen. Leider! Nicht, weil man es ihm sofort angesehen hätte; sein Aussehen hatte, auch wenn man ihn von nahem beobachten konnte, nichts besonders Abnormes an sich. Sondern weil er der erste Mensch war, auf den mich sofort alle hingewiesen hatten. ›Herr Kommissar, schauen Sie den an ... Rufen Sie ihn mal ... Bringen Sie ihn ein wenig zum Reden ...‹ Kurzum, der klassische Fall des Dorftrottels.

Er war allerdings ganz lumpig gekleidet: Eine Menge Jacken und

Pullover trug er übereinander – und wo er sich die besorgt hatte, war nicht ganz klar. Er trug eine Brille, die ebenfalls kaputt war und dank einem Stück Zwirn und ein wenig Isolierband notdürftig zusammenhielt. Er sah aus wie ein Intellektueller, der aus irgendeinem Grunde elend heruntergekommen war. Aber man brauchte nur ein paar Worte mit ihm zu wechseln, um zu merken, daß er ganz und gar kein Intellektueller war: Nur die Brille und die Magerkeit seines Gesichts verliehen ihm jenes Aussehen. Gleichzeitig merkte man, daß er ganz und gar kein Trottel war. Er war ein schöner Bursche: groß, schlank, stark, mit einem offenen, sehr sympathischen, gescheiten Lächeln. Nur lächelte er allzu selten. Er machte ständig ein finsteres, ja beleidigtes Gesicht, als ob ihm ein großes Unrecht angetan worden sei und als ob er sich von allen gehaßt fühlte. Das stimmte nicht. Die Besitzer der drei Cafés im Ort zum Beispiel mochten ihn gern; und sie ließen ihn herein, wenn er das Televisionsprogramm sehen oder Billard spielen wollte, obschon sie ganz gut wußten, daß er nichts bestellen würde – aus dem einfachen Grunde, weil er niemals auch nur zehn Lire in der Tasche hatte. Aber die Gäste vertrieben ihn manchmal auf freche Weise: Sie behaupteten, er stinke. Dann schien er jeweils beinahe in Tränen auszubrechen und stammelte oder zerstückelte die Wörter wie ein Kind, das noch nicht ganz richtig sprechen kann. Abgesehen von jenen Augenblicken redete er jedoch ohne die geringste Schwierigkeit. Seine Krankheit – das fand ich bald heraus – bestand im einfachen Umstand, daß er sich als Knabe geweigert hatte, einen Beruf zu erlernen, und daß er später – es fehlte ihm jeder Arbeitswille, vielleicht war er sogar unfähig, die Notwendigkeit der Arbeit einzusehen – der erste gewesen war, der die Mär von seiner eigenen geistigen Minderbegabung gefördert hatte. Nicht zu Unrecht jedoch sagte der Kreisarzt, es handle sich um einen Fall von ›zum Stillstand gekommener Entwicklung‹; die Schuld für Aduos sämtliche Schwierigkeiten mußte man der Mutter zuschreiben.

Aduo, ja: Er hieß Aduo, weil er im Oktober 1935 am Tag der Eroberung von Adua geboren worden war. Die weibliche Form mag noch gehen; aber für einen Mann ist das doch ein lächerlicher Name, und vielleicht hat gerade auch er auf irgendeine Weise dazu beigetragen, daß Aduo im Ort für einen vollständigen Idioten galt. Dabei litt er einfach an einer Nervenkrankheit, einer Krankheit, die meiner Meinung nach durchaus heilbar war.

Er war einziger Sohn. Sein Vater – Tischler von Beruf – war zu den Gebirgstruppen einberufen worden, machte zuerst den Griechenlandfeldzug mit und wurde dann für ›an der Ostfront vermißt‹ erklärt. Die Mutter hatte sich wegen der Abwesenheit ihres Mannes krankhaft an den Kleinen gehängt und offenbar von Anfang an erklärt, er sei nicht gesund und sie könne ihn nicht in die gewöhnliche Schule schicken wie andere Kinder. Sie verdiente den Lebensunterhalt als Waschfrau und hatte erst nach langem Warten erreicht, die Erklärung ›vermißt‹ und die entsprechende Pension zu erhalten. Sie hatte keine nahen Verwandten. Inzwischen hatten ihr die Kriegsjahre und der Wirrwarr, der besonders von 1943 bis 1945 im Lande herrschte, auch nicht geholfen, die Schwierigkeiten mit Aduo zu lösen: Oder, besser gesagt, sie hatten ihr geholfen, das Problem so zu lösen, wie es ihr angenehm war, indem sie ihr das Kind vollständig überließen, zu jeder Tages- und Nachtzeit, so unsinnig und unvernünftig das auch sein mochte. Man hat mir erzählt, daß sie es im Wäschekorb mittrug, wenn sie zur Arbeit ging. Und aus Angst, es falle in den Waschtrog, band sie ihm, wie einem Hund, um das eine Bein eine Schlinge, die sie an einem Weidenstamm in der Nähe festmachte. Und diese Ungeheuerlichkeit beging sie offenbar so lange, bis der Knabe zehn oder elf Jahre alt war ...«

Wie immer, wenn eine Erinnerung ihn überwältigte, nahm Gigi seine Brille ab und rieb sie langsam mit dem Taschentuch sauber. Seine blauen Augen, die den gewohnten ruhigen Scharfblick verloren hatten, schienen verwirrt, erloschen oder eher auf eine traurige Aussicht gerichtet.

»Ich hatte geglaubt, Gutes zu tun, und dabei ist es noch schlimmer herausgekommen. Aduo war mir vom ersten Augenblick an sympathisch gewesen, vielleicht, weil ich selbst keine Söhne habe. Ich sprach immer lieber mit ihm, und so hatte ich bemerkt, daß er geradezu intelligent war und daß seine Verrücktheit sich allmählich, mit zunehmendem Alter, aus der Faulheit oder der Unfähigkeit zur Arbeit in etwas Ernsteres und Tieferes verwandelt hatte: in eine vollkommene Gleichgültigkeit, in ein hoffnungsloses Desinteresse am Leben in all seinen Erscheinungsformen. Er lebte noch immer unter der Obhut seiner Mutter, die nun alt und krank war und kaum so viel verdiente, wie nötig war, damit sie beide nicht verhungerten. Aduo hatte auf nichts Lust. Der Wein und das Essen zogen ihn nicht an. Mädchen hatte er nie gekannt, er dachte nicht einmal daran. Viele beschuldigten ihn, er gehe betteln. Aber ich hatte feststellen können, daß dies eine vollkommen falsche Anschuldigung war. Keiner der Ortsansässigen konnte mir genau von einem einzigen Mal, auch nur einem einzigen, berichten, wo man Aduo hätte betteln sehen. Und das war ja auch ganz klar. Wozu hätten ihm denn einige zusätzliche Batzen gedient? Er hatte keine Wünsche, und dies war ja gerade sein einziger wahrhafter Fehler. Wenn man ihn vom Fernsehen oder vom Billardtisch wegjagte, litt er nicht, wie die andern glaubten, weil man ihm ein Vergnügen verbot; er litt bloß aus Stolz, er fühlte sich erniedrigt, weil man ihn ausschloß. Der Stolz war also das letzte Band, das diesen in Lumpen gekleideten Burschen mit der Gesellschaft und dem Leben verband. Der Stolz und, in geringerem Maße, die Zigaretten. Die Mutter gab ihm das Geld, damit er sich drei oder vier im Tag kaufen konnte. Und wenn dies nicht der Fall war, las er im Augenblick, da er sich unbeobachtet glaubte, die Zigarettenstummel auf.

Eines Tages – die Arbeiten an der Baustelle hatten schon begonnen, bereits war die erste Wohnbaracke für die Arbeiter erstellt, und ich hatte mich an Ort und Stelle begeben, um mit dem Chef der Baustelle Vereinbarungen zu treffen – sah ich plötzlich Aduo; er stand hundert Meter von mir entfernt, reglos, mit verschränkten Armen, zwischen den Bäumen eines kleinen Waldes, um das Hin und Her der Planierraupe zu verfolgen.

Als ich fertig war, machte ich einen Umweg, um zum Jeep zurückzukehren, so daß ich in seine Nähe kommen und ihn gut beobachten konnte, ohne daß er mich sah. Es war um diese Jahreszeit und die letzte Arbeitsstunde: gegen halb sechs Uhr. Die Gestalten der Arbeiter in der Ferne begannen schon, im Nebel, der immer dichter wurde, zu verschwinden. Aduo hatte sich bäuchlings aufs nasse Gras geworfen und das Kinn auf die Fäuste gestützt; so betrachtete er entzückt alle Bewegungen der Planierraupe. Gewiß, eine Planierraupe in Betrieb ist schon an und für sich ein Schauspiel, das jedermann begeistern kann: diese ausgehobene, bröcklige, zerstückelte Erde, die nach allen Seiten hin geglättet wird . . . man bekommt nie genug vom Schauen. Aber mich dünkte bei jener Gelegenheit zum erstenmal, daß ich an Aduo so etwas wie ein Zeichen von Teilnahme entdecken konnte; nicht so sehr in seinen Augen, deren Ausdruck mir ja hinter den Pflanzen und durch das allmählich schwächer gewordene Licht verborgen blieb, als vielmehr in der vollkommenen Unbewegtheit seines Körpers selbst. Vielleicht – sagte ich mir – ist das wie ein Funke, der nur endlich zünden müßte, und alles würde gut.

Mit Hilfe einiger Zigaretten, die er nie zurückwies, trieb ich ihn noch an jenem Abend in die Enge. Ob er, wenn man ihm irgendeine

Arbeit an der Autobahn vorschlüge, zusagen würde? Er blickte mich mit seinem schönen, zarten, mageren Gesicht an; das graue und verborgene Leuchten seiner Augen war hinter den schmutzigen, von Klebbändern überzogenen Brillengläsern kaum bemerkbar. Er öffnete den Mund, um zu sprechen, hustete, zögerte. Schließlich senkte er den Blick auf das Stück Draht, das er in den Händen hielt. Er hatte immer irgendein Stück Draht in der Tasche. Und er spielte bei jeder Gelegenheit damit. Man kann beinahe sagen, er verbrachte seine Zeit, wenn er nicht rauchte, auf diese Weise: indem er ein Stück Draht unaufhörlich knüpfte und schließlich mit den Fingern abtastete, ob die Knoten schon genügend dicht waren oder ob noch einer Platz hatte.

›Laß das jetzt sein, Aduo‹, sagte ich sanft, ›und antworte auf die Frage, die ich dir gestellt habe.‹

Er hob das Gesicht mit einer Lebhaftigkeit, die ich ihm nie zugetraut hätte; und mit einem Tonfall in der Stimme, der bewies, daß er während des langen Schweigens nicht an etwas anderes gedacht hatte und daß also sein Gehirn vollkommen in Ordnung war, sagte er: ›Aber Herr Kommissar – damit ich für Geld arbeiten kann, muß mich doch zuerst jemand nehmen ... und wer nimmt mich schon, mich?‹

›Mach dir keine Sorgen, Aduo. Mir genügt es, wenn du mir versprichst, daß du gehst, wenn man dich ruft.‹

Ich ließ Aduo vom Chef der Baustelle anstellen. Es war ganz leicht gegangen. Die wären froh gewesen, wenn sie noch mehr Arbeitskräfte aus dem Ort hätten bekommen können! Aber in dem Dorf gab es praktisch keine Arbeitslosen.

Aduos Aufgaben ließen sich augenblicklich und – wie soll ich sagen? – automatisch festlegen: Er wurde der Barackenwächter, das Faktotum der Arbeiter, derjenige, der für alle putzte, ins Dorf ging und zurückkam, in der Küche half, den Tisch deckte. Von Anfang an arbeitete er für zehn: ohne zeitliche Begrenzung, vom Morgengrauen bis in die tiefe Nacht; er war der erste, der aufwachte und der letzte, der zu Bett ging – eine Begeisterung, die jene wenigen, die ihn zuvor gekannt hatten, in Erstaunen versetzte und alle zusammen rührte. Sie hatten sofort begriffen, daß sie ihm vertrauen konnten, und zögerten nicht, ihm sogar die allerpersönlichsten Aufträge zu erteilen, solche, die das Rauchen, die Arzneien, die Post und sogar ganz bedeutende Geldsummen betrafen.

Seine Arbeit bezog sich auf die Baracken, drinnen und draußen. Und er konnte während seiner Arbeit, so oft er wollte, zur Autobahn hinschauen. Wenn er drinnen war, konnte er zu den Fenstern hinausschauen. Denn er dachte an nichts anderes. Und nur aus diesem Grund hatte er – zum erstenmal in seinem Leben – zu arbeiten begonnen. Er wollte die Verbreiterung der Autobahn miterleben, ohne Unterbrechung. Er wollte auf dem laufenden sein, wie man mit dem Bauen vorankam. Bei jedem Gang zur Baustelle bemerkte ich, wie Aduo – sobald ich von weitem sah, wie er entweder mit den Wasserkesseln zu den Küchen rannte oder sich an einem der Fenster beim Putzen zeigte oder auch an einer zwischen den Baracken aufgespannten Schnur Wäsche aufhängte – immer bemerkte ich, wie er es sich so einrichtete, daß er gegen die Autobahn gewandt war und mit schnellen Blicken – mal da-, mal dorthin, bald zur Ausfahrt von Rondissone, bald zu derjenigen von Borgo d'Ale hin – erforschen konnte, wie die Arbeiten vorangingen. Unter einer seltsamen braunen Ledermütze, die einer der Arbeiter ihm geschenkt hatte, damit er sich vor dem Regen schützen konnte (es war bereits November), und die er nie ablegte, einer Ledermütze mit Schild und Ohrenklappen, war ein aufmerksamer, forschender, argwöhnischer, leidenschaftlicher Blick zu sehen, der Blick eines Alleinverantwortlichen vielleicht, eines Mannes, der gleichzeitig der einzige Auftraggeber, der einzige Planungsingenieur, der einzige Ausführende jenes Teilstückes der Autobahn war.

Ebenso stark interessierte ihn die Verbreiterung der zwei Brücken nördlich und südlich der Autobahn, die ja alle beide wenige hundert Meter von der Baustelle entfernt waren. So oft er konnte, drang er – mit irgendeiner Ausrede – bis dorthin vor. Gerade als ich einmal zufälligerweise über eine dieser Brücken ging und hinabschaute, sah ich Aduo: Er schritt langsam mit zwei leeren Behältern zur Baustelle zurück und drehte sich bei jedem Schritt gegen die tosend laufende Betonmaschine hin; seine Blicke drückten eine verzweifelte Anteilnahme aus . . . Da kam mir ein Gedanke: daß für Aduo der Bau der Autobahn so etwas wie das Stück Draht geworden – oder von Anfang an gewesen – war, das sich allmählich mit Knotenpunkten füllte.

Etwas wie das Stück Draht, nur unendlich vergrößert: Aber während das Stück Draht kaum genügte, um ihm das Gefühl für die vergehende Zeit und somit das Bewußtsein, daß er immerhin noch nicht tot war, zu vermitteln, bewirkte der Bau der Autobahn und der beiden Brücken mit all den Männern, den Maschinen, den Planierraupen, den Greifern, den Lastwagen, den Gruben, den Gußstücken, den Eisenbalken, den Steinhaufen, dem Staub, dem Getöse, dem Zement, dem Lötlicht, dem Preßlufthammer, daß er sich lebendig fühlte wie noch nie zuvor. Lebendig und glücklich.

Der Winter ging vorüber; es wurde Frühling. Und mit den ersten Sommertagen kamen auch plötzlich die großen Schnellteermaschinen. Das bedeutete, daß die Arbeiten an jenem Bauabschnitt dem Ende entgegengingen. Alle hatten das begriffen und sprachen darüber: In einigen – etwa drei – Monaten, spätestens im September, würde die Baustelle geräumt werden. Aber Aduo merkte offenbar nicht – oder begriff nicht –, was es für ihn heißen würde, ins alte Leben zurückzukehren: wieder wie zuvor zu Hause bei der Mutter zu schlafen und zu essen und die Tage mit Nichtstun herumzubringen.

Mit dem ersten selbstverdienten Geld in seinem Leben hatte sich Aduo – den Prophezeiungen der andern zum Trotz –, so wie ich gehofft hatte, als sehr tüchtiger Bursche erwiesen. Abgesehen von dem Geld für ein Päckchen Zigaretten im Tag händigte er seiner Mutter regelmäßig den ganzen Wochenlohn aus. Aber er hatte ganz und gar nicht die Absicht, wieder zu Hause zu wohnen. Er dachte überhaupt nicht daran. Woran dachte er denn? An nichts. Das, was mit ihm vorging, war – ich bin davon überzeugt – auch für ihn ein Wunder. Ich hatte meinerseits gar keine Angst um ihn, nachdem ich von seinem vorbildlichen Verhalten gegenüber seiner Mutter erfahren hatte. Er wird einige Tage zu Hause bleiben, sagte ich mir, und dann findet er schon eine andere Arbeit. Je nachdem würde ich ihm vom Chef der Baustelle ein entsprechendes Zeugnis ausstellen lassen. Kurzum, ich sorgte mich nicht. Ich sagte mir, Aduo sei ja geheilt, und gratulierte mir selbst. Aber ich hatte offenbar nicht recht begriffen!

Er arbeitete bis zuletzt. Er half die Baracken abbrechen, eine nach der andern, und die Bretter auf die Lastwagen laden. Während der Arbeit blickte er noch und noch, so wie er es immer getan hatte, zur Autobahn hin. Er blickte jetzt auf den fast ununterbrochenen Verkehr der Wagen in beiden Richtungen, und er war sehr zufrieden – wie wenn das Geld für die Durchfahrt in seine Tasche geflossen wäre.

Aber als nichts mehr da war – es blieb nur eine kleine Hütte übrig, ein Geräteschuppen, der so eng war wie eine Kabine oder ein Bremserhäuschen – kam zum Vorschein, was Aduo schon seit einiger Zeit in seinem Kopf ausgebrütet haben mußte. Im Augenblick, da der Mann mit dem Schlüssel den Schuppen abschließen wollte, hielt Aduo ihn auf. Es sei nicht nötig abzuschließen, erklärte er ihm; er solle den Schlüssel ihm übergeben. Dort drinnen werde er nämlich schlafen. Der Mann lachte ihm ins Gesicht, drehte den Schlüssel zweimal um und ging weg. Aduo blieb.

Er blieb die ganze Nacht über dort, wie ein Hund an der Wand des

Geräteschuppens kauernd. Tags darauf dasselbe. Er aß nicht und trank nicht. Er rauchte die Zigaretten zu Ende, die er hatte. Nachdem mich zwei oder drei Leute, die ihn gesehen und mit ihm gesprochen hatten, benachrichtigt hatten, ging ich selbst hin. Eine Laune, eine kindische Laune, dachte ich unterwegs.

Es war frühmorgens, in den ersten Oktobertagen vor zwei Jahren. Nach der zweiten Nacht, die Aduo draußen, an den Schuppen gelehnt, verbracht hatte. Sobald er mich sah, stand er ganz zufrieden auf; er war überzeugt, daß ich ihm den Schlüssel bringen würde. Im Schatten des Schildes jener Mütze, die ihm vielleicht so sehr gefiel, weil er glaubte, sie verleihe ihm ein wenig den Ausdruck eines harten Kerls – wie es die Lastwagenführer und die Lenker der Greifer und der Planierraupen waren –, sah sein mageres Gesicht wie zum Trotz noch weicher aus; man hätte denken können: ein junger Lehrer in den Ferien.

Genug ... ich erspare dir den genauen Bericht über all das, was folgte. Es war schmerzlich, auch für mich. Es gelang mir nicht, ihn zu überreden – weder mit guten noch mit bösen Worten. Und tags darauf ... war ich gezwungen, ihn mit Gewalt wegzubringen. Er wollte sich nicht von der Stelle bewegen. Er wollte nicht von dort weggehen. Und da er den drei Polizisten und mir – insgesamt vier Personen – Widerstand leistete und sich also geradewegs wie ein tobsüchtiger Verrückter benahm, war ich gezwungen, ihn zu fesseln und ihn ins Irrenhaus nach Turin zu begleiten.

Leider ist er noch immer dort. Ich habe mich erkundigt. Offenbar hat sich sein Zustand nicht verbessert – der arme Kerl! Und es besteht – wenigstens momentan – keine Hoffnung, daß er herauskommt. Zurückgeblieben ist die Ledermütze, die ihm bei der Balgerei vom Kopf gefallen war und die ein Polizist im Jeep gefunden hatte. Ich bewahre sie wie eine Reliquie zuhinterst in einer Schublade auf. Aber ich schaue sie nie an. Es macht mich zu traurig. Wenn ich daran denke, werde ich ganz verzweifelt. Ich hatte doch geglaubt, ihn retten zu können, und dabei habe ich ihn zugrunde gerichtet. Wie schwierig ist es, an jemandem Gutes zu tun!«

Senfgelber Samt

Als Gigi die Geschichte von Aduo beendet hatte, zündete er sich schweigend eine Zigarette an. Ich sagte ihm, ich hätte Verständnis für seine Qual, aber nicht für sein schlechtes Gewissen. Das sei doch offensichtlich Schicksal gewesen: Früher oder später, auf die eine oder andere Weise, hätte man Aduo doch ins Irrenhaus gesteckt.

»Das stimmt«, seufzte Gigi. »Er konnte nicht in unserer Gesellschaft leben; er war zu sensibel. Aber es ist auch nicht so, daß das andre Extrem für den Erfolg bürgen würde. Ich habe mit armen Kerlen zu tun gehabt, die vollkommen gefühllos waren: Das heißt, sie besaßen alle Charakterzüge, die ein Verbrecher haben sollte. Aber sie sind es trotz ihres guten oder, besser gesagt, schlechten Willens nicht geworden. Sie sind sozusagen Phantasieverbrecher geblieben; harmlose, oder fast harmlose, Betrüger. Fälle, über die man lachen kann. Die schönste Geschichte, an die ich mich erinnere, ereignete sich, als ich noch Wachtmeister war . . . Ach, das war vor vielen, vielen Jahren; mitten in der faschistischen Zeit, und vor dem Afrikakrieg.

Ich war in Medesano, in der Provinz Parma, stationiert, einem großen Dorf an der Straße, die dem Taro entlang die Via Emilia mit Fornovo verbindet. Zu unserem Gebiet gehörte auch Sant' Andrea Bagni: von November bis April ein paar hundert Einwohner, in den restlichen Monaten mindestens doppelt so viele. Hotels dritter und vierter Klasse, die von Mai bis Oktober immer voll waren. Alles Leute, denen die Badekur von Salsomaggiore verschrieben worden war und die weniger ausgeben wollten, als man in Salsomaggiore ausgibt.

Das kleinste dieser Hotels, das außerhalb der Saison ein Gasthaus der niedrigsten Klasse war und sich während der Saison in eine Familienpension verwandelte, war für mich das Ziel eines täglichen Besuches, den mir der Dienst auferlegte: sowohl in der einen wie in der andern Saison, bei jedem Wetter und unter allen Umständen; auch wenn es schneite oder in Strömen regnete; auch wenn der Dienst mir stundenlange Radfahrten über die Hügel nach Salzo, Zerbini, Varano, Visano, Piè di Via auferlegt hatte . . . Kurzum, ich durfte keinen Tag auslassen, ohne einen Abstecher in die Locanda Sport von Sant' Andrea Bagni zu machen. Ich kam immer zu einer andern Stunde: ohne jede

Regelmäßigkeit. Eben genau das verlangte der Dienstbefehl. Ich mußte nachprüfen, ob Gabrio, der Sohn des Besitzers, sich nicht aus dem Gebiet entfernt hatte. Wenn ich ihn nicht mit eigenen Augen dort in der Locanda sah, sagten mir die Mutter, der Vater oder die Schwester, wo ich ihn finden könne. Und ich konnte mich dann entweder darauf verlassen – aber natürlich auf eigene Gefahr hin – oder mußte ihn persönlich dort aufsuchen, wo er sich gerade befand: beim Bocciaspiel, in einer andern Wirtschaft, auf dem Markt von Medesano, auf dem Feld, im Thermalgebäude.

Gabrio war etwas jünger als dreißig und unverheiratet. Er war klein, vierschrötig, auf einer Seite bucklig und hinkend. Ein hartes, entschlossenes Gesicht, eine große Nase, dicke Lippen, dichte schwarze Augenbrauen, magnetische Augen. Sicher sehr intelligent, und sehr sympathisch. Es war ihm ein Unglück zugestoßen, als er kaum volljährig war. Im Jahre 1922 – während der berühmten Tage von Parma – war er wegen subversiver Tätigkeit verhaftet worden und fast drei Jahre lang im Gefängnis geblieben. Dann hatte man ihn freigelassen und nach Hause geschickt, aber als ›Verwarnten aus politischen Gründen‹ – mit dem Verbot, ein bestimmtes Gebiet, dessen Grenzen genau umrissen waren, zu verlassen. Nur mein Kommissar war berechtigt, ihm für zeitlich begrenzte Arbeiten jeweils eine Spezialerlaubnis zu bewilligen.

Gabrio war selbstverständlich Antifaschist geblieben. Er prahlte mit der eigenen Verkrüppelung, indem er behauptete, sie sei eine Folge der Verletzungen, die er sich im Kampf gegen die Sturmtruppen zugezogen hatte. Vielleicht log er nicht. Aber wahrscheinlich war er auch vorher nicht normal gebaut gewesen, denn er hatte keinen Militärdienst geleistet, sondern war ›wegen konstitutioneller Fehler zurückgestellt‹ worden. Wenn ich dabei war, paßte er natürlich etwas besser auf, was er sagte. Bis eines schönen Abends ... ich war noch fürs Kartenspiel dort geblieben; Mitternacht vorüber, Winter ... da bildete sich allmählich zwischen ihm und mir ein seltsames Einverständnis. Irgendeinem Zeichen, das schwer wiederzugeben wäre und an das ich mich im übrigen nicht erinnere, entnahm jener Schlaukopf, daß meine geheimsten, persönlichen politischen Ansichten ganz und gar nicht so sehr von den seinen verschieden waren. Und ich begriff, daß er die Frauen liebte, und also das Geld, für das er sie bekommen konnte, und die Arbeit, mit der er es verdiente; er liebte sie unendlich viel mehr, als er den Faschismus haßte. Ich begriff, daß nicht die Politik – wie ich bis zu jenem Abend geglaubt hatte – die Hauptsorge seines Lebens war. Die

Politik diente ihm vor allem dazu, alle glauben zu machen, er sei nicht von Geburt an ein Krüppel. Seine Hauptsorge war nun eine einzige – aber sie war so erschreckend, quälend, unaufhörlich, daß sie ihn nicht schlafen ließ: Er wollte unbedingt einen Paß nach Frankreich erhalten. Er hatte als Junge Koch gelernt. Bis zum Alter von zwanzig Jahren hatte er in einem der besten Hotels von Salso gearbeitet. Er war ein ausgezeichneter Koch. Nun wollte er, koste es, was es wolle, irgendwo an der Südküste Frankreichs ein Restaurant eröffnen. Und er hatte bereits vorgesorgt, indem er durch eine Familie aus Sant' Andrea, die nach Nizza übergesiedelt war, eine kleine Summe Geld hatte hinüberbringen lassen, die ihm in den ersten Zeiten der ersehnten Zukunft im Ausland nützlich sein würde. Aber der Paß! Eine polizeiliche Verfügung, die sich eben darauf bezog, verbot, daß ihm ein Paß ausgestellt würde, zumindest, solange sie nicht durch eine neue Verfügung ersetzt wurde; und das bedeutete: jahrelanges gutes Verhalten.

Gabrios Leben wurde also von einer einzigen und fixen Idee beherrscht: es fertigzubringen, dieses Verbot zu umgehen. Für dieses Ziel setzte er alles ein; der ganze Rest war ihm nebensächlich. Wenn die Saison kam, versuchte er mit allen Leuten bekannt zu werden, von denen er den Eindruck hatte, daß sie irgendeine Möglichkeit besaßen, ihn zu empfehlen; mit Geschäftsleuten, Beamten, Angestellten, die zur Badekur aus Parma, Modena oder Bologna herreisten. Aber es waren immer Leute, die zu der Bescheidenheit der örtlichen Einrichtungen paßten. Und er selbst merkte es als erster, daß die Mühe umsonst war.

Eines Tages tauchte im Salus, das heißt im besten Hotel von Sant' Andrea, ein ebenfalls etwa dreißigjähriger junger Mann auf. Er war spindeldürr, blond und trug einen Zwicker. Zur Badekur begleitete er zwei alte Damen, seine Mutter und die Tante. Und es hieß (das Gerücht hatte sich innerhalb von wenigen Minuten über das ganze Dorf verbreitet), er sei nichts weniger als der Sekretär von Arpinati.

Es war zur Zeit, da Arpinati noch nicht zum Unterstaatssekretär des Innenministeriums ernannt worden war; er beherrschte vom Palazzo Accursio aus die ganze Gegend: als Bürgermeister von Bologna, als Vizesekretär der Partei, als ›Häuptling‹. Ich weiß nicht, wie Gabrio es bewerkstelligte, welche Mittel er einsetzte. Tatsache jedoch war, daß er blitzschnell handelte. Und vierundzwanzig Stunden nach seiner Ankunft war ›der Sekretär von Arpinati‹ bereits in der Locanda Sport zu Hause. Dort lernte auch ich ihn sofort kennen.

Er hieß Costantino Cucchi; und er stellte sich als Doktor der Jurisprudenz vor. Zufälligerweise – als ich in den Hotelformularen blätterte – entdeckte ich, daß er nur Buchhalter war und als Hörer handelswissenschaftliche Vorlesungen besuchte. Ich sagte es Gabrio sofort. Doch er kümmerte sich richtigerweise nicht darum. Was konnte schon der Mißbrauch eines Titels bedeuten, wenn die Lokalzeitung fast täglich etwas über Doktor Cucchi schrieb, der zu Arpinatis Gefolge gehörte? Höchste Wichtigkeit jedoch kam der Überlegung zu, daß das geringste Zeichen einer Zustimmung von seiten Arpinatis genügte, um Gabrio zu seinem Paß zu verhelfen.

Am zweiten Tag zogen Cucchis Mutter und Tante in die Locanda Sport um: Sie würden dort gratis wohnen und essen, solange sie wollten. Er, Costantino Cucchi, mußte inzwischen eilig nach Bologna zurückkehren, wo ihn natürlich die Arbeit erwartete. Er sollte am Morgen danach mit dem ersten Zug abreisen. Gabrio, den Costantino selbst eingeladen hatte mitzugehen, erzählte mir am Abend alles und flehte mich an, ihm von meinem Kommissar trotz der späten Stunde die Erlaubnis zu verschaffen. Gabrio war, ich habe es dir schon gesagt, sympathisch. Mein Kommissar war ein netter Mensch, und er dachte genau wie ich. Morgens um acht Uhr kam Gabrio in der Wache vorbei, um seine Erlaubnis zu holen.

Er kam, wie abgemacht, am Abend zurück und berichtete mir, wie es gegangen war. Sie waren von Fidenza nach Bologna erster Klasse gefahren. Und Cucchi hatte die Fahrkarten für alle beide bezahlen wollen. Dann, in Bologna, hatte er auch das Taxi bezahlt. Als sie im Palazzo Accursio waren, ging es durch Flure, über Riesentreppen, in Säle, Korridore, weitere Säle ... Wachtposten in Achtungstellung, römische Grüße ... Auch er hatte die Faust gestreckt, nun ja! War vielleicht die Übersiedlung ins Ausland nicht einen römischen Gruß wert? Den Cucchi kannten natürlich alle, und er kannte alle; er ging durch alle Türen. Zuerst trat er in drei oder vier Büros und bat Gabrio jedesmal, draußen auf ihn zu warten. Endlich führte er ihn in einen großen stuck- und goldgeschmückten Saal; dieser war voll von Leuten, die im Kreis oder in kleinen Gruppen umherstanden und leise redeten. Rundum waren an der mit senfgelbem Samt verkleideten Wand Sofas angebracht. Auf den vier Seiten befanden sich vier mächtige Türen, die alle mit einem üppigen Samtvorhang derselben Farbe verschlossen waren. Costantino beugte sich zu Gabrios Ohr hinunter und flüsterte ihm fast mit Begeisterung zu, daß dies ›das Vorzimmer von Arpinati‹ sei; er führte ihn in eine Ecke, wo keine Leute waren, und sagte ihm, er solle sich auf das Sofa setzen und hier warten: Er werde inzwischen hineingehen und versuchen, im Verlauf der Sitzung von dem Paß zu sprechen; dann werde er sofort wieder herauskommen und ihm, hoffentlich, irgendeine gute Nachricht bringen. Darauf war er durch eine der vier Türen entwischt.

Gabrio hatte zu warten begonnen – er gab sich alle Mühe, die Geduld nicht zu verlieren. Jener Ausdruck ›irgendeine gute Nachricht‹ bekümmerte ihn ein wenig. Ein Ja oder womöglich auch ein klares Nein hätte ihn logischer, wahrscheinlicher gedünkt. Das Ja, das einfache Ja entsprach in Wahrheit Costantinos Versprechungen und seinem Gerede während dreier Tage, vom Augenblick an, da er ihn kennengelernt hatte bis zum Moment, da er sich plötzlich auf den Ausdruck ›irgendeine gute Nachricht‹ beschränkt hatte!

Auf jeden Fall dauerte das Warten unendlich viel länger, als Gabrio gedacht hatte. Es schlug zwölf, es wurde ein Uhr; immer weniger Leute blieben im Saal. Er selbst saß hungrig auf dem Sofa und dachte, er hätte vielleicht gehen sollen: Vielleicht hatte Cucchi ihn vergessen, und womöglich war er auf einer andern Seite hinausgegangen! Aber dann dachte Gabrio an seinen Paß; er gähnte und entschloß sich, noch ein wenig zu warten. Er schaute unablässig auf den senfgelben Vorhang, als ob sein Blick die Kraft gehabt hätte, Cucchi hervorzuholen.

Und Cucchi trat endlich heraus. Es war fast halb zwei Uhr. Er trat heraus und kam ihm ganz keuchend und lachend entgegen. ›Die Sache steht gut!‹ flüsterte er ihm sofort – wieder voll Begeisterung – ins Ohr. Er nahm ihn beim Arm, führte ihn ins Papagallo zum Essen. Unterwegs erklärte er ihm, so dicht – er legte die Finger zusammen – hätten Leute in Arpinatis Büro gestanden. ›Und mein Paß? Hast du mit ihm darüber sprechen können, wenn so viele Leute dort waren?‹ Sie duzten sich, denn sie waren sofort miteinander vertraut geworden. ›Gewiß‹, hatte Cucchi geantwortet. ›Und nun?‹ – ›Und nun – ich hab' dir's doch gesagt, nicht? – die Sache steht gut. Du mußt einen Antrag stellen, eine maschinengeschriebene Eingabe mit allen Daten und so weiter und so fort, mit allen Gründen und so weiter und so fort; so kann ich ihm dies das nächste Mal bringen . . . Was ich dir jetzt, nachdem ich mit ihm gesprochen habe, sagen kann, ist nur dies: daß die Sache gut steht.‹

Die Eingabe wurde verfaßt und anläßlich einer weiteren Reise Gabrios und Cucchis nach Bologna überreicht; Gabrio mußte im Saal des Palazzo Accursio wiederum lange warten. Alles verlief mehr oder weniger wie beim erstenmal. Als Cucchi wieder auftauchte, keuchte und lachte er von neuem. Von neuem flüsterte er ihm einen sehr hoffnungsvollen Satz ins Ohr. Nur war es ein etwas andersartiger Satz. Er lautete etwa folgendermaßen: ›So wie er die Eingabe in die Hand genommen hat, kann ich dir versichern, daß er mir nicht abgeneigt zu sein scheint, entschieden zu deinen Gunsten zu handeln.‹

Inzwischen war bekanntgeworden, daß Cucchi verheiratet war und zwei Kinder hatte. Sie weilten damals gerade am Meer, in Riccione. Aber da der Sommer kaum begonnen hatte, siedelten sie rasch nach Sant' Andrea über und bezogen ihre Unterkunft in der Locanda Sport, wo sie – auf Gabrios Drängen hin – ebenso liebenswürdig und unentgeltlich aufgenommen wurden wie die beiden alten Damen.

Der Sommer verging, der Herbst kam. Gabrio hatte mit Cucchi noch zwei oder drei Reisen nach Bologna gemacht – immer mit demselben Vorgehen und demselben Ergebnis. ›Doktor‹ Cucchi verbrachte regelmäßig das Wochenende in Sant' Andrea. Ich selbst hatte dabei Gelegenheit, mit ihm zusammenzusein und ihn ein wenig besser kennenzulernen. Er war leutselig, ein großer Schwätzer; einem verhältnismäßig ungebildeten Menschen, wie ich es bin, machte er geradezu einen kultivierten Eindruck: Er sprach über Geschichte, Kunst, Literatur, Wissenschaft – über alles. Nur erinnerte er sich nie genau an die Namen der Orte, der Gestalten, der Werke; und jedesmal, wenn ich ihn – ohne es absichtlich zu tun, sondern nur so spontan, weil ich ihn für einen gebildeteren Menschen als mich hielt – fragte, um irgendeine genaue Angabe zu erfahren, die ich selbst vielleicht vergessen hatte, zum Beispiel das Datum von Napoleons Tod oder den Titel von Cesare Beccarias Hauptwerk, nun, dann antwortete er mir sofort ohne das geringste Zögern; doch, ach, es war auch falsch, wie ich jeweils sofort danach in der Wache – im ›Neuesten Melzi‹ des Kommissars – feststellen mußte. Das Seltsame an der Sache war, daß der Fehler fast immer riesig war. Napoleon war zehn oder sogar zwanzig Jahre früher oder später gestorben. Cesare Beccaria hatte ›Erinnerungen‹ geschrieben.

Er sprach sehr gern über die Kochkunst, und davon schien er mir – wenigstens am Anfang – tatsächlich etwas zu verstehen. Bis er eines Abends, als ich auf dem Fahrrad mit dem Gehilfen nach Medesano zurückfuhr, mich begleiten wollte; er nahm das Rad von Gabrios Schwester. Unterwegs kamen wir irgendwie auf das Essen zu sprechen. In der Emilia ist das eines der gängigsten Gesprächsthemen. Besonders damals, als das Thema Politik tabu war. Da ich erst vor einigen Monaten in jenes Gebiet gekommen war, wußte ich noch nicht, was jenes köstliche ›Culatello‹ sein mochte, von dem ich so viel reden hörte. Cucchi ließ mich nicht einmal meine Frage beenden, um mir zu antworten, das sei ›die Schulter des Schweins‹. Der Gehilfe, der selbst nicht aus der Emilia stammte, jedoch schon länger als ich dort war, erklärte mir nachher, daß es sich um einen gewaltigen Fehler handelte: zumindest für jemanden wie Cucchi, der sich einbildete, etwas vom Kochen zu verstehen.

Nun, ›Culatelli‹, Schinken, Würste von Felino und von Varzi, Parmesankäse, ›Pallone‹-Scheiben, Pilze von Berceto, Forellen aus dem Taro und ganze Scheffel hausgemachter Pasteten: Das waren die Geschenke, welche von Mitte Oktober an – als die Familie Cucchi beschlossen hatte, dem Aufenthalt auf dem Land ein Ende zu setzen – regelmäßig einmal in der Woche von Sant' Andrea abgeschickt wurden und die Cucchi in ihrem Haus in Bologna erreichten. Manchmal nahm Constantino diese Geschenke selbst mit, wenn er für einen kurzen Besuch auftauchte, um den armen Gabrio zu ermutigen; dieser hoffte noch immer hartnäckig. Sein Optimismus war vielleicht ebenso hoch wie die eingesetzte Summe.

Es wurde Weihnachten und Neujahr. Als auch diese Festtage mit ihren Geschenken vorüber waren – Geschenken, die ebenso außergewöhnlich wie ihr Zweck, doch darum um so bedeutender waren –, entschloß sich Gabrio, der Sache auf den Grund zu gehen. Über seinen Paß hatte er nach so vielen Monaten und trotz Cucchis unaufhörlichen, wiederholten Versicherungen nie etwas erfahren. Er beschloß also, seinen Freund wie die andern Male nach Bologna zu begleiten und wie die andern Male zu warten. Doch wenn Cucchi mit einer der gewohnten unverbindlichen Versprechungen hinter dem Samtvorhang hervorkommen würde, dann wollte Gabrio ihm befehlen, ja, befehlen, den Rückzug anzutreten, und er wollte mit ihm zum ehrwürdigen Parteigenossen und Bürgermeister vordringen und – wenn es eben sein mußte – mit eigenen Ohren die eigene, endgültige Verdammung vernehmen. Dazu war der aufgebrachte Gabrio bereit – auch wenn er eine üble Behandlung riskierte und wieder ins Gefängnis geworfen wurde.

Cucchi selbst muß geahnt haben, daß das Maß voll war. Denn als er an jenem Morgen zum Bürgermeister hineingegangen war, schien er nicht mehr herauskommen zu wollen. Die gewohnte Zeit war seit geraumer Weile vorüber. Gabrio befand sich schon ganz allein in dem verlassenen Saal. Ein Türhüter, der im Hintergrund vorüberging, fragte ihn, auf wen er warte. ›Auf Doktor Cucchi‹, antwortete Gabrio. Der Türhüter verneigte sich und zog sich zurück.

Gabrio hatte sich schon andere Male gewundert, daß er bei der Tür, durch welche Cucchi jeweils verschwand, nie jemanden eintreten oder herauskommen sah. Aber es handelte sich, so hatte Cucchi selbst ihm erklärt, um eine Tür, die einzig für den Sekretär – eben für ihn – bestimmt war, oder für den Bürgermeister persönlich.

Nun gut: Auch wenn es ein sehr schweres, ungeheuerliches, unerhörtes Vergehen war – er wollte dort hineingehen. Genau dort! Er würde ins Studierzimmer eintreten und vor dem Gewaltigen stehen. Er erhob sich und stürmte los. Die wenigen Schritte, die ihn von dem Samtvorhang trennten, legte er fast im Lauf zurück. Er ergriff den Vorhang und schob ihn zur Seite . . .

. . . er schob den Vorhang zur Seite, und zum Vorschein kam: eine Mauer! Und in einer Ecke, an der Wand kauernd, als ob er sich so noch irgendwie hätte verstecken können, der gute Cucchi.

Gabrio erzählte mir, noch heftiger und mächtiger als seine Wut sei sein Gelächter gewesen. Er sei in schallendes Gelächter ausgebrochen. Er habe den Vorhang hochgehoben und Cucchi angeschaut. Und Cucchi kauerte in der Ecke und rührte sich nicht. Und Gabrio lachte in einem fort. Cucchi versuchte schließlich zu sprechen. Den Tränen nahe sagte er: ›Jetzt will ich dir's erklären . . . weißt du . . .‹ Doch er konnte nicht weitersprechen, weil gerade dieser Anfang einer Erklärung Gabrio in jenem Augenblick als Höhepunkt der Lächerlichkeit vorkam. Er wand sich vor Lachen, er lachte sich beinahe krank. Aber allmählich wurde ihm klar, daß die Heiterkeit nach einer Weile nachlassen und ihn darauf die Wut packen würde. Wozu auch? sagte er sich. Er ließ den senfgelben Samtvorhang fallen und ging weg, um nach Sant' Andrea zurückzukehren. Costantino Cucchi sah und besuchte er nie wieder.

Ich zog selbst Erkundigungen ein; und nach einigen Tagen erfuhr ich, daß Arpinatis Sekretär Cucchi ein entfernter Verwandter von Costantino war, der den gleichen Namen trug. Und Costantino hatte zum Palazzo Accursio wohl freien Zutritt, aber er war dort nicht angestellt, hatte keine Befugnisse, zählte überhaupt nichts.

Und Gabrio, der wurde in der Folge krank – teilweise tatsächlich, teilweise vorgetäuscht. Nach einem Monat erhielt er vom Bezirksarzt von Noceto eine Bescheinigung, die ihm einen langen Erholungsaufenthalt an der Riviera empfahl. Mit diesem Schein und dank der wohlwollenden Meinung meines Kommissars konnte Gabrio nach San Remo reisen, wo er bei Verwandten wohnte und wo er natürlich von der Polizei beaufsichtigt wurde. Aber es gelang ihm, die Grenze zu überqueren; offenbar mit einem Motorboot. Und heute? Heute ist er in Cannes Herr Gabrio di Gabriel, der die Croisette führt, eines der – wie man sagt – berühmtesten, meistbesuchten und elegantesten Lokale der Côte d'Azur. Ich habe ihn nicht mehr gesehen. Aber es heißt, er sei Milliardär geworden, was mich nicht erstaunt. Mich erstaunt eher, daß ein zukünftiger Milliardär zu einem gewissen Zeitpunkt seines Lebens so gutgläubig sein konnte.

Costantino Cucchi war in den faschistischen Kreisen von Bologna sehr bekannt. Alle hielten ihn für einen sympathischen, jedoch faulen Burschen, einen Parasiten und unverbesserlichen Lügner. Er kam, noch unter Arpinati, für einige Monate ins Gefängnis, weil er hinter einer Tür – oder hinter einem andern senfgelben Vorhang – eine Nachricht über irgendeine Zollmaßnahme gehört hatte, die innerhalb vierundzwanzig Stunden unweigerlich eine bestimmte Börsenbewegung auslösen mußte. Er stürzte sofort zu seinen Freunden, um ihnen die Nachricht mitzuteilen: ›Man kann so viel verdienen, wie man will, man kann reich werden!‹ Doch niemand glaubte ihm, niemand benützte die Gelegenheit: Am wenigsten er selbst, denn er hatte nicht eine einzige Lira für den Einsatz. Dafür aber kam die Sache auf, und Cucchi wurde verhaftet. Ich sehe noch sein rosiges, dünnes Gesicht mit der flachen Stirn unter dem hellen, seidenweichen Haar, seine boshaften Kinderaugen hinter den ovalen Gläsern des Zwickers. Ich weiß nicht, wie es mit ihm zu Ende gegangen ist; aber es ist kaum anzunehmen, daß er nochmals einen so schönen – und einen so billigen – Sommer wie den im Jahre 1928 in Sant' Andrea Bagni verbracht hat.«

Damenküsse

»Doktor Adriani hatte ein Gesicht ... ein Gesicht, das einen ständig auszulachen schien, wenn man mit dem Menschen sprach.«

Da sagte ich, daß ich ihn vielleicht kenne: »War es der vom Film, der Produktionsleiter, Giorgio Adriani? Aber der war doch nicht Doktor!«

»Das weiß ich sehr wohl«, bemerkte Gigi. »Aber in der Equipe von Casale nannte man ihn so. Natürlich kennst du ihn! Du selbst hast ihn mir doch vor Jahren vorgestellt, als du den Film in der Gegend von Mantua jenseits des Po drehtest. Er war wenig mehr als ein Laufbursche, ein Aufnahmeassistent, Sekretär, oder wie zum Teufel ihr die nennt. Aber er hatte schon damals jenen spöttischen Ausdruck im Gesicht: Die Winkel seiner halbgeschlossenen Augen stiegen zu den Schläfen, und diejenigen seiner schmalen, geschwungenen Lippen waren ebenfalls hinaufgezogen, so daß sie wie ein V aussahen.«

»Er ist ein sehr netter Kerl«, sagte ich, »fleißig, ernsthaft, menschlich. Er würde keiner Fliege ein Leid antun. Skeptisch und ironisch war er schon, aber sein Skeptizismus und seine Ironie – wie man sie bei den richtigen, den alteingesessenen Römern oftmals vorfindet – waren nur eine Maske für eine tiefsitzende Schüchternheit, ein Damm gegen die plumpe und gleichzeitig übertriebene Sentimentalität und vor allem eine Verteidigung gegen die eigene Güte: Sie haben Angst, geschlagen zu werden, weil sie *Herz* haben. Ach, ich kenne ihn gut. Daß Adriani so ist, brauchst du mir nicht zu sagen.«

»Er ist sicher so. Aber dies ändert an der Geschichte, die ich dir erzählen will, nicht das Wesentliche: daß Doktor Adrianis Gesicht – wenn man nicht schon seit einiger Zeit mit ihm verkehrt und ihn nicht näher kennengelernt, an ihm nicht allmählich das aufgedeckt hat, was du so treffend als Maske beschrieben hast –, daß Doktor Adrianis Gesicht auf denjenigen, der zum erstenmal mit ihm zu tun hat, äußerst unangenehm und abstoßend wirken kann. Und stell dir vor, wie es ist, wenn jener Mensch dazu noch irgendeinen Grund hat, sich im geheimen minderwertig zu fühlen, und wenn er aus dem Piemont, aus der Provinz stammt! Wenn es ein Feinbäcker ist, der Inhaber einer kleinen Konditorei unter den Bogengängen von Casale Monferrato, der es plötzlich mit jenem unverschämten Gesicht eines römischen Filmhengstes zu tun bekommt!

Ich leistete also vor einigen Jahren in Casale Dienst, bevor ich nach Piacenza versetzt wurde. Da sehe ich eines Tages Doktor Adriani in die Wache treten. Er war soeben aus Rom angekommen, etwas früher als die Equipe, die einen Monat oder etwas länger, bis Februar, in Casale bleiben wollte, um unter der Regie von Steno einen Film im Militärlager, mit Rekruten, zu drehen. Es kamen auch einige Szenen in einem Industriebetrieb vor, und einige spielten sich in der Stadt ab, unter den Bogengängen und vor einem Tabakladen, wo eine außerordentlich schöne und aufreizende Verkäuferin – eine zweite Ausgabe der berühmten Garoppo, die vielleicht die Idee zu dieser Episode des Films aufgebracht hatte – große Menschenansammlungen verursachte und die Begeisterung der Soldaten hervorrief.

Adriani, der von der lokalen Behörde schon die notwendige Erlaubnis erhalten hatte, kam jetzt zu uns, um polizeiliche Unterstützung anzufordern; lästigerweise mußte die Masse der Neugierigen während der Aufnahmen in Schach gehalten und auch der gute Ablauf des Verkehrs garantiert werden.

Er erkannte mich als erster wieder und begrüßte mich herzlich. Er hatte sich auch sofort an meinen Namen erinnert. Ich hingegen schaute ihn an und zögerte tatsächlich einige Sekunden; er hatte schon graue Haare und war dicker geworden. Es mochte auch sein, daß er vor zehn Jahren viel jünger ausgesehen hatte, als er es tatsächlich war; oder daß sein höhnischer Gesichtsausdruck sich – wie soll ich sagen? – gefestigt hatte und nun zu seinem älteren Aussehen beitrug. Ich versprach ihm ohne weiteres jede Hilfe, die ich ihm gewähren konnte, meine ganze, bescheidene Mitarbeit. Und wie es immer geschieht, wenn das Schicksal zwei Menschen nach Jahren wieder zusammenführt, die einander das erste Mal sympathisch, aber auch nichts mehr gewesen sind: Dieses ›Mehr-als-sympathisch‹ kommt beim zweiten Mal spontan zustande. Man ruft einander die Vergangenheit in Erinnerung und wird unmerklich miteinander vertraut und befreundet sich sogar. Gewiß, in unsern Gesprächen war auch sehr oft von dir die Rede. Er konnte dich perfekt nachahmen ... Ja, er nahm dich auf den Arm, aber gutmütig, denn er mag dich sehr; und die beständige Erinnerung an dich trug zur herzlichen Atmosphäre unserer Abende bei. Die Equipe war noch immer nicht eingetroffen. Der Anfang der Dreharbeit war hinausgeschoben worden, weil ich weiß nicht welche Schauspieler oder Schauspielerinnen mit einem andern Film beschäftigt waren. Adriani hatte es sich zur Gewohnheit gemacht, mich jeden Abend im Goldenen Löwen zum Essen einzuladen. Und nach dem Essen gab es – wenn mein Dienst es erlaubte – große Kartenspielpartien.

Eines Nachts gegen Anfang Dezember – es war vielleicht schon später als ein Uhr – waren wir aus der Wärme und aus dem Bann des grünen Spielteppichs auf den schiefen, von niedrigen Arkaden umgebenen kleinen Platz hinausgetreten; die beiden andern, unsere gewohnten Spielkameraden, ein Beamter und ein Kleinindustrieller, hatten sich eilig von uns verabschiedet und waren weggegangen. Eines Abends also wollte Adriani mich unbedingt bis zur Wache begleiten. Die Luft war ruhig und der Himmel fast heiter, den Vollmond verdeckten hohe, leichte Wolken. Es war kalt, aber angenehm – oder vielleicht machten es uns die guten Flaschen angenehm, die wir bis dahin getrunken hatten. Als wir am Ende des Platzes angekommen waren – wir schwatzten, während wir langsam unter den Bogengängen auf der einen Seite durchgingen –, blieb Adriani plötzlich beim Geschäft an der Ecke stehen; es war wie alle andern um jene Zeit geschlossen. Er las laut und abgehackt – du weißt ja, wie man das macht, wenn man ein wenig getrunken hat – die Anschrift: ›Kon-di-to-rei Mar-ti-nasso! Kennen Sie diesen Martinasso? Carlo, oder Carlino?‹

Ich sagte, ja, ich kenne ihn, aber eigentlich nur vom Sehen. Er war ein Mann mittleren Alters, dick, weich, mit ganz weißer Gesichtshaut, tiefen Augenhöhlen, blauen, wäßrigen Augen, die ständig einen erschreckten und zerknirschten Ausdruck hatten. Oder es störte ihn einfach das Tageslicht, da sein Beruf ihn dazu zwang, stundenlang im Halbdunkeln zu arbeiten. Er verkörperte den klassischen Typus des Bäckers oder Konditors: farblos und eingeschüchtert wie gewisse Tiere, die ihr Leben in Höhlen verbringen. Ich erfuhr dann später, daß dieser Martinasso ebenfalls irgendwie mit dem Film verbunden war; weil seine Gattin, eine sehr schöne Frau, die ihm keine Kinder geboren hatte, ihn vor Jahren verlassen hatte, um als Schauspielerin nach Rom zu gehen. Sie war nicht mehr zurückgekehrt, höchstens an Weihnachten oder Neujahr auf kurze Besuche, die jedesmal alle überraschten. Sie wollte damit zeigen, daß sie von ihrem Mann wohl getrennt lebte, aber ohne Zwist, und daß ihr Mann aus Schwäche oder aus irgendeinem andern Grund sich damit abgefunden hatte, ohne sie zu leben. Dies erzählte man sich jedenfalls in Casale. Adriani war vielleicht der einzige, der imstande war, einiges mehr zu wissen. Stimmte es, daß die Martinasso in Rom beim Film arbeitete? Und was genau machte sie?

Der Fall zählte nicht gerade zu den gewöhnlichsten; besonders wegen der Duldsamkeit des Ehemannes. Und ich bin ein wenig neugierig. Ich muß es ja sein in meinem Beruf.

Adriani nahm mich beim Arm und erzählte mir alles. Gewiß, der Landwein vom Goldenen Löwen war ihm in den Kopf gestiegen. Aber ich begriff sofort, daß er – abgesehen vom Wein – einfach gern erzählte und daß er den Alkohol bewußt und schlau dazu benützte, um zwischen uns beiden eine Vertrautheit herzustellen, die bis dahin – zumindest in dem Maße – nicht bestanden hatte und die doch für die besondere Art des Geheimnisses, das er mir anvertrauen wollte, notwendig war.

Nun, Martinassos Frau existierte, und wie! Sie war in Rom, sie arbeitete beim Film, er kannte sie sehr wohl. Sie war tatsächlich eine wundervolle Frau: braunhaarig, groß, von schöner, anziehender Gestalt. Sie war auch geistvoll, fröhlich, lebhaft, doch für eine Sprechrolle absolut unbegabt, sogar für etwas schwierige stumme Szenen; dies hatte sie selbst als erste einsehen müssen, nachdem sie einige unglückliche Versuche hinter sich gebracht hatte.

Sie war mit so großen Hoffnungen von Casale weggegangen! Sie hatte – wahrscheinlich mit dem Einverständnis ihres Mannes – einen Künstlernamen angenommen: Laura Trinchero, ihren Mädchennamen. Nachdem sie als Schauspielerin offensichtlich versagt hatte, auch in kleinen Rollen, wollte sie doch nicht nach Casale zurückkehren. Und um nur in Rom bleiben zu können, war sie eben Statistin geworden; dank ihrer imposanten Figur konnte sie sich immer in die besondere oder die Luxuskategorie einreihen. Sie wurde ganz nett bezahlt und arbeitete mit einer gewissen Regelmäßigkeit. Jedoch ... in den modernen Filmen mußte sie auf Grund des Reglements, wie du weißt, selbst für die Kleidung aufkommen, auch für die Abendroben, die sehr teuer sind. Dazu hatte sie eine Wohnung, sie hatte eine Dienerin, eine Aufwartefrau, ein Hündchen: Kurzum, sie führte sicher kein kümmerliches Leben, und auch wenn ihr der Mann monatlich etwas zukommen ließ ... Adriani zögerte. Mit der übertriebenen Feinheit, die manchmal gerade den Angetrunkenen eigen ist, versuchte er mir zu sagen, was ich schon seit einiger Zeit begriffen hatte. Laura Trinchero, die Gattin des guten Martinasso, geizte nicht mit ihren Reizen. Genau das Gegenteil war der Fall. Und hier, nach längeren Umschweifen, hinter denen ich auf noch kürzerem Weg die Wahrheit herausspürte, brachte mir Adriani das größte Vertrauen entgegen: das Vertrauen, zu dem er sich gedrängt fühlte, als wir hinaus ins Schweigen der menschenleeren und schlafenden Stadt, an die winterliche Nachtluft getreten waren, deren Kälte vielleicht noch prickelnder und berauschender als der getrunkene Landwein war. Auch er, Adriani, war mit der Trinchero zusammen gewesen, und mehr als einmal. Er hatte die kleine Wohnung, das Hündchen, restlos alles kennengelernt ...

An dieser Stelle hielt Adriani ein. Er hatte mir eine Hand auf die Schulter gelegt und schaute mich lachend an. Oder er schaute mich ganz einfach an: Bloß sein Gesicht, seine Augen und sein Mund schienen zu lachen und sich über mich lustig zu machen. Ich begriff, daß es in jenem Augenblick ein zurückhaltendes, jedenfalls bewußtes Schauen und Lachen war. Ich mußte darüber hinaus auch noch ein weiteres Detail begreifen: Trotz des Weins gab es da noch eine Einzelheit, die er mir nicht anzuvertrauen wagte; etwas über die Trinchero und die Beziehungen zu ihr, etwas Heikleres und Genaueres. Er blickte mich einen Moment lang mit seinen lachenden Schlitzäuglein an, zwei schwarzen Pünktchen, die im Mondlicht blinkten wie Wasser in der Tiefe eines Ziehbrunnens. Dann nahm er die Hand von meiner Schulter weg und ergriff mich wieder beim Arm. Wir gingen weiter, und er fuhr mit der Geschichte fort, wo er stehengeblieben war.

Er hatte die Existenz der Konditorei Martinasso durch das Glanzpapier mit dem Aufdruck der Diplome und Goldmedaillen zur Kenntnis genommen, denn mehrmals, das heißt, jedesmal, wenn er die Trinchero für einige Tage bei einem Film mitspielen ließ, bekam er regelmäßig eine köstliche Torte nach Hause geschickt. Und mit ebenso schicksalhafter Unumgänglichkeit – oder auch auf Grund des physiologischen Gesetzes von der Wiederkehr der Gelegenheiten, traf die regelmäßige Ankunft der Torte nicht nur mit dem Auftritt der Trinchero in einem von Adriani hergestellten Film zusammen, sondern auch – wenn es sich gerade ergab – mit Adrianis Besuchen in ihrer Wohnung.

Die Torte traf ein. Die Kinder empfingen sie jubelnd. Sie verkündeten ihm die freudige Nachricht an der Haustür, wenn er von den Dreharbeiten zurückkam: ›O Papa! O Papa! Es ist wieder eine Torte aus Casale Monferrato da!‹

Seine Frau war ein wenig mißtrauisch: ›Nun, sagst du mir endlich, wer dir immer diese Torten schickt?‹

›Aber ich hab's dir doch schon hundertmal gesagt, meine Liebe: ein Freund, ein alter Freund, dem ich vor vielen Jahren, als wir noch nicht verheiratet waren, einen Gefallen erwiesen habe.‹

Und so hatte er jetzt, da er zufälligerweise gerade in Casale Monferrato einen Film drehen sollte, nicht der Versuchung widerstehen können, die Konditorei zu betreten und zu schauen, was denn Martinasso für ein Gesicht habe: dieser Carlino, wie die Frau in Rom unten ihn nannte, wenn sie mit einem seltsamen Gemisch von melancholischer Überheblichkeit, von Mitleid, Enttäuschung und zärtlichem Spott von ihm sprach: Carlino, als sei er nicht ihr Mann, sondern ein verschmachtender, untertäniger, harmloser und ein wenig dummer Verehrer, der keine Aussichten hatte, den sie aber aus reiner Menschlichkeit ertragen mußte.

›Es gab noch einen andern Grund‹, fuhr Adriani fort; er wollte unbedingt vor sich selbst ein Unternehmen rechtfertigen, von dessen Schicklichkeit er nicht sehr überzeugt war. ›Es gab noch einen andern Grund, weshalb ich mich diesem Martinasso vorstellen und versuchen wollte, ihn kennenzulernen. Er kannte meinen Namen, denn er schickte mir drei- oder viermal im Jahr die berühmten Torten. Kaum hätten die Dreharbeiten begonnen, habe er auch schon erfahren, daß ich hier sei. Abgesehen davon, daß seine Frau es ihm bestimmt sofort geschrieben hatte, um ihn zu benachrichtigen. Es war also meine erste Pflicht, ihn aufzusuchen und ihm für seine wiederholte Freundlichkeit zu danken. Ich dachte sogar, wenn ich das nicht tun würde, könnte er Verdacht schöpfen, es gebe zwischen mir und seiner Frau etwas. Deshalb bin ich heute hingegangen.

Ich trete ein. Klingling, die Glocke. Eine schöne Konditorei. Altmodisch, überall Spiegel mit verschnörkelten Gravuren und Goldrahmen, wie im Film. Schade, daß wir jetzt überhaupt keine Szene haben, die in einer Konditorei spielen könnte. Ich stehe also drinnen. Aber es ist niemand da. Stille; Vanillegeruch. Ich warte. Wird schon jemand kommen; gewiß hat man die Glocke überhört. Doch nichts geschieht. Ich huste. Eine ganz schwache Stimme sagt von innen her etwas im Dialekt.

Ich komm' schon, hat das wohl bedeuten sollen.

Vielleicht. Endlich erscheint er, ganz in Weiß gekleidet und mit Mehl bestäubt. Seine Wangen sind weiß, fast bläulich. Ich strecke ihm die Hand hin, sage ihm, wer ich bin, weshalb ich hier bin, danke ihm, und so weiter. Und sobald er begreift, sobald er hört, daß ich aus Rom komme, schaut er mich mit solch großen Augen an. Als sehe er an meiner Stelle – was weiß ich – unverhofft den Präsidenten der Republik in seiner Konditorei. Wie ich ihm für die Torte danke, versucht er, mich anzulächeln; aber es gelingt ihm nicht. Er stammelt einige Worte, deren Sinn ich nicht verstehe, vielleicht Worte einer allgemeinen Entschuldigung, aber ich bin nicht sicher, denn der Gesichtsausdruck ist nicht lächelnd, sondern im Gegenteil fast finster. Mit einer Stimme, die nur mit Mühe seiner Kehle zu entweichen scheint, fragt er mich endlich: Und die ... die Frau, wann haben Sie sie zuletzt gesehen?

Ich dachte, daß er das Wörtchen ›meine‹ in der großen Verlegenheit, wegen seiner großen Schüchternheit, vergessen habe. Ich erinnerte mich genau daran, wann ich sie gesehen hatte und bei welcher Gelegenheit. Ich hielt es für klüger, meine Antwort etwas unklar zu formulieren; ich hätte die Frau tatsächlich schon seit einiger Zeit nicht gesehen ... Und er: Sie müsse nämlich jetzt, zu Weihnachten, kommen. Sie komme immer an den Festtagen, jedes Jahr. Auch ich war verlegen, und es entfuhr mir ein ›ich weiß‹. Hätte ich nur diese zwei Silben nie ausgesprochen! Denn Martinasso schien überwältigt: Sie hat also auch Ihnen gesagt, daß sie an Weihnachten kommt?! Aber ... aber, entschuldigen Sie, wenn ich diese Frage an Sie stelle: Was glauben Sie, ist die Frau glücklich in Rom? Ich antwortete, ich glaubte schon. Und er fuhr fort: Denn wenn sie glücklich ist, bin ich es auch ... nicht für mich, für mich ist es ein schweres Opfer ... aber für sie. Gewisse Dinge verstehe ich wohl. Sie will einfach eine Dame sein, da gibt's nichts ... und für eine Dame ist das hier, in einer kleinen Stadt wie Casale, kein Leben. In Rom hingegen ... und Sie haben Gelegenheit, sie oft zu sehen? fragte er.

Kommissar, Sie kennen mich noch nicht gut. Vielleicht bin ich im Innersten ein bißchen scheuer, als ich zu sein scheine. Aber ich versichere Ihnen, daß meine Nerven in Ordnung sind und daß ich nicht die Gewohnheit habe, mich schuldig zu fühlen oder etwas zu bereuen oder allzu sehr über meine Handlungen nachzudenken. Was vorbei ist, ist vorbei. Nun – trotz all dem muß ich Ihnen gestehen: Als ich jene weitaufgerissenen, erschreckten Augen des Konditors auf mich gerichtet sah, war mir nicht wohl, und ich versuchte es kurz zu machen. In jenen hellen blauen Augen, die mich unablässig anblickten, schien ich einen bald flehentlichen, bald drohenden Ausdruck zu erkennen; ein Gemüt, das von der Gier und vom Schrecken, daß sich alles über das Leben der ›Dame‹ in Rom enthülle, hin und her gerissen wurde; einen Willen, den diese Gegensätze hemmten und gleichsam lahmlegten. Martinasso war ja eigentlich auch eine lächerliche Figur. Aber ich versichere Ihnen: Als ich dort war und ihn betrachtete, seine Qual mit ansah, seinen Blick auf mir fühlte – da hatte ich wirklich keine Lust zu lachen. Als Antwort auf seine Frage hatte ich gegeben, ich sähe ›die Frau‹ eher selten, jedenfalls nur, wenn die Arbeit mir Gelegenheit dazu biete. Da fragte er mich, ob ich nie zu Hause gewesen sei: bei ihr zu Hause, in der neuen kleinen Wohnung. Sie ist gewiß schön, sagte er; hier, sehen Sie, haben wir nicht einmal ein richtiges Haus; ich wohne im hinteren Teil des Ladens.

Leider zögerte ich ein wenig mit meiner Antwort; der durchdringende Blick, der mich erforschte, um alles zu erfahren, beeinflußte mich vielleicht. So versuchte ich denn die Lage zu retten, indem ich bejahte: Doch, sagte ich, ich sei einmal dort gewesen, aber nur im Vorzimmer, um ihr einen Text zu übergeben; es war eine Rolle, welche ›die Frau‹ in einem Film hätte spielen sollen, der dann leider nie gedreht wurde. Ich glaubte, so könne ich Martinasso etwas Erfreuliches mitteilen und gleichzeitig Laura nützen: Sie hatte mir nämlich gesagt, sie wisse noch nicht, ob sie ihrem Mann den eigenen Mißerfolg als Künstlerin gestehen solle, und daß sie endgültig auf die Schauspielkarriere verzichtet und sich mit der Arbeit einer Statistin abgefunden hatte. Das Thema der Kunst berührte Martinasso nicht mit der geringsten Andeutung. Ich dachte jedoch, wenigstens davon sei er unterrichtet: daß nämlich ›das Leben einer Dame, das man nur in Rom führen könne‹ eine Erfindung sei, eine Entschuldigung, die er sich für Verwandte und Bekannte und vielleicht auch für sich selbst zurechtgelegt hatte, um die Abwesenheit seiner Frau zu rechtfertigen.

Ich schaute auf die Uhr, gab vor, ich hätte eine Verabredung und sagte, ich müsse gehen; ich bliebe mehrere Wochen da, um den Film zu drehen, und es werde sicher manche Gelegenheit für ein Wiedersehen geben: vielleicht sogar während der Festtage, mit ›der Frau‹. Dies sagte ich, um ihn aufzurichten; aber ich weiß nicht, ob der Versuch gelungen ist. Er ließ mich nicht gehen, ohne daß ich ein Glas Wermut getrunken hatte. Er wollte mittrinken. Und als er mit seinem Glas an das meine stieß, starrte er mir von neuem in die Augen und hauchte melancholisch, mit dünner Stimme, fast seufzend – kurzum, eher klagend als auf jemandes Wohl anstoßend: Nun denn . . . auf die Frau. – Ich mußte mich zwingen, daß ich bei meiner Antwort ruhig erschien und lachte: Auf die Gesundheit der Frau Laura und auf die Ihre, lieber Martinasso, und vielen Dank!‹ Adriani verstummte.

Es verstrich ein Monat, vielleicht auch mehr. Die Equipe kam; Regisseur Steno, die Schauspieler und alle Techniker. Wir waren mitten in den Dreharbeiten; und ständig waren ein paar Polizisten abwechslungsweise für den Ordnungsdienst anwesend, auch wenn irgendwo drinnen gefilmt wurde. Es gab immer eine Anzahl neugieriger Leute, die unbedingt bei den Aufnahmen dabei sein wollten. Adriani stand nun jeden Morgen um fünf Uhr auf, um die Tagesarbeit vorzubereiten, oder er hatte abends, nach dem Essen, bis in die Nacht hinein zu tun. So gab's keine gemütlichen Essen im Goldenen Löwen, kein Kartenspiel mehr: außer am Samstagabend. Ich war deshalb erstaunt, als man mich eines Abends, da nicht Samstag war, ans Telefon rief und mich, falls ich frei sei, zum Kartenspiel einlud. Adriani erklärte sogleich das kleine Wunder: Er hatte einen Unfall gehabt, sich am Kopf verletzt. Nichts Schlimmes, er war bloß auf der Notfallstelle gewesen, man hatte die Wunde mit zwei Stichen genäht, und der Arzt hatte ihm befohlen, am nächsten Tag zu ruhen. Adriani hatte die Gelegenheit benützt, auch die Equipe ausruhen zu lassen und am darauffolgenden Abend eine mühsame Szene im Innern eines Gebäudes, wo man nach Vorschrift des Bürgermeisters nur nachts drehen konnte, in Angriff zu nehmen. Es war die einzige Möglichkeit; und zudem hielt sich seit einigen Tagen der Produzent des Films in Casale auf, ein kleinlicher, furchtbar geiziger Kerl, der ständig meinte, man bestehle ihn. Ich fragte Adriani, wie er sich denn verletzt habe. ›Es ist in der Konditorei Martinasso passiert‹, antwortete er lachend; er werde mir alles erzählen.

Da ich ja über Martinasso und ›die Frau‹ orientiert war, stellte ich insgeheim – sogar ohne es zu wollen – verschiedene Vermutungen an; doch ich hätte mir nie ausdenken können, was tatsächlich geschehen war.

Sie drehten auf dem Platz, nicht weit von der Konditorei entfernt, eine schwierige Szene mit einem fünf- oder sechsjährigen Knaben, den man im Ort gefunden hatte und der die Arbeit nur unter der Bedingung angenommen hatte, daß er nach jeder Aufnahme sofort mit einigen Süßigkeiten belohnt werde. Wenn der so geizige Produzent nicht dabei gewesen wäre, hätte Adriani gleich eine große Schachtel Pralinen gekauft. Und indem er dem kleinen Knaben jedesmal eine einzelne Praline gegeben hätte, wäre alles ausgezeichnet gegangen. So jedoch liefen sie Gefahr, die Szene überhaupt nicht drehen zu können und einen halben Arbeitstag zu verlieren, nur weil die paar hundert Lire nicht vergeudet werden sollten.

Jedesmal schickte Adriani einen Mechaniker oder einen Sekretär oder einen Requisiteur in die Konditorei Martinasso, um zwei *Damenküsse* zu kaufen; der Knabe hatte sie im Schaufenster gesehen und begehrte sie mehr als alle andern Leckereien. Es waren Törtchen mit

Mandel- und Nußcreme und einem Überzug aus Schokolade. Zwei, auf keinen Fall mehr, sagte jedesmal der Produzent und hob drohend den Zeige- und Mittelfinger. Und zwei waren es, jedesmal. Schließlich war schon Mittag vorbei, man mußte mit dem Knaben noch das letzte Bild drehen, und da kehrte der Bote zurück und erklärte, die Konditorei sei geschlossen. Adriani dachte sogleich an die freundschaftlichen Beziehungen, die er zu Martinasso unterhielt; er zeigte vor Sicherheit ein großes, rundes Lachen und streckte die Hand aus, daß die andern, der Produzent, der Regisseur, alle zusammen sich beruhigen sollten. ›Keine Angst. Das besorge ich. Eine halbe Minute. Ihr könnt schon anfangen!‹

Er wußte, daß Martinasso seine Wohnung im hinteren Teil des Ladens hatte. So klopfte er denn lange an die Scheiben der Auslage und rief laut seinen Namen. Endlich kommt Martinasso öffnen: weiß, mit Mehl bestäubt wie immer, aber mit noch erschreckteren Augen als sonst. Adriani tritt ein und entschuldigt sich in einem fort: Vielleicht sei er gerade beim Essen gewesen ... Martinasso sagt, nein, er habe ein wenig geschlafen; er schaut finster drein: Was er wolle? Worauf Adriani ... Man muß bedenken, daß zum vierten oder fünften Mal innerhalb kurzer Zeit verschiedene Leute mit demselben Wunsch in den Laden gekommen waren, jedoch ohne Martinasso die Erklärungen abzugeben, die seine verschlossene, traurige Miene bestimmt zu geben nicht einlud. Man muß sich auch Adrianis Ausdruck vorstellen, sein frivoles, spöttisches Römergesicht: ›Sie entschuldigen, nicht wahr, Herr Martinasso, aber ich hätte gern noch zwei *Damenküsse* ...‹ Da haben Sie sie, hatte Martinasso gerufen, hatte die Glasschale genommen und sie ihm an den Kopf geworfen. Zum Glück war es keine große Schale, und sie war fast leer und aus leichtem Glas. Ein noch größeres Glück war, daß Adriani rasch genug, mit einem Sprung nach hinten, hatte ausweichen können, so daß er zwar am Kopf verletzt wurde, doch nur oberflächlich und ohne Folgen. Als Martinasso das Blut sah, begann er zu zittern, zu stammeln und zu weinen, und gleich danach hatte er sich auf die Knie geworfen und um Verzeihung gebeten. Adriani hingegen – so versicherte er mir – kam eher das Lachen an. Er hatte sofort gemerkt, daß die Verletzung nicht schlimm war; und angesichts des Schauspiels, das der weinende und vor ihm kniende Martinasso bot, war seine ganze Wut und Empörung plötzlich verdampft, und er fühlte eine Heiterkeit in sich ausbrechen, die er jedoch aus Mitleid zurückdämmte. Er tupfte sich mit dem Taschentuch die Wunde ab, und ohne die *Damenküsse* zu vergessen, trat er sofort hinaus; er hatte Martinasso förmlich versprochen, allen zu erzählen, er sei in der Eile über einen umgestürzten Stuhl gestolpert, den er nicht gesehen habe, und ausgeglitten; dabei habe er eine Schale zerbrochen und sich verletzt.

Mit seinem turbanartigen Verband über den scharfen und harten Gesichtszügen sah Adriani jetzt wie ein arabischer Räuber aus. Wir haben uns eine gute Flasche alten Wein zu Gemüte geführt. Auf das Kartenspiel verzichteten wir, damit wir allein bleiben und er mir erzählen konnte. Er lachte noch immer:

›*Damenküsse!* Offensichtlich hatte der Ärmste sich eingebildet, daß die vom Film – mit mir an der Spitze – es absichtlich so eingerichtet hatten, um ihn auf den Arm zu nehmen, indem sie auf seine Frau, die *Dame,* anspielten. Denn die Dame, das konnte nur sie sein. Übrigens, wissen Sie, was sie mir jedesmal, wenn ich sie besuche, sagt? Sie löscht das Licht, und immer in den schönsten Momenten beginnt sie hartnäkkig zu wimmern und zu wiederholen: Aber, Doktor Adriani, ich bin nicht schlecht ... glauben Sie mir, ich bin nicht schlecht ... ich bin nicht schlecht ...

Die Sache hätte mit der Zeit bedrückend werden können. Aber sie wurde es nie. Es wunderte mich, und ich sagte mir: Wenn sie nicht eine so schöne Frau wäre ... Heute glaube ich begriffen zu haben. Es ist nicht bedrückend zu hören, wie sie weint und sich anschuldigt. Denn für sie bedeutet *schlecht* nicht: böse, sündig, verworfen; es bedeutet nur: *nicht damenhaft.*‹«

Ein Verdacht

Gigi ist nach Mailand gekommen, um mir schöne Weihnachten zu wünschen. Und er hat mir als Geschenk verschiedene Eßwaren, köstliche Spezialitäten aus der Gegend der Emilia, mitgebracht. Aber ich wollte auch noch eine Geschichte haben.

Meine Bitte überraschte Gigi. Er blieb einen Augenblick lang sprachlos, hob den Oberkörper etwas und lehnte sich an die Rückenlehne des Stuhles. Seine Augen schlossen sich leicht hinter der goldumrandeten Brille. So verhält er sich immer, wenn er im Gespräch mit mir plötzlich einer gewissen Verantwortung inne wird. Ach, es handelt sich immer um geringfügige Dinge; ideelle – um nicht geradewegs zu sagen, eingebildete – Verantwortungen. Aber er weiß, daß ich seine Erzählungen aufschreibe, und ihm geht es vor allem darum, ernst zu sein, aufrichtig zu sein; nur auf diese Weise kann er, seiner Meinung nach, anständig dastehen.

»Eine Weihnachtsgeschichte? ... Ich weiß wirklich keine, ich erinnere mich nicht ...« Und er stützt den Ellbogen auf den Tisch, beginnt sich im Nacken zu kratzen. Ich merke plötzlich, daß er ein wenig älter aussieht. Seine graublonden Haare sind heller geworden und glänzen silbern, und die bleiche, magere Stirn ist wie aus Alabaster. »Ich müßte erfinden, und dazu tauge ich nicht. Es sei denn ... Aber es ist nicht eine vollständige Geschichte. Ich kann dir erzählen, was mir vor einigen Jahren während der Feiertage zugestoßen ist, als ich nach B. in die Berge ging, um für wenige Tage einen Kollegen – Kommissar Quarati – zu vertreten, der beurlaubt war ... Es ist keine fertige Geschichte. Es ist der Bericht über das wenige – glücklicherweise wenige –, was mir zugestoßen ist ... Glücklicherweise, weil es sich mit dem Kommissar wie mit dem Arzt verhält. Wenn alles in Ordnung ist, hat er keine Arbeit. B. ist, wie du weißt, ein altes und breit angelegtes Dorf, das zu einem der wichtigsten Zentren für Wintersport geworden ist; und es ist auch ein Grenzort. Wer dort am meisten zu tun hat, besonders in der guten Jahreszeit, ist die Zollbehörde. Aber was unsereinen betrifft – jedenfalls ich kann sagen, daß ich einige Wochen vollkommener Ruhe verbracht habe. Der einzige Zwischenfall ... nun, das ist ein seltsamer Fall gewesen: der einzige und übrigens sehr leichte, vielleicht nicht einmal der Bezeichnung Unfall würdige, ist mir am ersten Abend, wenige Stunden nach meiner Ankunft, passiert.

Ich hatte eben mit dem dortigen Wachtmeister zu Abend gegessen und war dann ausgegangen, um ein wenig zu spazieren. Ich kannte B. sehr gut, aber es waren einige Jahre vergangen, seitdem ich das letztemal dort gewesen war. Mit dem Wachtmeister zusammen wollte ich einen kleinen Rundgang machen, um mir die neuen Bauten anzusehen. Mitten in den Föhrenwäldern, neben tosenden Bergbächen, sind regelrechte Wolkenkratzer wie Pilze aus dem Boden geschossen! Es war in der Woche vor Weihnachten und, wenn ich mich recht erinnere, ein Samstagabend. Skifahrer und andere Feriengäste fuhren die lange gerade Straße zwischen Borgovecchio und Borgonuovo hinauf und herunter, es war ein Kommen und Gehen und Schwatzen wie auf der Via Roma. Plötzlich rannte einer herbei, ein kleiner Junge, und wandte sich an den Wachtmeister: ›Herr Wachtmeister, mein Chef hat mich geschickt, Sie zu holen. Gerade vor dem Café ist eine Schlägerei.‹

In einer Seitenstraße vor dem Café hatte sich tatsächlich eine kleine Menge versammelt. Die Leute standen unbeweglich im Kreis herum und verdeckten uns noch das Schauspiel, dem sie beiwohnten. Aber es konnte nichts Schlimmes sein, denn es lachten alle, und zwar – wenn ich so sagen darf – aus vollem Halse. ›Wahrscheinlich ein Betrunkener‹, bemerkte der Wachtmeister beruhigt. Und so beeilten wir uns nicht einmal. Aber jenes Gelächter gefiel mir nicht. Es hatte etwas Unheilvolles, Abstoßendes an sich. Als hätte ich vorausgefühlt, was ich in wenigen Augenblicken selbst zu sehen bekam! Ich weiß, du wunderst dich sicher. Ein abgehärteter Kommissar wie ich kann gewiß nicht als Muster gelten, was die Sensibilität anbelangt. Unser Beruf ist – betrachte ihn, wie du willst – ein harter Beruf mit vielen notwendigerweise unsympathischen Zügen. Und oftmals sind auch wir, ohne es zu merken, hart. Aber es gibt einige menschliche Handlungsweisen, die mich immer rasend gemacht haben; und ich zögere nicht, sie als kriminell zu bezeichnen, auch wenn sie dem Gesetz nach vielleicht nicht einmal strafbar sind, das heißt, nicht als Verstoß gegen das Gesetz gelten. Die schlimmste all dieser Handlungsweisen besteht meiner Meinung nach darin, daß einige Individuen, wenn sie beisammen sind, sich auf Kosten eines Mitmenschen unterhalten und sich über ihn lustig machen, während er ein Schauspiel seines eigenen Leidens gibt.

So war es. Alle lachten, während sie zwei alten Trunkenbolden zuschauten, zwei Schneeschauflern, die handgreiflich geworden waren und verzweifelt kämpften, sich mit Beschimpfungen und Obszönitäten überhäuften. Sie fielen ununterbrochen zu Boden und standen gleich wieder auf. Zum Glück verhinderte der Schnee, daß sie sich verletzten. Der eine – er war kleingewachsen, rot im Gesicht, hatte einen dicken, bürstenförmigen weißen Schnurrbart – weinte laut und unterbrach sein Schluchzen nur, um die wüsten Wörter und Hiebe des Gegners zu erwidern ... Vielleicht sah es wirklich etwas komisch aus, ich weiß nicht. Auf mich wirkte das Schauspiel peinlich und entwürdigend. Ich ließ es sofort unterbrechen und löste die kleine Versammlung auf, die sich gebildet hatte. Ich erinnere mich nicht genau an die Worte, sondern weiß nur, daß ich all jenen Leuten – junge wohlhabende Herren und Fräulein, die in den Ferien weilten – vorwarf, daß sie so hartherzig waren und sich nicht einmal verpflichtet fühlten einzugreifen. Ich sah, daß die armen Teufel alle beide bluteten, vielleicht hatten sie sich an unter dem Schnee verborgenen Steinen verletzt. Ich ließ sie von zwei Milizsoldaten, die inzwischen eingetroffen waren, zum Sanitätsposten begleiten.

Der Wachtmeister erklärte mir, der eine der beiden Alten sei ein Sizilianer, ein Taglöhner, der bis vor einigen Jahren in den Serpentinbrüchen gearbeitet habe und dann in B. geblieben sei, wo er von Unterstützungen und sogar von Almosen lebe. Der andere hingegen sei früher Gepäckträger der Eisenbahnstation gewesen. Jetzt sei er pensioniert, und es gehe ihm eher schlecht, weil er dem Alkohol verfallen sei und weil er eine Frau habe, die eine wahre Strafe Gottes sei – geschwätzig, frech, handgreiflich und nicht weniger trunksüchtig als er.

Zwei oder drei Tage danach erhielt ich einen anonymen, folgendermaßen adressierten Brief: ›An den neuen Kommissar‹. Er trug den Poststempel eines Dorfes, das sich zwanzig Eisenbahnminuten entfernt im selben Tal befand. Der Brief enthielt viele Orthographiefehler und bestand praktisch aus einer Denunziation: Wenn man dem Briefschreiber glauben wollte, gab es in B. ein ungesühntes Verbrechen. Herr Francesco Bonetto, Verwalter der Eisenbahnen am Güterbahnhof, habe vor einigen Jahren seine Frau ermordet, indem er ihr einen Stoß versetzt und sie mitten auf die Geleise unter einen rangierenden Zug habe fallen lassen. Alle hätten an ein Unglück geglaubt, auch die Behörden. Doch es gebe einen Zeugen, der es gesehen und einen Meineid geleistet habe. Ich solle nun, so meinte der Schreibende, der Sache nachgehen. Der andere Kommissar sei zu eng mit Herrn Bonetto befreundet. Der Zeuge, er heiße Rebuffo Pietro, sei ziemlich bekannt im Dorf und leicht zu erreichen. Ich müsse ihn, so meinte der Briefschreiber, zur Rede stellen, den Prozeß wieder aufrollen und Gerechtigkeit herstellen.

Ohne bereits etwas von dem Brief zu sagen, sondern als ob ich ein Gerede wiedergäbe, das ich im Café gehört hatte, befragte ich den Wachtmeister. Er wunderte sich vor allem darüber, daß man noch immer über die Sache sprach. Es habe seinerzeit eine sofortige Untersuchung gegeben, und das Ergebnis sei eindeutig gewesen: Es habe sich um einen Unfall gehandelt. Der Verwalter Bonetto habe dort gewohnt, wo er noch jetzt, nachdem er Witwer geworden sei, wohne: gegenüber der Station, jenseits der Geleise des Güterbahnhofs, in einem Gebäude, wo Eisenbahner oder Bahnangestellte untergebracht seien.

Sie alle samt ihren Familienangehörigen pflegten, wenn sie zum Bahnhof oder ins Dorf gingen und zurückkamen, die Geleise zu überqueren, anstatt den Umweg bis zur Unterführung zu machen; sie sparten damit eine gute Viertelstunde. Vor dem Bahnhof liegen mehrere Geleise: Außer denjenigen der Bahnlinien gibt es noch Rangier- und Abstellgeleise für die Lokomotiven. Die Gefahr ist offenkundig, und es sind immer wieder Verbote ausgesprochen worden. Trotzdem hatten die Bewohner des Blocks alle zusammen die Gewohnheit, an jener Stelle hinüberzugehen; sie tun es sogar jetzt noch, nach dem Unglück.

Es war eine neblige, stürmische Nacht gewesen. Die verstorbene Frau litt unter Schwindelanfällen, sie war im kritischen Alter. Auch dies hatte der Bezirksarzt, der sie wenige Tage vorher untersucht hatte, in seinem Bericht bestätigt. Außerdem befand sich Bonetto, wie verschiedene Zeugen übereinstimmend aussagten, in jenem Augenblick im Büro an seiner Arbeit. Er war, er ist ein sehr anständiger Mensch, ein vorbildlicher Beamter, über den es nie Klagen gab; und tadellos im Privatleben und in der Ehe. Er und seine Frau hatten keine Kinder, aber sie hatten sich immer ausgezeichnet verstanden und waren länger als zwanzig Jahre verheiratet gewesen. Nach Aussagen der Nachbarn, die über dieses Thema genauestens befragt wurden, hatte man nie etwas von einer Meinungsverschiedenheit, einem Widerspruch oder auch nur vom geringsten Streit erfahren. Seit dem Unglück waren drei Jahre vergangen. Bonetto war jetzt um die fünfzig, oder um weniges älter. Obwohl er stark und gesund war und gut aussah, hatte er nicht wieder geheiratet, und er schien auch nicht die Absicht zu haben. Er wartete ab, bis er pensioniert würde, und inzwischen führte er, wie zuvor, unter den Augen aller, sein arbeitsames, ganz und gar regelmäßiges, geradliniges Leben. Die Hausarbeiten besorgte er selbst, er putzte auch die kleine Wohnung, die noch immer dieselbe war wie zuvor. Die einzige Änderung in seinem Leben: Vom Tage an, da er Witwer geworden war, nahm er die Mittags- und Abendmahlzeiten in der Cantina d'Asti ein, einer alten Weinstube, die ganz in der Nähe des Wohnblocks der Bahnangestellten lag. Er hatte keine Laster, er spielte nicht einmal Karten. Nach dem Abendessen blieb er noch dort, um das Fernsehprogramm zu sehen oder dem Spiel zuzuschauen; aber ohne je die Karten anzurühren. Er trank regelmäßig einen halben Liter offenen Wein zu jeder Mahlzeit, und am Abend nahm er nach dem Essen für sich allein, während er die Television oder das Kartenspiel verfolgte, einen Krug alten Wein. Er trank ihn in kleinen Schlucken und brauchte immer länger als zwei Stunden, bis er damit fertig war: von acht bis zehn, halb elf Uhr. Wenn jene Zeit gekommen war, stand er auf, verließ das Lokal und machte einen Spaziergang bis in die Altstadt; gegen elf Uhr ging er wieder nach Hause. Er hatte nie in irgend jemandem, bei gar keiner Gelegenheit, den Verdacht erweckt, den Wein nicht zu vertragen. Schnäpse oder Aperitifs, die rührte er nicht an. Und was bedeuten schon für einen gesunden Mann, der in den Bergen, auf dreizehnhundert Metern Höhe lebt, wo während vier oder fünf Monaten im Jahr Schnee liegt, etwas mehr als eineinhalb Liter am Tag?

Ich beschloß dennoch, diesen Herrn Bonetto persönlich kennenzulernen. Nicht etwa, daß der anonyme Brief in mir Zweifel erweckt hätte – höchstens in ganz geringem Maße. Die Erzählung des Wachtmeisters über die ganze Angelegenheit war durch und durch klar gewesen; sie enthielt – wie man zu sagen pflegt – keinen einzigen dunklen Punkt. Wenn schon, dann war der einzige dunkle Punkt höchstens der anonyme Brief. Wer hatte ihn geschickt? Wer konnte nach drei Jahren noch ein Interesse daran haben, daß eine Frage wieder aufgeworfen wurde, die von den ersten Untersuchungen an für immer abgeschlossen war? Gewiß, ich kenne aus Erfahrung das Leben in den kleinen Ortschaften; ich weiß, daß es immer tiefe Zwiste, seltsamen Haß, womöglich unbegreifliche Feindschaften, womöglich ungerechtfertigte Abneigungen birgt, und Leidenschaften, die manchmal denjenigen, die sie empfinden, selbst unerklärlich sind. Doch alles in allem war vielleicht das, was mich dazu trieb, Herrn Bonetto aufzusuchen, ganz einfach Neugier.

Ich ging also in die Cantina d'Asti; es war gerade am Abend vor Weihnachten. Es saßen Leute dort, die ich kannte, und ich wurde zum Kartenspiel eingeladen. Ich nahm die Einladung an, auch aus dem

Grund, weil ich an einem Nebentisch vom ersten Augenblick an einen einsamen Gast bemerkt hatte: Das konnte nur er sein.

Ich hatte mich so hingesetzt, daß ich ihn von meinem Platz aus ohne Anstrengung und ohne aufzufallen bequem beobachten konnte; ich brauchte nur die Augen von den Karten zu heben und hatte ihn ganz in der Nähe wie eine bemalte Statue vor mir.

Sein viereckiges, regelmäßiges, bartloses, weder fettes noch mageres Gesicht besaß eine schöne rosige Farbe; das braune, an den Schläfen ergraute Haar war gut gekämmt. Es war nicht eines jener allzu glatten und weichen Gesichter, die das Alter verbergen zu wollen scheinen. Nein, abgesehen von seinen grauen Schläfen sah man sein Alter sehr wohl an den Runzeln um die Augen, und die Wangen waren leicht eingefallen. Und mit der Bezeichnung Statue meinte ich die vollkommene Unbewegtheit seiner Haltung; er saß aufrecht am Tischchen mit dem grünen Filzteppich, den rechten Unterarm hatte er aufgestützt, mit der Hand umfaßte er das Glas. Doch sein Ausdruck war, ganz im Gegensatz dazu, sehr lebhaft und bewegt: Es waren das Lächeln und der Blick eines heiteren, ruhigen, selbstzufriedenen Menschen, der gleichzeitig auch mit den andern und der Umwelt zufrieden war. Zwei lachende, leuchtende, blitzend blaue Augen: Ich sehe sie noch in der Erinnerung. Es waren Augen, die man nicht vergessen kann. Er blickte ständig, aber ruhig, da- und dorthin, im Lokal umher, und er schien mit allem, was er sah, einverstanden zu sein: den Angestellten vom Finanzamt und von der Eisenbahn, die an der Bar saßen, den Skifahrern und Skifahrerinnen, die eben von Turin hergefahren waren und nun zu später Stunde noch aßen, dem Fernsehapparat in der Ecke, den Karten- und den Billard- oder Kegelspielern, die man unter einem Gewölbe hindurch im Saal nebenan erblicken konnte. Der Tisch der Kartenspieler, der ihm am nächsten lag, war eben der meine. Es war deshalb ganz natürlich, daß unsere Blicke sich immer wieder begegneten. Er wußte bestimmt, daß ich der Kommissar war, der anstelle von Kommissar Quarati über die Feiertage hergekommen war; doch er kannte mich nur an der Uniform und nicht persönlich. Für ihn bedeutete ich also ausschließlich das Gesetz, oder die Gerechtigkeit ...

Nun, Mario, ich will dir nicht ins Handwerk pfuschen, und noch viel weniger will ich deine Vorzüge nachahmen. Das heißt, ich will mich nicht der Phantasie hingeben. Aber wenn ein Mensch in einem von uns ausschließlich den Polizisten sieht – nun, ich versichere dir, dann lesen wir im Blick dieses Menschen und erkennen fast unfehlbar, ob sein Gewissen mehr oder weniger rein ist. Natürlich hat dies keinen Einfluß auf unsere Handlungsweise, die nach wie vor nur von konkreten Tatsachen ausgeht. Und, ich sage es nochmals, auch der Tüchtigste von uns kann einmal einen Fehler begehen. Kurzum, der Blick Bonettos begegnete dem meinen jedesmal ohne Schwanken, ohne Trübung. Es war der Blick eines zufriedenen, allzu zufriedenen Menschen . . .«

An dieser Stelle von Gigis Erzählung konnte ich der Versuchung zu widersprechen nicht mehr standhalten; auch wenn es mir leid tat, daß ich mich ihm gegenüber zynischer zeigte als ich in Wirklichkeit war. Ich bemerkte lächelnd: »Allzu zufrieden? Verzeih, ich habe nicht recht verstanden. Allzu zufrieden, als daß es der Blick eines Menschen hätte sein können, der seine Frau umgebracht hat, oder . . . allzu zufrieden, als daß es nicht hätte der Blick eines Menschen sein können, der sie umgebracht hat?«

»Aber geh, laß dich doch segnen!« war Gigis Antwort, ein alter piemontesischer Ausruf, der hier zweierlei bedeutete: erstens, daß Gigi meinen Scherz keineswegs übelnahm, oder daß er wegen einer so geringfügigen Sache nicht schlecht über mich dachte; zweitens, daß er nie auch nur einen Augenblick lang an Herrn Bonettos Unschuld gezweifelt hatte.

»Trotz all dem«, nahm Gigi das Gespräch wieder auf, »war meine Neugier nicht befriedigt. Ich hatte Bonetto gesehen, aber noch nicht gesehen hatte ich jenen Pietro Rebuffo, von dem der anonyme Brief sprach; und ich hatte nicht das geringste Indiz über die Herkunft des Briefes selbst. Es war der letzte Tag des Jahres. Am zweiten Januar würde Kommissar Quarati zurückkommen, und natürlich hatte ich die Absicht, ihm den Brief zu zeigen: Er mochte sich allein damit zurechtfinden. Trotzdem ließ ich Rebuffo auf die Wache rufen – bloß um zu schauen, wie er aussieht. Und vor mir stand, wie du vielleicht schon geahnt hast, jener arme Alte mit dem weißen, bürstenartigen Schnurrbart, der ehemalige Gepäckträger vom Bahnhof, den ich am ersten Abend stark betrunken, mit einem andern Schneeschaufler raufend, angetroffen hatte. Das war nun der Rebuffo des anonymen Briefes: der erwähnte Zeuge des angeblichen, drei Jahre zurückliegenden Gattenmordes. Glücklicherweise lieferte mir die Rauferei, die ich mitangesehen hatte, den Vorwand, Rebuffo auszufragen und ihm eine entsprechende Strafpredigt zu halten, ohne den verjährten Tod der Frau Bonetto ins Spiel zu bringen. ›Sind Sie gern auf der Welt? Wissen Sie, daß Sie von einem Augenblick auf den andern sterben können, wenn

Sie weiterhin so trinken?‹ – ›Bei dem Leben, das ich führe, verliere ich nichts.‹ – ›Haben Sie Kinder?‹ – ›Ich würde nicht so reden, wenn ich welche hätte.‹ – ›Eine Frau?‹ – ›Das schon, leider.‹ – ›Weshalb sagen Sie: leider?‹ – ›Weil sie eine schreckliche Bestie ist!‹ – ›Und welche Mittel habt ihr beide zum Leben?‹ – ›Wir behelfen uns mit der Arbeit, die sich gerade bietet; die Frau geht während der Saison in die Hotels putzen. Und ich ebenfalls, manchmal auch Schnee schaufeln. Ich habe noch eine kleine Pension, ich war Gepäckträger am Bahnhof.‹

Ich ließ mir das Pensionsbüchlein zeigen. Wie üblich war neben der Unterschrift des Mannes auch diejenige der Frau, damit sie an seiner Stelle den Betrag abholen konnte, wenn er verhindert oder krank war. Ich ging ins Nebenzimmer hinüber. Eine rasche Gegenüberstellung der Schriften ermöglichte mir, auch wenn ich kein Fachmann bin, dieselben Züge wiederzuerkennen, in denen auch der anonyme Brief geschrieben war. Jeder Zweifel mußte ausgeschlossen werden: Es war Rebuffos Frau gewesen. Aber weshalb hatte sie geschrieben? Aus Haß gegen Bonetto? Um ihren Mann zu ärgern? Oder, noch wahrscheinlicher und noch dümmer, nur um ein wenig die öffentliche Aufmerksamkeit auf den Mann und somit auch auf sich selbst zu lenken? Kommissar Quarati, dem ich nachträglich alles erzählte, war genau dieser letzten Meinung und bestätigte mir, was der Wachtmeister gesagt hatte: Auch wenn Rebuffo das gegebene Wort widerrufen und geschworen hätte, daß er während der Untersuchung einen Meineid geleistet hatte, so wäre diese keinesfalls wiederaufgenommen worden, denn es gab drei weitere Zeugen, von denen jeder sehr viel zuverlässiger als Rebuffo war, und alle drei hatten so ausgesagt, daß mit absoluter Sicherheit festgestellt werden konnte: Frau Bonetto war bei einem Unfall ums Leben gekommen.

Ich ging mit dem Pensionsbüchlein wieder hinüber und sagte zu dem Alten, als ich es ihm zurückgab: ›Nun, gehen Sie jetzt; neues Jahr – neues Leben. Und daß Sie nicht so viel trinken: Das wünsche ich Ihnen.‹ Der Alte seufzte und schloß heftig die Augen, als ob er einen plötzlichen, lästigen Gedanken vertreiben wollte. Auf diese Weise hatte sein rundes und violettes, vom weißen Schnurrbart und Haar geradezu maskiertes Gesicht etwas Komisches und gleichzeitig Beängstigendes an sich. Ich erinnerte mich an die nächtliche Rauferei, als er schluchzte und fluchte. Jetzt sagte er, ohne die Augen zu öffnen: ›Ach! Das einzige, was Sie mir wünschen können, ist, daß auch ich die Chance habe, die andere gehabt haben: die Chance eines schönen Unfalls in der Familie.‹

Er hatte laut zu sich selbst gesprochen, um sich Luft zu machen. Und er konnte nicht vermuten, daß ich, gerade ich, der neue Kommissar, imstande war, seine Anspielung vollkommen zu durchschauen. Ich ließ ihn gehen, ohne ihn weiter auszufragen. Indessen mußte ich meinerseits einen Moment lang die Augen schließen: Ich sah wieder Herrn Bonettos Gesicht vor mir.«

Auch ich sah irgendwie, während Gigi zu Ende erzählte, dieses Gesicht. Ich sehe es noch jetzt. Es gehört zu den eindrucksvollsten Bildern eines möglichen menschlichen Glücks, die mir geblieben sind. Obwohl es – wie Gigi selbst zuvor gesagt hatte – in jedem Falle verbrecherisch ist, am Unglück der andern Genuß zu finden.

Flocks Ende

Es ist nicht immer so, daß die Jahre in ihrem Ablauf unser ganzes Leben mitreißen und allmählich zerstören, was ihm an Jugend übrigbleibt. Die Jahre, die vergehen, bewirken manchmal auch das Gegenteil: Sie geben einen Teil des Lebens zurück, sie bringen ein Geschenk, sie gewähren endlich eine Freiheit des Sprechens; das heißt, sie gewähren uns jene Erleichterung, die wir verspüren können, wenn wir einem Freund eine Geschichte erzählen, die uns in der Erinnerung quälte, aber die wir gezwungen waren geheimzuhalten. Stellen wir uns vor, welche Erleichterung erst ein Polizeikommissar verspürt, wenn er das Schweigen brechen kann!

Ich hatte Gigi seit einigen Monaten nicht mehr gesehen. Und dies war der Inhalt – wenn auch nicht wörtlich – dessen, was er der Geschichte von gestern abend im gewohnten Eßzimmer der »Drei Eberzähne« vorausschickte; er schien entschlossen, sie zu erzählen:

»Nur in bezug auf einen Punkt mußt du mir deine Verschwiegenheit zusichern: Wenn du schreibst, mußt du gewisse Namen ändern, diejenigen der Orte und der in die Angelegenheit verwickelten Personen. Es sind seither zehn Jahre vergangen, und die Hauptpersonen leben nicht mehr. Aber es sind noch Nachkommen und Verwandte da. Verändere also die Namen!«

»Mach dir keine Sorgen, ich bin es gewohnt.« Ich erklärte Gigi, daß diese Notwendigkeit der Namenänderung mit dem wichtigsten Moment in der Arbeit eines Roman- oder Novellenautors übereinstimmt: mit dem magischen Moment, wo der Eifer und das Denken nichts mehr nützen und die Inspiration alles ist. Die Namen müssen die Vorstellungskraft des Schriftstellers tatsächlich viel früher und viel stärker anreizen als diejenige des Lesers; sie müssen gewissermaßen ein Echo des Klanges richtiger Namen sein, sich aber auch davon unterscheiden, damit dem Schriftsteller eine größere Freiheit seinen eigenen Erfindungen gegenüber bleibt und damit das eigenmächtige und vollständige Leben der Personen gewährleistet ist . . . Ich fragte Gigi, wie das Dorf heiße, in welchem sich seine Geschichte ereignet habe.

»Es war in V., einer großen Ortschaft in der Provinz Turin, wo ich vor etwa zehn Jahren den Polizeiposten leitete. Und von den Personen sind zwei aus Turin, die dritte aus Novara. Halt, da war ja noch einer: der einzige nette Kerl. Eigentlich hat er die ganze Sache ausgelöst. Es war ein Hund, ein bergamaskischer Schäferhund. Groß wie ein Kalb. Mit langem, üppigem Fell, das über den ganzen Körper flatterte; seine hauptsächliche Farbe war rötlichblond, aber da und dort waren, wie's gerade kam, weiße und braune Flecken hingestreut. Seinen Namen kannst du unverändert lassen. Vielmehr, du sollst ihn gar nicht ändern. Flock hieß er. Er war so sympathisch, wie sein Herr unsympathisch war. Und die Zuneigung zum einen wie die Abneigung gegen den andern waren, glaube ich, in bezug auf mich gegenseitig.

Flock hatte mich sofort kennengelernt. Jedesmal, wenn ich zufälligerweise an der Villa vorbeiging, hörte er mich, auch wenn er sich gerade auf der andern Seite des Parkes befand. Er bellte. Dann sah ich ihn von ganz weitem aus dem Wäldchen hervorkommen. Er sprang mit großen Sätzen über die Wiese in der Mitte geradewegs auf das Gartentor zu. Beim Rennen wallten und flatterten die langen blonden Haare wie eine ausgefranste Pelerine. Fast immer war das Tor verschlossen. Flock stürmte darauf los, stieg hinauf, stemmte die Vorderpfoten gegen die Gitterstäbe, und jaulend vor Freude steckte er die Schnauze durch die Zwischenräume, weil er mich ablecken wollte. Ich schäme mich nicht, dir zu sagen, daß ... nun, daß ich das mochte: Ich liebte Flock wie einen Menschen. Ganz selten einmal war das Tor bloß angelehnt. Es war ein sehr schweres Tor. Aber Flock öffnete es mit der Kraft einer einzigen Pfote sofort. Und dann mußte ich auf die Uniform achtgeben. Besonders wenn ich die schwarze trug. Denn Flock warf sich mir vor Begeisterung entgegen und beschmutzte sie arg.

Die Villa, ein zu Ende des 18. Jahrhunderts entstandenes Gebäude, hatte seinerzeit irgendeiner vornehmen Turiner Familie gehört. 1938 war sie Besitz eines gewissen Carlo Emanuele Carutti, eines Industriellen und in der Gegend sehr bekannten faschistischen Bonzen geworden. Dieser Carutti war zuerst, das heißt, bis in die ersten Jahre des Faschismus, Schneider gewesen, und zwar speziell für Reit- und Sportbekleidung. Nach und nach hatte er sich auch auf Uniformen für die Parteispitzen spezialisiert, und so hatte er sich offenbar mit einigen führenden Persönlichkeiten der Partei befreundet. Er war im Grad eines Obmanns der Miliz als Freiwilliger nach Ostafrika gegangen und zum Konsul befördert zurückgekehrt; und schließlich hatte er am Stadtrand von Turin ein großes Konfektionsgeschäft eröffnet, in welchem nur Militäruniformen hergestellt wurden. Als Anhänger und

Funktionär des faschistischen Staates war er im Frühjahr 1945 im Gebirge um den Ortasee, als er versuchte, in die Schweiz zu entkommen, von den Partisanen hingerichtet worden. So lautete jedenfalls die offizielle Version. Denn in V. und in den umliegenden Ortschaften glaubte man weiterhin an eine andere Geschichte: Es ging das Gerücht um, Carutti sei noch am Leben und irgendwo versteckt; und das feierliche Begräbnis mit der Überführung der Leiche – zwei Jahre nach dem Tod – sei reines Theater gewesen, das die Witwe inszeniert habe, um jene Gerüchte zu beseitigen und um in Ruhe einen gewissen Ingenieur Mark Midana-Marazi heiraten zu können, der schon zu Lebzeiten ihres Mannes ihr Geliebter gewesen sei, der jedoch vom Beginn des Krieges an bis zur Befreiung schlau genug gewesen sei, sich auf die günstige Seite zu schlagen – auch wenn es nur diejenige der monarchistischen Liberalen war.

Der Leichnam des ehemaligen Schneiders befand sich auf dem Friedhof von Invorio Superiore, einem Dörfchen zwischen dem Orta- und dem Langensee. Er wurde also auf dem Friedhof von V. ins großartige Familiengrab der Carutti gebracht, das man hatte herrichten lassen. Dies hinderte die boshaften Leute nicht daran, weiterhin zu zweifeln: Ihrer Meinung nach waren die Überreste, die der Sarg enthielt, nicht diejenigen Caruttis. Und man durfte der Identifizierung des Leichnams, die stattgefunden hatte, bevor er im Sarg verschlossen worden war, nicht so leicht Glauben schenken. Denn diese Identifizierung hatte – auch wenn alle vom Gesetz vorgeschriebenen Formalitäten erfüllt waren – im April 1945 stattgefunden, in Invorio, wo kein Mensch Carutti je zu Lebzeiten gesehen hatte; und sie hatte also gezwungenermaßen auf Grund einer einzigen Aussage, eben derjenigen der Ehefrau, stattgefunden. Und wenn nun die Frau – so sagte man sich – ein Interesse daran hatte zu lügen? Und wenn nun dieses Interesse mit einer genauen Abmachung, einem heimlich zwischen ihr, Carutti und Midana-Marazi vereinbarten Betrug zusammenhing? Carutti – das wußten alle – war einer der fanatischsten Faschisten gewesen, einer der wenigen, die bis zuletzt an Hitlers Geheimwaffe geglaubt hatten. Er hatte deshalb nicht gezögert, mit der SS zu kollaborieren, auch als die andern sich schon wohlweislich davor hüteten. Und es schien, daß diese schändliche Kollaboration Caruttis mit einem Gemetzel im Zusammenhang stand, von dem man ganz genau wußte, wo und wann es stattgefunden hatte. Was hätte es für eine bessere Gelegenheit gegeben, sich vor der gerechten Strafe zu retten, als diejenige, welche die Schlauheit der Frau – und das Zusammenwirken günstiger Umstände – anbot: die Gelegenheit, sich tot zu stellen, indem man die eigene Identität mit derjenigen der Leiche eines Unbekannten auswechselte? Als Belohnung dafür oder als Vorbedingung konnte die Frau die Erlaubnis verlangt haben, daß sie eines Tages den Mann, den sie liebte, heiraten könne ...

Und so war es auch – wie eben die bösen Zungen behaupteten – geschehen. Carutti mußte noch gesund und lebendig sein: in Venezuela, in Brasilien; oder vielleicht steckte er unter falschem Namen in irgendeinem Irrenhaus. Die Witwe, besser gesagt, die angebliche Witwe, hatte sich drei Jahre darauf mit Midana-Marazi verheiratet; als Mitgift brachte sie die Villa in V. und die Konfektionsfabrik und weitere ansehnliche Kapitalien in die Ehe, welche Carutti übrigens rechtzeitig auf den Namen der Frau hatte überschreiben lassen, auch in Form von Aktien. Der Ehe mit Midana-Marazi entsprossen zwei Söhne, und zwei weitere Kinder, deren Vater Carutti war, wurden von Midana-Marazi adoptiert und nannten sich mit drei Familiennamen: Carutti-Midana-Marazi.

Ich hatte den Ingenieur Mark Midana-Marazi gleich in der ersten Woche nach meiner Ankunft in V. kennengelernt. Die Villa war wunderschön, und sie lag genügend nahe bei Turin, daß sie von Leuten wie dem Ingenieur, welcher beruflich oder geschäftlich den Tag in der Stadt verbringen mußte, ständig bewohnt werden konnte. Aber es gab keine Zentralheizung, und gerade damals hatte sich der Ingenieur entschlossen, sie einrichten zu lassen, damit er im nächsten Herbst endgültig nach V. ziehen konnte. Der Aufseher der Villa überwachte die Arbeiter während ihrer Tätigkeit im Innern des Hauses. Trotzdem hatte man einige Diebstähle festgestellt ... nicht schwerwiegende: eine Bettvorlage von gewissem Wert, einige Ziergegenstände. Es gab gegen keinen der Arbeiter Beweise oder Verdächtigungen. Deswegen war ich gerufen worden. Und so begann meine Freundschaft mit Flock und – ich muß sagen – auch meine Abneigung gegen seinen Herrn.

Der Ingenieur gehörte zu jener Art von Leuten, die ich am allermeisten hasse ... das heißt – um genau zu sein – zur einzigen Art von Leuten, die ich hasse, denn die gewöhnlichen Verbrecher, die Übeltäter, die Mörder hasse ich nicht, nein: Ich bekämpfe sie, ich tue mein Möglichstes, um ihre Tat aufzudecken und sie ins Gefängnis zu bringen, wenn sie es verdienen, damit sie der Gesellschaft nicht mehr schaden können; aber ich hasse sie nicht. Ich weiß, daß sie zum großen Teil nicht aus eigener Schuld zu dem geworden sind, was sie sind; es ist die Schuld der Eltern, der genossenen Erziehung, des Elends, des Hungers, der Krankheiten, der erb- oder umweltbedingten Verschrobenheiten. Ich hasse sie nicht, nein, sie tun mir nur sehr leid. Aber jene andern wie den Ingenieur, die von der Familie und vom Schicksal all das erhalten haben, wessen ein Mensch bedarf, um recht aufzuwachsen und sich zu entwickeln, und die trotzdem so hartnäckig Befürworter der Ungerechtigkeit und der Bevorzugung geworden sind, indem sie noch den eigenen schmutzigen Egoismus mit dem Namen Gottes, der Kirche, der Heiligen, des göttlichen Rechts überdecken, eines Rechts, wonach – wie sie meinen – der Reiche reich sein soll und immer reicher ... nun, diese verabscheue ich aus ganzem Herzen. Midana-Marazi war in der Referendumskampagne einer der feurigsten Monarchisten gewesen. Dann war er zur liberalen Partei übergegangen; und nun war er bei den letzten Administrativwahlen tatsächlich gewählt worden. Er behandelte alle Einwohner des Dorfes mit geheucheltem Wohlwollen und tat so, als spreche er nur Dialekt; sein Gesichtsausdruck indessen zeigte die vollkommenste Verachtung, die er für diese Leute hatte, und die stärkste Überzeugung von seiner eigenen Überlegenheit. Um die Leute einigermaßen für sich zu gewinnen, hatte er während des Wahlkampfes feierlich versprochen, daß er, falls man ihn zum Gemeinderat ernenne, persönlich für die Finanzierung der Blasmusik aufkommen werde, indem er neue Instrumente kaufen und ein für die Proben notwendiges Lokal mieten werde. Er hielt das Versprechen. Aber der Bau des neuen Rathauses, welches das alte, von den Bomben beschädigte und unbrauchbar gewordene ersetzen sollte, war einer Firma in Casale anvertraut worden, die mit der Firma, welche den Einbau der Zentralheizung in der Villa besorgte, identisch war. Es gab selbstverständlich keinen Beweis dafür, daß Midana-Marazi auf die Arbeit an der Zentralheizung eine Ermäßigung erhielt. Und die Rechnungen waren zweifellos vollkommen in Ordnung. Die Rechnungen sind bei diesen Leuten immer ›in Ordnung‹. Und gegen sie gibt es nie auch nur den geringsten ›Beweis‹. Das gehört zu ihrem Spiel. Du wunderst dich, daß ein Kriminalkommissar so sprechen kann? Ich meine, du solltest dich eher über das Gegenteil wundern. Die Zeiten ändern sich eben!

Jedenfalls war mir der Ingenieur sofort unsympathisch, und zwar nicht nur auf Grund dessen, was ich im Dorf über ihn gehört hatte, sondern auch wegen der Art und Weise, wie er sich im Zusammenhang mit den kleinen Diebstählen benommen hatte. Er verlangte, daß ich an alten Arbeitern, Technikern der Hydraulik, deren ganzes Leben ein

Spiegel der Anständigkeit war, am Ausgang der Villa nach der Arbeit Leibesvisitationen vornahm. Und meiner Aufforderung, den ungefähren Wert der fehlenden Gegenstände für das Protokoll anzugeben – was ja vom Gesetz vorgeschrieben ist –, wollte er nicht nachkommen. Dies offenbar aus dem Grund, weil jene Bettvorlage und jene wenigen Ziergegenstände viel weniger kostbar waren, als er mich glauben lassen wollte.

›Es geht nicht um den Wert, verstehen Sie, Kommissar?‹ – Er sprach das R auf französische Art aus – ›Es geht ums Prinzip. Es geht um die Gerechtigkeit. Ich kann nicht dulden, daß Arbeiter, die in meinem Haus beschäftigt sind, mir etwas entwenden ..., auch wenn es nur eine Sicherheitsnadel wäre! Verstehen Sie?‹

Schließlich aber wurden nach dem dritten oder vierten Mal, da ich in die Villa ging, die fehlenden Gegenstände in einem Verschlag unter der Treppe wiedergefunden; sie lagen unter einem Haufen alten Papiers. Der Ingenieur behauptete, die Arbeiter hätten sie – durch meine Besuche aufgeschreckt – rasch zurückgebracht, oder sie hätten die Sachen in der Absicht, sie später wegzubringen, dort versteckt.

Ein einziger Blick genügte, um festzustellen, daß das Zeug wertlos war und daß die Verdächtigungen des Ingenieurs nur ein wütender und angstvoller Ausbruch seines Geizes waren. Gab es also gegen ihn, der so sehr an den Prinzipien festhielt, der so viel über Gerechtigkeit sprach, gab es gegen ihn nie ›wahre Beweise‹? Handelte er also immer nach dem ›Gesetz‹? Ach, ich wußte, vielmehr ich fühlte, daß dem nicht so war; dazu brauchte ich ihn nur anzuschauen: diese spitze Mardernase, diese Selbstzufriedenheit in seinen Augen, dieser schmale Kahlkopf, dieser überlange, aber wohlgenährte Körper, diese leicht gebeugten Schultern mit ihrem Ausdruck der Bereitschaft, etwas an sich zu reißen, es sich anzueignen ...

Ich haßte ihn, und ich hätte meine Beförderung zum Adjutanten der Gefechtseinheit hingegeben, wenn es mir gelungen wäre, ihn zu erwischen. Aber wie konnte ich hoffen, auf eine solche Gelegenheit zu stoßen, ich, ein armer Kriminalkommissar im Dorfe V., der ich ohne weiteres abkommandiert werden konnte, sobald meine Vorgesetzten dies für notwendig erachteten? Die Tätigkeit des Ingenieurs Midana-Marazi wickelte sich in Turin, in Mailand, in Genua, in Rom, im Ausland ab, in Gebieten, die von meinem kleinen und unbedeutenden Revier zu weit entfernt lagen!

Ich mußte es eben aufgeben.

Doch nein. Ich blieb länger als vorgesehen in V., und zwei Jahre nach meiner Ankunft, zwei Jahre nach den angeblichen Diebstählen in der Villa, geschah genau das, was für mich nur eine verrückte Hoffnung gewesen war.

Der Anlaß war traurig. Es war ein Tag wie heute, ein Aprilsonntag, und gerade um die Jahrestage der Befreiung. Ich saß kurz nach ein Uhr in der Wohnung im ersten Stockwerk der Wache mit meiner Familie beim Mittagessen. Es war heiß, und die Fenster standen offen. Da hören wir plötzlich mit aller Deutlichkeit einen Knall. Es war bestimmt kein Revolver- oder Gewehrschuß. Eher schien es die Explosion einer, sagen wir, geringen Tritolladung zu sein. Ich dachte sogleich an die Sprengung der alten Brücke bei der Provinzstraße nach Casale; seit zwei Monaten fuhr man nämlich schon über die neue Brücke. Aber es war ja Sonntag. Niemand beginnt sonntags mit einer neuen Arbeit – und zu dieser Stunde, ohne die Polizei zu verständigen! Außerdem lag die Brücke fast zwei Kilometer außerhalb von V., und der Knall, den wir gehört hatten, schien im Gegensatz dazu aus nächster Nähe zu kommen. Ich schaute aus dem Fenster, in der Hoffnung, etwas sehen zu können.

Die Wache stand an der Ecke des großen Marktplatzes, der zu dieser Stunde völlig menschenleer war; an seinem Ende, auf der rechten Seite, begann die Straße, die den Platz mit der Provinzstraße Richtung Turin verbindet und die am Haupteingang – das heißt am großen Tor – der ehemaligen Carutti- und jetzigen Midana-Marazi-Villa vorbeiführt. Aber von meinem Fenster aus sah ich von der Villa nur ein Stück Mauer und die hohen Bäume des Parkes.

Ich bemerke jedoch sofort, daß der Knall eine gewisse Anzahl Leute aus den Häusern oder an die Fenster rund um den Platz gelockt hat. Besonders beim Goldenen Löwen sind alle herausgetreten. Und sie schauen geradewegs zur Villa hinüber. Ein Polizist, der die Wache verlassen hat und mitten auf den Platz geeilt ist, läuft zurück und ruft, als er mich am Fenster sieht: ›Herr Kommissar, der Rauch dieser Explosion ist dort, gerade vor dem Tor der Villa!‹

Zwei Minuten später sind wir dort. Eine Ecke des rechten Torpfeilers – ein älterer Bau, teilweise aus Stein, teilweise aus Ziegeln errichtet – ist ganz zertrümmert: Man sieht so etwas wie einen Riß, drei oder vier der alten Backsteine sind frisch zerschlagen, ihre Farbe ist zart, ungefähr wie die der Aprikosen, in der Luft nimmt man Pulvergeruch wahr, der Rauch ist noch nicht abgezogen. Auf der andern Seite des Tors, auf dem Kies ausgestreckt, mit dem weißen Bauch nach oben, all die schönen blonden Haare hingestreut, unbeweglich, tot, zweifellos tot: der arme Flock!

Es war tatsächlich nicht möglich, daß er schlief. Er hätte mich kommen hören, um so mehr, als hinter mir und dem Gehilfen gut zwanzig Leute ans Tor getreten waren: die mutigsten im Dorf. Sie sprachen alle aufgeregt durcheinander und sagten ihre Meinung über das Ereignis. Es handle sich um eine Bombe, sagten sie, oder um eine kleine Ladung Dynamit. Wer war es gewesen? Sie stellten sogleich alle Vermutungen an: die Partisanen? Persönliche Rache gegen den Ingenieur oder gegen die Frau wegen ihres ersten Gatten? Ein Unglück? Aber wie ließ sich unter diesen Umständen – zu dieser ruhigen Stunde, zur Zeit des sonntäglichen Mittagsschmauses und am Gartentor der Villa Midana-Marazi – ein Unglück erklären? Und da war auch einer, der sich, während die andern redeten, umschaute, als fürchte er, hinter den Fensterläden der Häuschen an der andern Seite der Straße einen Arm auftauchen zu sehen: einen Arm, der eine zweite Bombe warf. Eine lächerliche Furcht, denn wir wußten ja alle, wer die Bewohner jener Häuschen waren, und wir wußten, daß es die ruhigsten Leute auf der Welt waren. Aber ein anderer ging gebeugt der Gartenmauer der Villa entlang und schaute in die grasbewachsene Rinne, vielleicht um eine weitere Bombe, eine Zeitbombe, zu suchen oder Teile derjenigen, die explodiert war und Flock getötet hatte.

Inzwischen hatte ich versucht, das Tor aufzustoßen. Es war verschlossen. Und einen Augenblick lang waren mir, während ich all das wirre Gerede der Leute vom Dorf um mich herum hörte, die Gedanken wie entschwunden; ich schaute nur schmerzerfüllt auf den armen Flock, der mir nie wieder entgegenspringen würde, und auf die große, verlassene Wiese und auf die stumme, verschlossene Fassade der Villa, die kein Lebenszeichen von sich gab. Die großen türkisfarbenen Stores waren jedoch an allen Glastüren heruntergelassen, und dies bedeutete, daß die Herrschaften in der Villa weilten. Weshalb nur waren sie nicht herbeigeeilt? Weshalb nur hatte sich noch niemand blicken lassen, nicht einmal der Gärtner und Aufseher, der mit seiner Frau ein Gartenhaus in der Nähe des Tores bewohnte? Diese Frage, die ich an mich selbst richtete, nahm der Chor der Neugierigen hinter mir auf; auch jetzt gingen die Meinungen auseinander: ›Der Ingenieur und Madame sind nach Turin zur Messe gefahren und noch nicht zurückgekehrt ...! Nun ja, aber der Gärtner ...? Der Gärtner, der ist taub ...! Und der Kammerdiener, und der Koch, und die Magd: alle taub? Weshalb sieht man denn die nicht?‹

Es war zweifellos seltsam. Ich versuchte zu läuten; aber die Klingel war ausgerechnet im Innern einer Rille des bei der Explosion beschädigten Pfeilers angebracht; höchstwahrscheinlich war die elektrische Leitung unterbrochen. Da versuchte jemand mit lauter Stimme zu rufen: ›Herr Ingenieur! Herr Ingenieur!‹ Wir warteten einige Sekunden, schwiegen, starrten auf die Villa. Aber niemand antwortete, und niemanden sah man herauskommen. ›Wer weiß, vielleicht sind alle tot‹, sagte einer leise und erhielt ein allgemeines Gelächter zur Antwort. Aber ich hatte inzwischen meinen Polizisten in die Wache geschickt, er solle anrufen. Ein Bursche war auf das Gitter gestiegen und wollte schon auf der andern Seite hinunter. Ich befahl ihm, herunterzukommen. Und da rennt endlich der Gärtner und Aufseher – in der weißen Jacke eines Dieners und in weißen Handschuhen – herbei.

Er sei vom Telefonanruf des Polizisten geweckt worden, sagte er; denn sonntags habe das Personal, das heißt der Koch und der Kammerdiener, gewöhnlich freien Ausgang, sie gingen nach Turin, während er und seine Frau sie verträten; und gleich nach dem Essen, wenn der Ingenieur und die Dame sich zur Ruhe begaben, benützten sie die Gelegenheit, um auch ein wenig auszuruhen; aber sie gingen jeweils nicht ins Gartenhaus, sondern ruhten dort, in der Küche, denn nachher müßten sie noch Geschirr abwaschen ... Nein, sie hätten keinen Knall gehört, weder er noch seine Frau. Und auch die Herrschaften nicht, sonst hätte der Ingenieur ihn ja sofort gerufen. Alle diese Erklärungen schienen mir zu zahlreich und zu überstürzt und außerdem nicht befriedigend zu sein; das ganze Dorf hatte den Knall, der ja sehr laut gewesen war, gehört. Wie war es dann möglich, daß die Bewohner der Villa, die ja viel näher beim Explosionszentrum waren, nichts gehört hatten? Der Wächter hatte inzwischen mit dem Schlüssel das Tor geöffnet. Ich war allein eingetreten und hatte wieder abschließen lassen; bei der Menschenmenge, die von Minute zu Minute größer wurde, hatte ich den von der Kaserne zurückgekehrten Polizisten und den Gehilfen gelassen. Ich beugte mich über Flock und untersuchte ihn äußerst sorgfältig, um zu sehen, ob er irgendeine Verwundung aufwies. Doch er war unverletzt. Der Tod mußte einfach durch die Heftigkeit des Luftdrucks beim Knall eingetreten sein. Die Annahme war, meiner eigenen Erfahrung nach, fast eine Gewißheit. Denn der arme Flock befand sich wenige Meter von der Bombe entfernt, die gegen die Basis des Pfeilers geschleudert worden sein mußte.

Ich behaupte nicht, ein Sachverständiger der Ballistik zu sein. Aber wie du weißt, war ich während des Krieges in den Jahren 1935 und

1936 in Ostafrika. Nun, als ich Flock betrachtete, erinnerte ich mich daran, daß ich Äthiopier und sogar einen meiner Gefährten gesehen hatte, die auf dieselbe Weise umgekommen waren, ohne Blutspur und ohne die geringste Verletzung. Sie waren gestorben wegen des Luftdrucks, den unsere gewöhnlichsten und am häufigsten verwendeten Handgranaten verursachten: die sogenannte Oto-Bombe, die kleiner war als ein Ei, halb schwarz, halb rot, und die aussah wie ein Spielzeug. Es war eine Bombe, die mehr Furcht einflößte als Schaden anrichtete. Ihr riesiger Knall stand in keinem Verhältnis zur Zerstörungskraft. Aber wenn jemand das Unglück hatte, in die Nähe der Explosion zu geraten, wie es eben meinem Kameraden während einer Übung zugestoßen war, konnte er durch die Heftigkeit des Luftdrucks getötet werden. Ich erinnerte mich nun auch, daß die Oto-Bombe eine besondere Sicherheitsvorrichtung besaß: ein Kartonzünglein, das man wegreißen mußte, bevor man sie warf. Wenn also die gegen das Gartentor geworfene Bombe gerade eine Oto-Bombe oder eine ähnliche Waffe gewesen war, konnte man möglicherweise – wenn man das Kopfsteinpflaster geduldig absuchte – das Zünglein finden. Im Krieg und bei den Übungen ließ man es immer achtlos fallen; es war denkbar, daß auch der Attentäter, als er die Bombe gegen das Tor der Villa geschleudert hatte, sich so verhielt – aus bloßer Unachtsamkeit oder wegen der Aufregung. Nur ein kaltblütiger Verbrecher, der seine Nerven vollständig beherrscht, erinnert sich daran, daß er das Zünglein sogleich nach dem Abreißen in die Tasche stecken sollte.

Ich befahl den Polizisten, sie sollten die Leute bis zum Platz zurücktreiben, das heißt, weiter von der Stelle weg, von wo aus der Attentäter die Bombe geworfen haben konnte. Fast sicher hielt er sich hinter der Ecke der Hausmauer auf der dem Tor gegenüberliegenden Straßenseite versteckt, um sich so den Blicken jener, die trotz der Tageszeit noch auf dem Platz waren, zu entziehen. Ich sagte den Polizisten, sie sollten das Kopfsteinpflaster in jenem Abschnitt gut absuchen. Dann ging ich mit dem Aufseher zusammen auf die Villa zu.

Der Aufseher versuchte mich zwar aufzuhalten: ›Aber der Herr Ingenieur ruht, ich habe es Ihnen schon gesagt. Es ist mir absolut verboten, ihn zu wecken.‹

›Das ist gleich, wecken Sie ihn trotzdem. Ich übernehme die Verantwortung. Jetzt befehle ich.‹

Im Wohnzimmer des Erdgeschosses mußte ich einige Minuten warten, bis der Ingenieur auftauchte; er trug die Pyjamajacke und rieb sich die Augen, als wollte er mir ohne Worte beweisen, daß er eben aufgewacht wäre. Diese zur Schau gestellte Verschlafenheit rief mir jedoch das Gerede des Aufsehers in Erinnerung, der kurz vorher, nachdem ihn der Anruf aus der Wache alarmiert hatte, ebenfalls noch geschlafen haben wollte. Er und seine Frau hatten den Knall angeblich auch nicht gehört.

Es war sehr seltsam – und dieser Gedanke kam mir erst jetzt, mit einer Verspätung von fünf Minuten, gerade im Augenblick, da der Ingenieur aufgehört hatte, sich die Augen zu reiben, und mir die Hand hinstreckte –, es war sehr seltsam, daß der Aufseher eingeschlafen sein sollte, ohne auch nur die weißen Baumwollhandschuhe auszuziehen, mit denen er offenbar am Tisch serviert hatte; am Sonntag ersetzte er ja eben den Diener.

Lieber Mario, im Beruf eines Detektivs ist nicht alles logisch ... nun ja, diesmal ist sich dein Freund, der Kommissar, tatsächlich wie ein Detektiv vorgekommen ... Also, ein richtiger Detektiv ist so etwas wie ein Spürhund, und der Spürhund arbeitet ganz mit der Nase, nicht wahr? Als der Ingenieur mir die Hand reichte, indem er mich schlau und fast mißtrauisch aus seinen Marder- und Fuchsaugen ansah und seine aristokratischen R, die so sehr nach altem Piemontesisch klangen, in der Kehle rollte – ›Lieber Kommissar, entschuldigen Sie, wenn ich Sie habe warten lassen ...‹ –, da strömte sein ganzer Körper den Geruch eines Menschen aus, der vom Essen kommt und die Mahlzeit genau nach dem Braten und den Pommes frites unterbrochen hat.

›Eine Bombe? Am Gartentor? Flock tot? Wegen des Luftdrucks? Aber was erzählen Sie mir da, Kommissar! Wenn Sie es nicht wären, würde ich es nicht glauben ...‹

›Wenn Sie es nicht glauben, kommen Sie mit mir und sehen Sie ...‹

›Doch, doch, ich glaube es natürlich. Auch der Aufseher hat es mir gesagt. Nein, ich gehe nicht schauen. Zumindest nicht jetzt. Was wollen Sie – die Sache schmerzt mich allzu sehr. Armer Flock. Armer Flock.‹

›Es ist nicht nur wegen Flock. Sie müssen sofort einen Augenschein nehmen: Die Bombe hat am rechten Torpfeiler Schäden verursacht, im ganzen gesehen gewiß leichte Schäden; aber Sie müssen sie auf jeden Fall feststellen ...‹

›Das werde ich tun, zweifeln Sie nicht daran, lieber Kommissar; aber ich begreife nicht, weshalb diese ganze Eile. Nun ist doch der Schaden schon angerichtet, leider ...‹

›Ja, aber es ist auch wegen der Anzeige. Je rascher Sie dafür sorgen, Herr Ingenieur, desto besser.‹

›Die Anzeige?‹ Er tat so, als falle er aus allen Wolken, als denke er einen Augenblick lang nach, indem er ins Leere starrte. Zum Schluß wandte er den Blick wieder auf mich, schüttelte gutmütig den Kopf und legte mir eine Hand auf die Schulter (und wiederum roch ich den frischen Braten und die Frites): ›Unter uns gesagt, lieber Kommissar ... glauben Sie, eine Anzeige sei tatsächlich notwendig? Sei angebracht? Denn schließlich – unter uns gesagt, wenn wir frei miteinander reden können – unter uns gesagt wissen wir ja sehr wohl, wer es gewesen sein kann ...‹, und er schloß das eine Auge zu einem tiefen Zwinkern.

Ich beantwortete das Gezwinker nicht. Ich lächelte nicht. Ich sagte ernst, ich hätte nicht die geringste Ahnung, wer der Schuldige sein könne. Ich sei seit zwei Jahren in V., kenne alle und hätte gar keinen Verdacht. Ich würde einfach meine Untersuchungen anstellen, und wenn es mir gelinge, etwas aufzudecken, würde ich auf niemanden Rücksicht nehmen. Gewiß, der Herr Ingenieur könne, ja er müsse mir sogar die Indizien mitteilen, die er besitze – auch bloße Verdächtigungen. Ich würde äußerst zurückhaltend davon Gebrauch machen, niemand werde erfahren, wer sie mir verraten habe; an solche Geheimhaltungspflichten sei ich nachgerade gewöhnt. Aber gerade deswegen sei eine offizielle Anzeige notwendig.

›Nun gut, ich werde es mir überlegen und Sie benachrichtigen‹, sagte er, als er mich zur Tür begleitete. ›Schließlich kann es auch sein, daß Sie recht haben. Aber sehen Sie – in diesem Augenblick ist mein Seelenzustand, wie soll ich sagen?, eher auf Nachsicht eingestellt, aufs Laufenlassen. Es sind die Jahrestage der Befreiung und ... und diese tapferen, ein wenig heftigen Burschen, die in mir den Feind sehen – oder geradezu einen, der dem vergangenen Regime nachtrauert, vielleicht wegen meiner persönlichen oder familiären Erlebnisse, während doch ganz klar und erwiesen ist, daß ich sogar zum Befreiungskomitee gehörte –, kurzum, diese tapferen Burschen haben sich vielleicht austoben wollen. Und ich lasse sie sich austoben, indem ich Unserm Herrn danke, daß das Unheil nicht schlimmer gewesen ist. Gewiß, falls das Ereignis sich wiederholen sollte, würde ich nicht zögern ...‹

Da kam gerade die Frau herein. Sie war noch immer schön: schlank, fein, elegant. Sie weinte um Flock, zum Glück hätten die Osterferien schon begonnen, so daß alle vier Kinder mit der Gouvernante zum Skifahren auf dem Monte Rosa seien. ›Wissen Sie, sie hatten das Tier so lieb, so lieb! Aber ich habe es dir doch gesagt, Mark ...‹, fügte sie, zum Ingenieur gewandt, lebhaft hinzu, ›... ich habe dir doch gesagt, daß ich einen Knall hörte, ich versuchte sogar, dich zu wecken. Aber du

... Wissen Sie, was ich gedacht habe, Kommissar? Daß es die Proben zum Feuerwerk für das Fest ... das Fest ...‹

›... das Fest der Befreiung‹, half ich ihr. Ich verabschiedete mich und ging.

Unterwegs zum Tor begegnete ich dem Aufseher, der einen Karren vor sich herschob, auf welchem Flocks Leiche, ein Spaten und eine Hakke lagen. Der Aufseher sagte mir, der Herr Ingenieur habe befohlen, Flock sofort im Park hinten, an der am weitesten entfernten Stelle des Wäldchens, zu begraben. Ich verbot es ihm strikt; er könne mein Verbot dem Herrn Ingenieur ruhig mitteilen. Es sei Sonntag, ich könne den Tierarzt der Gemeinde nicht erreichen, der die Todesart des Hundes feststellen und ein formelles Protokoll abgeben müsse. Wenn dann der Herr Ingenieur noch immer darauf beharre, solle er ihm sagen, er möge mich sofort in der Wache anrufen.

Vor dem Tor standen nun keine Leute mehr. Und der Wachtmeister hatte den schwarzen Karton des Sicherheitszüngleins gefunden; es sah – so erinnerte ich mich – gleich aus wie dasjenige an den Oto-Bomben.

Wenn diese Erzählung nicht wie all die vorhergehenden, die du gehört hast, auf tatsächlich geschehenen Ereignissen beruhte, könnte ich dir jetzt ohne die geringste Schwierigkeit einen kleinen Kriminalroman mit allen Zutaten zusammenbasteln: mit einer Anzahl falscher Indizien, vermischt mit ein paar richtigen, und indem ich dir, einen nach dem andern, zahlreiche Schuldige vorführen würde, unter welchen du natürlich nach und nach den wahren antreffen und selbst entdecken würdest. Aber ich würde dich bis Mitternacht damit hinhalten. Und ich will nichts erfinden.

Ich folgte wie immer meinem Instinkt. Dieser berief sich auf die deutliche Lüge des Ingenieurs, daß er im Augenblick, da es knallte, geschlafen habe, während er in Wirklichkeit noch bei Tisch saß; er berief sich noch stärker auf seinen Widerstand gegen die Unterzeichnung einer Anzeige. Dieser Widerstand war dem herrsch- und rachsüchtigen Wesen des Ingenieurs so sehr entgegengesetzt, daß er allein schon genügte, mir eine Ahnung zu geben, wie das Problem zu lösen sei. Und zwar so: Die Bombe war eine Drohung, deren Sinn dem Ingenieur und seiner Frau nur allzu deutlich war; derjenige, der die Bombe geworfen hatte, mußte ein ihnen bekannter Mensch sein oder ein von einem solchen Angestifteter, und er war aller Wahrscheinlichkeit nach kein Bewohner von V., sondern kam von auswärts.

Als ich wieder in der Kaserne war, gab ich dem Wachtmeister den

Auftrag, einen Rundgang durchs Dorf zu machen und sich nach der Identität der wenigen Auswärtigen zu erkundigen, die an jenem Tag und am Abend zuvor unterwegs gesehen worden waren. Heutzutage fährt man zwar rasch von einem Ort zum andern. Aber die Geschichte ereignete sich vor zehn Jahren, und das Dorf V. lag abseits der großen Verbindungsstraßen und war den Touristen völlig unbekannt. Vor zehn Jahren hatte der ›gastronomische‹ Tourismus, der heute so beliebt ist, noch nicht begonnen. Heute sind wahrscheinlich die beiden Restaurants in V. samstags und sonntags immer mit Durchreisenden gefüllt, die von Turin, Casale, Alessandria, Genua, Mailand herkommen ...

Den Anmeldezetteln im Goldenen Löwen, dem einzigen Hotel von V., entnahm ich jedoch, daß am Vorabend sich ein gewisser Albino Sirombo hier einquartiert hatte; er stammte aus Caltignaga in der Provinz Novara, war neununddreißig Jahre alt und montierte für eine Firma in Borgomanero Fernseh- und Radioapparate. Ich ging sofort weg, in der Absicht, im Goldenen Löwen einen Blitzbesuch zu machen und nachzuschauen, ob Sirombo noch dort war; mein Besuch konnte keinen Verdacht erwecken. Oftmals ging ich am Sonntagnachmittag dort vorbei und trank einen Kaffee. Und es kam auch vor, daß ich sitzen blieb und Karten spielte.

Vor dem Goldenen Löwen sah ich einen leuchtendgelb bemalten Lieferwagen stehen, einen *Cerbiatto*. Als ich sogleich nach dem Knall aus dem Fenster geschaut hatte, stand er noch nicht dort: Ich hätte es beschwören können. Der Lieferwagen hatte ein Nummernschild von Novara und war mit dem Namen der Firma aus Borgomanero und der Bezeichnung ›Radio- und Fernsehapparate‹ beschriftet.

Drinnen, in einer Ecke des Restaurants, welches ein einfacher Bogen von der Bar trennte, saß ein einziger Gast: ein magerer Mann mittleren Alters, mit schwarzem, gelocktem Haar, das über der Stirn aufragte, wie es nach dem zweiten Weltkrieg bei den Jungen Mode war: der sogenannte Bürstenschnitt. Er hatte soeben zu essen bgonnen. Vom Wirt erfuhr ich sofort, daß dies eben Albino Sirombo war. Offensichtlich hatte er mit seinem Lieferwagen am Morgen irgendeinen andern Ort, irgendein Dorf in der Nähe, besucht; und deshalb aß er mit so großer Verspätung. Ich schaute auf die Uhr: Es war halb drei; für ein Dorf wie V. vor zehn Jahren eine riesige Verspätung im Verhältnis zur gewohnten Essenszeit. Der Wirt sagte mir auch, daß das Feuer in der Küche schon gelöscht gewesen sei und daß man es wieder habe anzünden müssen; das ärgerte ihn, denn gekocht wurde natürlich noch auf Holzfeuer. Es gab keine Gelegenheit zum Kartenspiel, und ich machte mich deshalb, nachdem ich den Kaffee getrunken hatte, auf den Weg. Aber nachdem ich einen letzten Blick auf Sirombo geworfen hatte, der mit äußerster Gier, ganz über den Teller gebeugt, aß, bat ich den Wirt, sich höflich zu erkundigen, wo Sirombo am Morgen mit seinem Lieferwagen gewesen war, und mich in der Wache anzurufen, sobald er es erfahren habe; doch er solle gut aufpassen, daß die Kabinentür hermetisch verschlossen sei, während er spreche ... Ich glaube nicht, lieber Mario, daß ich dir etwas Neues enthülle, wenn ich dir erzähle, daß Wirte, Kellner, Serviermädchen und Dirnen traditionsgemäß die selbstverständlichen Informanten der Polizei sind.

Kaum eine Stunde danach rief der Wirt mich an. Sirombo hatte gesagt, er sei in C., einem wenige Kilometer entfernten Dörfchen, gewesen. Nun sei er hinaufgegangen, um zu ruhen, und er habe gesagt, man solle ihn nicht wecken, außer wenn jemand ihn am Telefon verlange. Ich rief sofort meinen Kollegen in C. an, um die Bestätigung zu haben. Und die Bestätigung kam fast sogleich: In C. war weder am Morgen jenes Sonntags noch an irgendeinem andern Tag je ein Lieferwagen gesehen worden, der der Beschreibung des *Cerbiatto* aus Borgomanero entsprach.

Ich saß wiederum bei Tisch, es war abends, da rief der Wirt mich nochmals an. Ich hatte ihn natürlich gebeten, mich über Sirombos Kommen und Gehen auf dem laufenden zu halten. Der Wirt teilte mir – nicht ohne eine gewisse Aufregung – mit, daß vor zwei Minuten der Aufseher aus der Villa im Auftrag des Herrn Ingenieurs hergekommen sei. Der Fernsehapparat in der Villa sei kaputt. Der Aufseher sagte offenbar, er habe seit dem Vorabend den Lieferwagen vor dem Goldenen Löwen stehen sehen; falls der Chauffeur – wie anzunehmen – auch Techniker sei, möge er sich bitte in die Villa begeben und sehen, ob er die Reparatur vornehmen könne. Normalerweise komme der Techniker aus Turin, aber sonntags seien alle Firmen geschlossen. Sirombo, *der es anscheinend schon wußte* (dies waren die Worte des Wirts am Telefon), war sofort aufgestanden, war herausgekommen, hatte den Aufseher in den Lieferwagen einsteigen lassen und war in der Richtung der Villa vom Platz weggefahren.

Ich ließ zum zweitenmal das Essen stehen und eilte mit einem Polizisten fast im Laufschritt zur Villa. Aber beim Gehen sagte ich mir, ich sei eigentlich ein Dummkopf. Mit welchem Vorwand wollte ich denn die Villa betreten? Und selbst wenn ich den Vorwand gefunden hätte, was hätte ich schon ausrichten können? Meine Absicht war, den *Cer-*

biatto zu durchsuchen: um zu sehen, ob noch eine Handgranate zum Vorschein kam. Aber wie hätte ich, bereits im Park der Villa, die Durchsuchung vornehmen können, ohne daß Sirombo und der Ingenieur es merkten?

Der Zufall hat mir geholfen. Im Gegensatz zu meiner Annahme war der *Cerbiatto* draußen gelassen worden: etwas vom Tor entfernt an der Gartenmauer. Die Straße ist an jener Stelle eng und weist an Feiertagen einen gewissen Verkehr auf; es steht deshalb eine Tafel mit einem Anhalteverbot dort. Ich zögerte keinen Augenblick. Ich brach das Schloß auf, und der Polizist setzte den Lieferwagen sofort in Gang. Wir brachten ihn in den Hof der Wache. Nachdem das Tor geschlossen war, nahmen wir eine rasche, doch gründliche Durchsuchung vor. Und eine halbe Stunde später stand der Lieferwagen wieder an seinem Ort – wo man nicht anhalten durfte. Als wir am Gartentor vorbeifuhren, waren wir natürlich vorsichtig; ein Blick auf die Villa: Die Fenstertüren des Wohnzimmers im Erdgeschoß waren alle erleuchtet. Der Polizist, ein Römer, sagte lachend in seinem Dialekt: ›Nun, was sein muß, muß sein ... Reparaturen an Fernsehapparaten dauern eben ziemlich lange ...‹

Auch ich mußte lachen, ich war fröhlich. Jetzt hatte ich den Beweis, den ich gesucht hatte. Im Innern des *Cerbiatto* war mir zwischen den Fernsehapparaten, den Radios, den Widerständen, den Batterien und einer Menge Teufelszeug fast sofort eine Kartonschachtel in die Augen gesprungen; sie war zwischen zwei Wandbrettern gut eingeklemmt. Im Innern der Schachtel befand sich ein Zellophanpäckchen, und in diesem Päckchen lagen ganz nahe beieinander und mit einer Schnur gut zusammengebunden vier dicke Päckchen Watte, wie man sie in den Apotheken verkauft; und inmitten dieser vier Päckchen, die sie verstecken und vor Stößen schützen sollten: rotschwarz und eiförmig eine richtige Oto-Bombe.

Am nächsten Morgen fuhr ich mit dem Postauto um ein Viertel vor acht Uhr nach Casale. Zuvor war ich am Goldenen Löwen vorbeigegangen. Ich erfuhr, daß Sirombo am vergangenen Abend bis zum Sendeschluß in der Villa geblieben sei; danach sei er ins Hotel zurückgekehrt und habe sich zur Ruhe begeben; man solle ihn um acht Uhr wecken und die Rechnung vorbereiten, weil er am Morgen abreisen wolle.

Um halb neun Uhr war ich in Casale bei meinem direkten Vorgesetzten. Ich erzählte ihm alles, bis in die geringsten Einzelheiten, ausführlicher und besser, als ich es jetzt bei dir getan habe. Ich erwartete Befehle. Mein Vorgesetzter, der sehr klug, aber auch sehr menschlich war, sagte mir darauf: ›Und wenn es von Ihnen abhinge, Kommissar? Nehmen wir einmal an, Sie hätten in dieser Angelegenheit freie Hand: Wie würden Sie sich verhalten? Sagen Sie. Reden Sie ganz frei heraus.‹

Das tat ich. Ich hatte eine Idee, gleichsam einen Plan. Ich legte ihn meinem Vorgesetzten ungeniert vor. Und er sagte, nachdem er einen Augenblick lang darüber nachgedacht hatte, er müsse ein paar Anrufe erledigen; ich solle unten warten.

Nach einer halben Stunde rief er mich. Er empfing mich mit einem Lächeln und lobte meine ›Nase‹. Er hatte mit dem Polizeirevier von Caltignaga gesprochen, und die Auskünfte stimmten genau mit meinem Verdacht überein: Albino Sirombo war ... die rechte Hand des berühmten Funktionärs Carlo Emanuele Carutti gewesen, zuerst in Ostafrika, dann im Geschäft für Militärkleidung und schließlich während der ganzen Zeit des Faschismus. Doch vielleicht – weil seine Stellung zu unbedeutend gewesen war – gab es keine Beweise gegen ihn; er war auch nicht angeklagt worden. Und jetzt hatte er in der Firma für Radio- und Fernsehapparate eine bescheidene Anstellung als Reisender und auch als Techniker. Er war ledig und in Borgomanero zu Hause, wo er bei seiner alten Mutter lebte. Jeden Montag ging er ins Geschäft, und die übrige Woche reiste er mit dem Lieferwagen im Piemont und in der Lombardei umher.

Mein Plan sei deshalb perfekt, schloß der Vorgesetzte. Ich könne ihn ohne weiteres in die Tat umsetzen, und vor allem ohne Zeit zu verlieren. Er habe schon angeordnet, daß ich in V. – solange es notwendig sei – ersetzt würde, und er habe selbst dafür gesorgt, daß meine Familie benachrichtigt werde: Es sei tatsächlich unumgänglich, daß ich nicht nach V. zurückkehrte, sondern mich geradewegs an den Ort begäbe, den ich genannt hätte. Zivilanzug? Ich würde ihn mir in Casale bei einem Kollegen, der ungefähr meine Figur habe, besorgen können. Auch der Kollege sei bereits benachrichtigt worden.

Ich hatte drei oder vier Tage Zeit verlangt. Mein Vorgesetzter gab mir eine Woche. Sollte es länger dauern, brauchte ich ihn nur telefonisch zu benachrichtigen. Aber mit all dem war eine Bedingung verknüpft.

Es war eine absolute Bedingung. Ich durfte auf gar keinen Fall meine wahre Identität enthüllen, ausgenommen natürlich gegenüber Vorgesetzten, Kollegen oder Angehörigen der Armee; aber auch ihnen gegenüber nur, wenn ich Hilfe benötigen sollte. Sirombo hatte mich zwar einen Augenblick lang an der Bar des Goldenen Löwen gesehen, aber aus einer gewissen Entfernung – und er hatte mit mir kein einziges Wort gewechselt. Außerdem war ich in Uniform; unmöglich konnte er mich wiedererkennen!

Ich durfte meine Identität nicht enthüllen; ich konnte also keine Verhaftungen vornehmen – nicht einmal Durchsuchungen, höchstens heimliche, wie diejenige im *Cerbiatto*. Noch weniger konnte ich Verhöre durchführen, die nicht ganz und gar den Anschein normaler und zufälliger Gespräche hatten. Ich mußte schlimmstenfalls so tun, als sei ich ein etwas neugieriger und schwatzhafter Mensch, von denen es ja so viele gibt. Die zweite Persönlichkeit, die ich mir zulegen sollte, war meinem eigenen Gutdünken überlassen. So mußte ich auch selbst entscheiden, wann der Auftrag als erfüllt betrachtet werden konnte. In dem Fall mußte ich mich sofort wieder nach Casale begeben und meinem Chef Bericht erstatten, nur ihm persönlich. Entsprechende Beschlüsse würden, nachdem er mich angehört hatte, ausschließlich von ihm gefaßt.

Dann konnte ich gehen.

Ich kleidete mich in Zivil, mietete einen Wagen, sorgfältig darauf achtend, daß ich den schnellstmöglichen wählte, mit dem Nummernschild einer andern Provinz als derjenigen, zu welcher die Gemeinde V. gehörte. Ich hatte das Glück, eine *Appia* mit dem Schild von Vercelli zu finden. Vor zwölf Uhr war ich schon in Borgomanero in der Fabrik für Radio- und Fernsehapparate. Da standen zwei weitere *Cerbiatto*, die gleich aussahen wie der von Sirombo; aber derjenige von Sirombo, den ich jetzt, auch ohne auf das Nummernschild zu schauen, leicht erkennen konnte, stand nicht dort. Einen Augenblick lang dachte ich, ich könne mich sehr wohl beim Portier des Gebäudes erkundigen, oder bei einem von Sirombos Kollegen, von denen ich einen gerade in jenem Augenblick zwischen dem Eingang der Fabrik und den Lieferwagen hin- und hereilen und Apparate befördern sah. Ich brauchte mich ja nur als einen Kunden von Sirombo vorzustellen. Es war ein Montagmorgen, ich wolle nur wissen, ob man Sirombo von seiner Rundreise zurückerwarte, und um welche Zeit genau. Aber dann dachte ich, daß Sirombo sogleich nach seiner Ankunft bestimmt davon benachrichtigt worden wäre, daß jemand ihn gesucht habe. So lief ich Gefahr, meinen ganzen Plan auffliegen zu sehen. Außerdem konnte er das aufgebrochene Schloß an der Tür des Lieferwagens nicht übersehen haben; und vielleicht hatte er auch schon das Verschwinden der zweiten Oto-Bombe festgestellt.

Ich beschloß deshalb, mich mit Geduld zu wappnen. Auf der andern

Seite der Straße, nicht weit von der Fabrik entfernt, lag ein Café. Ich ließ meinen Wagen etwas weiter hinten stehen, trat ins Café und aß ein paar Brötchen, ohne je die Fassade des Gebäudes aus dem Auge zu lassen, vor welcher ich von einem Augenblick auf den andern das Erscheinen von Sirombos Lieferwagen erwartete, obschon er sich gut verspäten konnte. Er fuhr, auch wegen der empfindlichen Ladung, nicht rascher als sechzig bis siebzig Stundenkilometer. Wenn Sirombo, wie durchaus anzunehmen war, gegen neun von V. weggefahren war, würde er, auch wenn er unterwegs nie anhielt, erst gegen halb ein Uhr in Borgomanero ankommen; unmöglich früher.

Er kam um drei Uhr nachmittags. Er betrat die Fabrik, und bereits zehn Minuten später kam er wieder heraus. Ohne etwas ein- oder auszuladen stieg er wieder in den Lieferwagen und fuhr los. Ich war kaum schnell genug, um die Spur nicht zu verlieren. Ich war zu meinem *Appia* gerannt und hatte zur Verfolgungsfahrt angesetzt. Zum Glück war der *Cerbiatto* groß, hoch und ganz gelb, so daß man ihn aus sehr großer Entfernung sah. Er hatte die Gozzano-Straße in Richtung Ortasee eingeschlagen.

Ich gratulierte mir innerlich zu dieser gelben Farbe. Es gelang mir, sie nicht aus den Augen zu verlieren, ohne den Sicherheitsabstand zu mißachten – also den Abstand, der notwendig ist, damit der Verfolgte nicht merkt, daß er verfolgt wird. Natürlich hat der Ausdruck noch eine zweite Bedeutung: Der Sicherheitsabstand muß dem Verfolgenden gleichzeitig erlauben, die gegenteilige Gefahr zu vermeiden: daß nämlich die Spur verlorengeht.

Als wir durch Gozzano fuhren, ahnte ich Schlimmes. Wie du ja besser als ich weißt, sind dort zwei Bahnübergänge.«

»Jetzt ist es nur noch einer«, sagte ich lachend.

»Nun gut, aber vor zehn Jahren waren es noch zwei. Der *Cerbiatto* fuhr mehr als einen Kilometer weit vor mir. Während er über die Geleise fährt, sehe ich, daß die Barrieren sich zu senken beginnen. Ich schieße los, drücke so stark wie möglich aufs Gas; aber ich schaffe es nicht. Ich bin verloren: zumindest momentan. Meinen Vermutungen nach, die mein Vorgesetzter übrigens voll und ganz bekräftigt hatte, war Sirombo bei Midana-Marazi und dessen Frau der Überbringer einer Drohung und einer Erpressung. Sein Auftraggeber konnte nur derjenige sein, dem es gelungen war, sich offiziell für tot und begraben auszugeben, und der immer noch lebte, genau wie die Leute behaupteten. Aller Wahrscheinlichkeit nach war er irgendwo versteckt, und vielleicht verlangte er durch Sirombo von Midana-Marazi und der Frau Geld:

Geld, viel Geld, so viel, wie notwendig war, um das Versteck verlassen und endlich nach Südamerika auswandern zu können. Möglicherweise wollte Midana-Marazi, weil er ja so geizig war, trotz der schwierigen Situation die Summe nicht bezahlen, die der ehemalige Funktionär verlangte. Daher die Diskussionen, der Streit, Sirombos Auftrag zu drohen. Meinen Vermutungen nach mußte also Sirombo an jenem selben Montag Carutti in seinem Versteck aufsuchen, um ihm alles zu berichten. An jenem Tag seine Spur zu verlieren bedeutete, ihn eine ganze Woche lang und sogar noch länger verfolgen zu müssen.

Obwohl ich verzweifelt war, stieg ich sogleich aus dem Wagen und ging zu Fuß über die Geleise: Jenseits des Bahnübergangs war eine Kurve; ich wollte schauen, ob es mir gelang, wenigstens festzustellen, welche Richtung der *Cerbiatto* eingeschlagen hatte. Gozzano ist ein Verkehrsknoten.

Aber der *Cerbiatto* war, Gott sei Dank, weder links zum Sorisohügel noch rechts zur Unterführung gefahren; er stand, nur fünfhundert Meter weit, vor dem zweiten Bahnübergang, der inzwischen ebenfalls geschlossen worden war.

Ich folgte ihm mit Leichtigkeit bis zum Beginn der absteigenden Straße, an deren Ende der See auftaucht. Da sah ich von weitem, daß der *Cerbiatto* von der Asphaltstraße in eine kleine, mit Kies bestreute Landstraße abbog, die im Wald verschwand. Es blieb mir nichts anderes übrig, als auch dort hineinzufahren. Aber auch wenn ich die gelbe Farbe nicht mehr sah, so führte mich doch der von der Straße aufgewirbelte Staub.

Am Waldausgang, bei einer Höhle, gabelt sich die Straße: Nach links führt sie auf halber Höhe dem See entlang, nach rechts schlängelt sie sich zu einem Hügel hinauf, auf dessen Kuppe ich einen von den Kastanienbäumen halb verdeckten Glockenturm und das Dach mit dem letzten Stockwerk eines langen, rechteckigen Gebäudes auftauchen sah; das konnte nur ein altes Kloster sein.

›Wohin führt diese Straße?‹ fragte ich einen Alten, der unbeweglich mitten auf der Lichtung vor der Höhle stand und den ich vorher überhaupt nicht gesehen hatte, vielleicht weil seine Kleider grau und weiß waren wie die Steine.

›Zum Kloster des . . .‹, und er nannte einen Namen, den ich nicht wiederholen darf.

›Ich habe verstanden. Aber dann? Wohin führt die Straße dann?‹

›Nirgendwohin, sie führt um das Kloster, auf die Kuppe hinauf, und kehrt zurück . . . Es ist immer dieselbe . . .‹

›So kann man also nach dem Kloster nicht weiterfahren?‹

›Mit dem Auto nicht. Es gibt einen Fußweg nach Invorio hinunter ... den Ziegenweg!‹

Ein Ziegenweg! Ich durfte also ruhig sein: Sirombo konnte mir nicht mehr entkommen. Ich fragte den Alten, ob das Kloster bewohnt sei.

›Gewiß‹, sagte er, ›die Mönche sind dort, und diejenigen, die in der Schule arbeiten.‹

›Was für eine Schule?‹

›Die Nähschule; sie machen dort ... wie sagt man? die Kutten, ja, die Kleider für die Mönche, auch für die der andern Klöster. Sie haben Nähmaschinen und alles Notwendige. Es werden etwa zwanzig Lehrlinge sein, Buben, kleine Buben, die so etwas wie Novizen sind und später, wenn sie alt genug sind, Brüder werden: Laienbrüder nennen sie sie. Ich hatte vor einem Jahr auch einen kleinen Neffen von mir hingeschickt, aber nach einigen Tagen ist er ausgerissen. Man begreift es, dort haben sie zu essen und ein Bett zum Schlafen, aber sonst ist es wie in einem Gefängnis. Man muß nicht Hunger leiden, und im Haus herrscht nicht Elend, aber ein normaler Knabe hält das nicht aus.‹

Ich ließ den Wagen unter den Nußbäumen stehen, so daß er jenseits der Gabelung auf der Seestraße versteckt war; wenn Sirombo mit seinem Lieferwagen wieder hinabfuhr, konnte er ihn nicht sehen. Und ich stieg zu Fuß zum Kloster hinauf. Das Sträßchen ist sehr bequem und malerisch: Alle fünfzig Schritte steht eine kleine Stationenkapelle, ein Gehäuse mit einem farbigen Bild im Innern und einer an der Vorderseite, unten, angebrachten gemalten Aufschrift, vier Verse. Die Fresken sind sehr gut erhalten. Und die Verse – ich verstehe zwar nichts davon – schienen mir sehr schön zu sein. Ich hatte anderes im Kopf, sonst hätte ich sie abgeschrieben.

Oben auf dem Gipfel, auf dem Platz vor der kleinen Kirche, die an das Klostergebäude angebaut ist, genießt man eine der schönsten Aussichten, die ich je in meinem Leben gesehen habe. Der *Cerbiatto* war vor dem Klostertor geparkt, und auf dem Kirchplatz war niemand. Das Gras wuchs zwischen den Steinen des ländlichen Kopfsteinpflasters. In den Wäldern ringsum sangen die Vögel ihre Frühlingslieder; vor allem die Amseln und die Kuckucke verkörperten eine Fröhlichkeit ... eine Fröhlichkeit, daß man schon nach kurzem Zuhören den Eindruck bekam, das Leben, das man führe, sei verfehlt, schau, ich spreche von meinem Leben, das ja wie das Leben der großen Mehrzahl aller andern Menschen ist, die in den großen und kleinen Städten leben und arbeiten ... Wenn man den Vögeln zuhörte – im Frieden des Kirchplatzes auf der Hügelkuppe –, kam einem der Gedanke, daß eigentlich sie recht hatten, daß auch für den Menschen das einzig lebenswerte Leben dasjenige auf dem Land, in den Wäldern, auf den Bergen, in der Einsamkeit und Freiheit ist. Es war bereits später Nachmittag. In der Sonne sah der Dunst über der lombardischen Ebene, die sich gegen Osten im Unendlichen verlor, wie leichter Goldstaub aus. Als ich mich umwandte und vor der Steinmauer stand, sah ich in der Tiefe, zwischen dem dunklen Grün der fernen Ufer, den großen blauen Spiegel des Sees. Und in der Höhe, die schwarzen Berge überragend, die riesigen glitzernden Gletscher und Spitzen des Monte Rosa.

Aber während ich schaute und alles bewunderte, überlegte ich mir, wie ich das Kloster betreten und es fertigbringen könnte festzustellen, ob sich tatsächlich hier der Ex-Funktionär versteckt hielt. Ich kam zum Schluß, daß es nur einen sicheren Weg gab, wenn ich die Instruktionen meines Vorgesetzten beachten wollte. Und ich bereitete mich darauf vor, daß ich mich bis zum anderen Morgen gedulden mußte. Ich ging wieder zu meinem Wagen hinunter. Dort wartete ich auf den *Cerbiatto,* den ich auch nach einigen Stunden vom Kloster herabfahren sah. Ich folgte ihm auf der Rückfahrt bis nach Borgomanero. Ich übernachtete in Borgomanero. Ich hätte in der Wache schlafen können, aber ich zog es vor, nicht aufzufallen, und ging in ein Hotel; ich besaß eine alte gefälschte Identitätskarte, auf welcher ich als Agrartechniker figurierte. Am nächsten Morgen früh wartete ich wiederum auf Sirombo und seinen *Cerbiatto* – bis ich ihn gegen elf Richtung Novara abfahren sah. Da ließ ich ihn endlich sein und kehrte zum Kloster zurück. Von Borgomanero aus war ich mit dem *Appia* – nun, da ich meine Geschwindigkeit nicht mehr derjenigen des *Cerbiatto* anpassen mußte – in etwa zwanzig Minuten dort.

Der Bruder Pförtner, der mir öffnete, sah nicht gerade sehr intelligent aus; er war jung, seine Lippen schwollen rot aus dem kastanienbraunen Bart, er hatte blaue, wäßrige, unruhige Augen, ein Sopranstimmchen und ein Lächeln, das im ersten Augenblick sehr nett wirken mochte – aber dann merkte man sofort, daß das absolut unbegründet war. Ich sagte ihm, ich wolle den Pater Prior sprechen; Herr Sirombo, der aus der Firma von Borgomanero, schicke mich.

›Aha, der von der Fernsehfabrik!‹ sagte der Bruder; er war anscheinend selig, sofort begriffen zu haben, worum es ging. ›Nur herein ... Aber schauen Sie, Sie dürfen nicht mit dem Pater Prior sprechen ... Er gibt sich nicht mit diesen Dingen ab ... Sie müssen mit Bruder Nazzàro sprechen ...‹

›Mit Bruder Nazzàro?‹

›Ja, mit dem Bruder Schneidermeister ... kommen Sie, ich begleite Sie ...‹

Wir durchquerten zwei Klosterhöfe und dann einen langen Gang. Im Hintergrund ging ein quadratisches Fensterchen direkt auf den Wald, der wie ein weiter Mantel zur Mulde von Invorio hinabfloß. Weiter drüben war die Ebene; und in der Ferne sah man zwischen den Streifen der Felder und Wiesen, die sich ins Unendliche hinzogen, alle Dörfer – vielleicht bis Novara – hingestreut; das eine da, das andere dort, jedes mit seinem feinen Kirchturm und seinen niedrigen Häusern.

›Schön, nicht?‹ sagte der Bruder hinter mir. ›Wissen Sie, daß man an Tagen, da ein Wind geht, sogar ohne Fernrohr die Kuppel von San Gaudenzio sieht? Bitte, wollen Sie so gut sein!‹ Er ließ mich in ein riesiges Zimmer eintreten, in welchem zwölf oder vielleicht fünfzehn Fenster, die ebenso klein und quadratisch waren wie dasjenige im Gang, sich ebenfalls gegen die Ebene zu öffneten, so daß Sonne, Licht und Luft von allen Seiten hereindrangen und die traurige Wirkung, welche das Zimmer sonst gehabt hätte, milderten: ein Riesenzimmer, in dem ausgerichtet, mit grauem Filz bedeckt, große Tische standen, an welchen jene Knaben in den braunen Kutten und mit den geschorenen Haaren in vollkommenem Schweigen über ihre Arbeit gebeugt saßen, die darin bestand, braune Gewänder – alle aus demselben Stoff und von derselben Farbe – zuzuschneiden und zusammenzuheften. Links im Hintergrund führte eine große Tür in einen andern Raum, aus welchem ein mechanisches Getöse kam und wo ich tatsächlich die Nähmaschinen versammelt sah. Der Bruder Pförtner sagte mir, ich solle hier warten, und entfernte sich rasch in einen andern Raum.

Ich wartete in einer Ecke. Die Knaben arbeiteten weiter, ohne auf meine Gegenwart zu achten. Zum Glück waren die Fenster geöffnet. Denn auch so entströmte den Tischen und jenem Stoff ein übler, stickiger Geruch.

Der Bruder kam fast sogleich zurück. Es folgte ihm ein kahler, bärtiger Mann, dem der kurze, graue Bart trotz des Alters ein außergewöhnlich kräftiges Aussehen verlieh. Auch er trug, genau wie der Bruder Pförtner, die Ordenskutte. Es war zweifellos Bruder Nazzàro, der Schneidermeister. War es Carutti? Das konnte ich noch nicht sagen.

Er empfing mich sehr unwirsch, stieß mich sofort wieder in den Korridor hinaus, woher ich gekommen war.

›Wer sind Sie? Was wünschen Sie?‹

›Entschuldigen Sie die Störung‹, sagte ich und versuchte, seinen Blick festzuhalten; aber seine kleinen grauen Augen entwischten mir. Und zudem hatte er mich, um mir nicht ins Gesicht schauen zu müssen, weiterzugehen gedrängt.

›Der Bruder hätte Sie nicht hereinlassen dürfen. Wir haben hier Klausur. Außerdem wird, wie Sie gesehen haben, gearbeitet, und ich bin sehr beschäftigt. Sprechen Sie, sprechen Sie, während wir gehen.‹

Ich sagte, ich sei neu in der Gegend und hätte kürzlich im Gebiet der Steinbrüche von Ameno, nicht allzuweit vom Kloster entfernt, eine Villa gekauft; und ich wolle einen Fernsehapparat einrichten lassen, fürchte jedoch, das Fernsehen funktioniere noch nicht richtig in dieser Gegend. Ich hätte am vergangenen Abend in Borgomanero Herrn Sirombo kennengelernt, der mir gesagt habe, er habe hier einen Fernsehapparat eingerichtet, und der funktioniere ausgezeichnet, was ich persönlich feststellen könne, falls ich wolle ...

›Es ist nicht möglich, daß Sirombo Ihnen gesagt hat, Sie sollen hierherkommen‹, schnitt mir der sogenannte Bruder Nazzàro das Wort ab, ›denn er weiß sehr wohl, daß hier Klausur ist und daß keine Fremden eintreten können. Bruder Cosma‹ – er wandte sich an den Pförtner –, ›begleite den Herrn in den Speisesaal und stell den Fernsehapparat ein, es reicht, wenn er einen Augenblick lang hinschaut, um festzustellen, daß der Apparat läuft. Dann führst du ihn sofort aus dem Kloster. Du weißt, daß der Pater Prior keine Fremden will. Guten Tag.‹

Und ohne mir die Hand zu reichen, ohne mich überhaupt anzuschauen, kehrte er mir den Rücken zu und ging in die Schneiderei zurück.

Die Härte, mit der er den Bruder Pförtner gescholten hatte, war eindeutig die eines Menschen, der zu befehlen gewohnt ist. Aber das war kein Beweis. Der Beweis ...

Das erste, was ich sagte, als ich wieder bei meinem Vorgesetzten in Casale war – kaum hatte ich ihm einen knappen Bericht erstattet –, das erste, was ich sagte, war folgendes: ›Ich will jetzt nach Turin gehen und versuchen, mir eine Photographie von Carutti zu verschaffen ... vielleicht in einem Archiv ... vielleicht in alten Veröffentlichungen des Regimes.‹

Er hielt mich mit der Hand auf; lächelnd öffnete er eine Mappe, die vor ihm lag, und drehte sie zu mir hin: ›Schauen Sie mal, erkennen Sie ihn wieder?‹

Es waren verschiedene Bilder von Carutti. Ein einziges hätte schon genügt. Auf den Photographien hatte er noch Haare, aber wenige. Und er besaß keinen Bart. Aber die grobe Form des Gesichts und die kleinen Schweinsäuglein ... Es waren keine Zweifel möglich. Bruder Nazzàro, das war er. Was sollte ich jetzt tun?

›Nichts‹, antwortete mein Vorgesetzter. ›Sie haben genau Ihre Pflicht erfüllt, und das gereicht Ihnen zur Ehre. Ich werde Sie nicht vergessen. Sie schreiben mir jetzt ein schönes Protokoll, für mich persönlich. Tun Sie das in aller Ruhe, und dann, wann es Ihnen gerade paßt, kommen Sie zu mir und übergeben es mir. Danach sollen Sie die Sache vergessen. Sie, Sie haben in dieser ganzen Geschichte nichts entdeckt, nichts davon gewußt, nie etwas davon geahnt. Verstanden? Ach, und natürlich werde ich Sie so bald als möglich versetzen lassen. Fassen Sie diese Versetzung nicht als Strafe auf; ganz im Gegenteil. Um Ihnen das zu beweisen: Sagen Sie, wohin Sie versetzt sein möchten, und wir werden unser Möglichstes tun, Sie zufriedenzustellen. Denken Sie darüber nach und lassen Sie es mich wissen. Aber lassen Sie mir wenn möglich eine Wahl zwischen drei oder vier Stellen. Und jetzt: Alles Gute und auf Wiedersehen.‹

Zwei Wochen später ging ich von V. weg. Ich war versetzt worden. Jetzt, da der gute Flock nicht mehr lebte, wäre es für mich sehr traurig gewesen zu bleiben. Schon beim Gedanken, daß ich an jenem Tor vorbeigehe ...«

Gigi erhob das Glas. Er war gerührt: »Trinken wir auf das Wohl von Flocks Seele!«

»Weshalb?« fragte ich lachend. »Du glaubst also, daß die Hunde eine unsterbliche Seele haben?«

»Nun, ich glaube jedenfalls, es ist wahrscheinlicher, daß eine unsterbliche Seele in einem Hund wie Flock ist als in einem Menschen wie dem Ingenieur Midana-Marazi.«